뱀파이어
생존 투쟁기

뱀파이어 생존 투쟁기 2

토돌 판타지 장편 소설

초판 1쇄 찍은 날 § 2003년 12월 24일
초판 1쇄 펴낸 날 § 2004년 1월 4일

지은이 § 토돌
펴낸이 § 서경석

편집장 § 문혜영
편집책임 § 유경화
편집 § 김회정 · 김민정
마케팅 § 정필 · 강양원 · 이선구 · 김규진 · 홍현경

펴낸곳 § 도서출판 청어람
등록번호 § 제1081-1-89호
등록일자 § 1999. 5. 31
어람번호 § 제1-0437호

주소 § 경기도 부천시 원미구 심곡1동 350-1 남성B/D 3F (우) 420-011
전화 § 032-656-4452 팩스 § 032-656-4453
http://www.chungeoram.com
E-mail § eoram99@chollian.net

ⓒ 토돌, 2003

값 8,000원

ISBN 89-5505-898-5 04810
ISBN 89-5505-896-9 (SET)

토돌 판타지 장편소설

뱀파이어
생존 투쟁기

2

천사 강림

도서출판

청
어
람

목 차

② 천사 강림

● Chapter 9
용호상박(2)

용호상박(2)

"도대체 어떻게 된 거죠? 학교가 무슨 괴물 같아요."

혜련은 또 다른 측정계기를 꺼내며 대답했다.

"완전히 당했어. 왕따당해서 자살한 학생의 원령이 복수를 한 거다라는 그 기본 가정에 엄청난 맹점이 있었어."

"그러면?"

"기본적으로는 그게 맞아. 문제는 그 학생이 그냥 자살한 게 아니었다는 거지. 자신의 목숨과 영혼을 저당잡고는 무언가의 도움을 받아서 엄청난 급으로 재탄생했어."

그때, 삐삐빅 하며 혜련이 꺼낸 계기가 울렸다. 그걸 집어 든 혜련은 입을 딱 벌리며 숫자를 읽었다.

"맙소사! 측정 오차를 감안해도 이거 완전히 장난 아니네. 이 정도면 저번에 지하철을 습격한 이무기랑 맞먹거나 그 이상이잖아."

지하철을 습격한 이무기가 어느 정도였는지는 혜련으로서 정확히 알 수 없어도 지금 이 숫자면 절대 아래는 아니었다.

'이 사건 잘못 맡았어. 우리 수준에서 해결할 수 있는 상대가 아니었는데.'

"그러면 알은 어떻게 되는 거죠?"

"아무래도 밖으로 못 빠져나온 것 같아. 할 수 없지."

혜련은 한숨을 내쉬며 어깨를 으쓱했다. 그 말에 은하의 안색이 더 파리하게 질리며 주저앉았다. 도망친다고 무리하게 뛴 데다가 정신적으로도 충격을 받은 탓이었다.

"그런, 구할 수 없나요?"

떠듬거리는 은하에게 혜련은 고개를 저었다.

"안됐지만 우리 힘으로 무리야. 나로서는 저 결계 완성되고 나면 뚫을 힘도 없다고. 그렇다고 네가 뭘 할 수 있는 것도 아니잖아? 일단 우린 후퇴하고, 협회에 요청해서 상위 능력자의 파견을 부탁할 수밖에 없어."

'그때까지 살아 있을지는 의문이지만. 적에 대한 파악을 잘못해서 한 학교의 학생 전부를 희생시키다니, 내 퇴마사 경력상 최대의 오점이 되겠군.'

혜련은 위가 쑤셔오는 것을 느끼며 은하를 일으켰다. 결계 밖이라고 해도 바로 근처에서 얼쩡거리는 건 역시 위험했다.

'태인이 돌아오면 뭐라고 말하지? 할 수 없지. 뱀파이어 한 마리 때문에 크게 화낼 성격은 아니니까. 하지만 오판으로 일을 이렇게 망치다니. 이게 무슨 망신이람.'

알은 조금씩 인내심이 닳아가는 것을 느꼈다. 아직도 미선이 계속 울었던 것이다.

'이제 좀 그만 울고 슬슬 말할 때도 되지 않았나? 에휴, 이거 참. 그렇다고 그만 울라고 다그칠 수도 없고. 기다릴 수밖에 없나. 에휴휴.'

알의 한숨 횟수가 100회를 채워갈 무렵 마침내 미선은 눈물을 그치고 고개를 들어 다시 알을 쳐다보았다.

"미안해요. 너무 울었네요. 하지만 정말 누군가한테 뭐라고 털어놓고 싶었나 봐요."

"하하, 뭘요. 좀 진정되셨어요?"

미선은 가볍게 고개를 끄덕이고 말을 이었다.

"그러니까, 죽은 현아와 전 중학교 때도 서로 알던 사이였어요. 사실, 저야 다른 친구도 많았으니 현아만이 제일 친한 친구다라고 말할 수는 없어도, 현아 입장에서는 제가 몇 안 되는 친구였을 거예요. 몇 번이나 저를 애타는 눈빛으로 쳐다보았는데. 못 본 척했지만 정말로 몰랐던 것은 아니었어요. 다만… 다만."

'으헉, 또 울려고 하네. 안 돼!'

"괜찮아요. 그냥 편하게 말하세요. 어차피 저랑은 다시 만날 일도 없을 테니까요. 사건만 해결하면 전 이 학교 다시는 안 올 테니까."

"고마워요."

'휴우, 겨우 막았네. 어쨌든 뭔가 이제 좀 정보를 얻을 수 있겠지?'

그때 알의 기대와 달리 미선은 무언가를 이야기하려다 말고 파랗게 질린 표정을 지었다. 왜 그러는지 몰라서 알이 의문스럽게 쳐다보자 미선은 더듬거리며 복도 저쪽을 가리켰다.

"저… 저기, 저거 어떻게 된 거죠?"

"뭐가요?"

"복도요. 복도가 왜 끝없이 이어져 있죠?"

"응?"

그제야 알은 주위를 둘러보았다. 미선의 말대로였다. 복도가 앞뒤로 끝없이 뻗어 있었다. 그건 무한의 공간을 가리키는 게 아니었다. 오히려 폐쇄된 공간을 의미했다.

'결계? 누가 언제? 정신이 딴 데 가 있는 사이에 이렇게 된 건가? 으윽, 큰일이네.'

알은 재빨리 휴대폰을 꺼냈다. 그러나 혜련에게 연락하기도 전에 이미 휴대폰은 통화 불통 지역에 있음을 알리고 있었다.

"설마 이번에는 내 차례인 건가요? 내가 현아에게 복수당할 차례인 거군요. 그렇죠?"

"저기, 진정하세요. 아직 확실한 것은 아무것도 없으니까."

알은 미선을 진정시키면서 속으로 한숨을 내쉬었다.

'원래 이렇게 호들갑 떠는 건 내가 하고 태인이 멋있게 해결책을 내놓아야 하는데. 어쩌다 이렇게 되었냐. 근데 어떡하지, 진짜?'

알은 곰곰이 생각했다. 자신이 태인을 만나기 전 혼자 살 때 이런 난관에 봉착하면 어떻게 했더라를 떠올리던 그는 곧 한 가지 결론을 내릴 수 있었다.

'내가 언제 이런 종류의 결계에 갇혀봤어야 알지! 처음이잖아.'

겁먹은 미선은 알의 팔을 붙잡고 놓아주지 않았다. 뿌리치려면 못 뿌리칠 것도 없었지만 그렇게 야박하지 못해서 알은 한숨을 내쉬고 미선이라는 혹을 매단 채 복도와 새로운 복도가 이어지는 매듭쯤이라고 생각되는 부분까지 걸어갔다. 그리고 조심스럽게 한 발 내디뎠다.

'변화없이 또 복도네. 망했다. 이제 어쩌지?'

알은 일단 도로 한 발 물러나 '정상 복도'라고 생각되는 곳에 섰다. 그리고 잠시 생각하다가 미선에게 일렀다.

"제가 여기에 결계를 칠 테니까, 그냥 이 안에서 얌전히 계세요. 알았죠? 전 지금부터 저 안쪽을 돌아다니면서 범인을 찾아 없앨 테니까, 여기가 그나마 안전할 거예요. 괜히 저랑 같이 가봐야 싸움에 휘말리기만 할 거예요."

미선은 최면이라도 걸린 것처럼 순순히 고개를 끄덕였고, 알은 주문을 외우기 시작했다. 범상치 않은 일이 시작된 곳에 홀로 놔두고 가는 만큼 그가 할 수 있는 최강의 보호진을 쳐둘 작정이었다.

한참 자신의 주변에 복잡한 도형을 그렸다가 주문을 외웠다가 다시 허공에 무언가를 썼다가를 반복하는 알을 보고 미선은 조금씩 침착함을 되찾았다. 분명 이 상황 자체는 그녀로서는 처음 겪는 공포였지만, 비록 자신은 무력하더라도 그에 대한 대처 능력이 있는 누군가가 옆에 있다는 사실만으로 어느 정도 든든했다.

"동쪽에서 불꽃을 다스리며 그 장엄한 왕관을 둘러쓴 위대한 파괴의 군주여. 태초의 혼돈 이전부터 타오르는 불꽃의 정수 위에 군림하여……."

한 30분 동안 난리를 친 알은 마침내 마지막 주문을 외웠다.

"하여 그 위대한 네 군주의 이름으로 사방을 봉하니, 어둠에 속한 자들, 그 권위 앞에 경배하며 물러가리라. 엠블럼 오브 테트라 로드(Emblem of Tetra Lord)!"

알은 붉은색, 푸른색, 노란색, 초록색을 띤 원을 매듭 지어 미선의 주위를 둘러친 후 손을 흔들며 작별했다.

"절대 그 안에서 나오지 마세요. 무슨 일이 벌어져도 그 안은 아마 안전할 거예요. 뭔가 겁나는 게 보이거나 하면 그냥 눈 감고 귀 막아 버리세요. 괜히 도망친다고 그 안에서 나왔다가는 더 위험할 거예요."

'그걸로도 안 되는 거면 애초에 내 능력 밖의 일이고.'

"저……."

"네?"

"이제 현아를 찾아가는 건가요?"

"네. 아마도 그 죽은 학생이겠죠? 이 결계도 범인만 처치하면 모든 게 원상태로 돌아갈 거예요. 그럼 잘 계세요."

알이 손을 흔들고 복도 끝에서 한 걸음 더 내디뎌 다음 복도로 나아가자 미선의 눈에서는 알의 모습이 사라졌다. 그러자 미선은 갑작스럽게 다시 몰려오는 공포를 느꼈다. 알이 쳐둔 네 가닥 원이 서로 다른 색깔로 그녀의 주위를 감싸고 있었지만 위로가 되지 못했다.

'혼자라는 게 이렇게 무서운 거였나.'

그녀는 혹시라도 몸이 원 밖으로 나갈까 봐 움츠렸다. 실제인지 착각인지 알 수 없어도 갑작스러운 한기에 그녀는 조금씩 몸을 떨었다. 이 마법진이 그녀를 위험에서 지켜줄지는 몰라도 외로움과 추위까지 막아주지는 못하는 게 틀림없었다.

'제발 어서 사건이 해결되었으면.'

별다른 무서운 게 나타나지도 않았지만 미선은 눈을 감으며 고개를 숙였다.

덜컹.

창문이 바람에 흔들리는 소리가 들리자 그녀는 반사적으로 귀를 막았다. 그렇다고 소리가 완전히 안 들리지는 않았지만, 한결 참기 편했다.

그렇게 얼마나 시간이 흘렀을까. 미선의 귀에 갑자기 비명이 들려왔다.

"꺄아악!"

미선은 그 소리에 반사적으로 고개를 들고 눈을 뜨려다가 멈칫했다. 이게 바로 아까의 소년 퇴마사가 경고하고 간 그런 류일지도 몰랐다.

"괴물이야! 도와줘!"

하지만 그 비명 자체는 아는 목소리였다. 같은 반의 유리였다. 미선은 결국 눈을 떴다. 그녀가 앉아 있는 복도로 유리가 숨을 헉헉거리며 도망쳐 오고 있었다. 그리고 그 뒤를 따라 거대한 거미가 나타났다.

"유, 유리야?"

"미선아! 도망쳐! 괴물 거미야!"

그러면서 뛰어오는 유미의 모습에 미선은 뛰쳐나가려다가 멈칫했다. 그 소년이 경고한 게 정확히 이거였다. 그래서 그녀는 다르게 대답했다.

"여기 내 옆으로 와. 이 안은 안전해. 여기 이 원 보이지? 이거 결계래. 이 안으로 들어와."

사실 유미가 진짜인지도 약간은 의심스러웠지만 미선은 손짓했다. 하지만 유미는 결계를 다 와서 넘어지고 말았다. 그리고 다시 일어나려다가 얼굴을 찡그렸다.

"다, 다리가⋯⋯."

다리를 삔 듯한 표정을 하며 유미는 제대로 일어나지도 못한 채 반쯤 기다시피 미선이 앉아 있는 쪽을 향했다. 마악 유미가 원 안으로 들어오려고 할 그때, 거미에게서 날아든 거미줄이 유미의 다리를 감았다. 거미줄에 묶여 유미는 바동거렸지만 앞으로 나아가지 못했고, 거미는 뒤에서 서서히 다가왔다. 유미의 얼굴에 더 큰 공포가 어렸다.

"도와줘!"

짧은 순간이 미선에게는 엄청난 긴 시간으로 느껴졌다. 자신의 안전을 생각한다면 그냥 무시해야 했다. 그 소년이 안전을 보장한 건 이 원 안뿐이었다. 밖으로 손 내미는 순간 어떤 일이 벌어질지 몰랐다. 유미는 애타는 눈빛으로 그녀를 올려다보았지만 무시해 버리면 그만이었다. 그래, 예전에 현아의 눈빛을 무시해 버렸듯이 말이다. 커다란 거미는 무시무시했으니까, 모른 척하면 그만이었다.

'하지만… 하지만.'

방금 그 소년 앞에서 잘못했다고 눈물 흘리며 말해 놓고, 또 모른 척하면 다시는 스스로를 용서할 수 없을 것 같았다. 잠시만, 잠시만 손 내밀어 유미를 끌어들이는 정도라면 원 밖으로 나간다 해도 괜찮을지 몰랐다. 바로 다시 들어오면 되니까.

미선은 마침내 손을 내밀어 유미의 손을 잡았다. 순간 유미의 얼굴이 바뀌었다.

"현아야?"

미선은 무언가 잘못되었음을 깨닫고 팔을 빼내려고 했으나 현아의 손아귀 힘은 상상을 초월했다. 그녀를 노려보며 현아가 말했다.

"어째서, 그때는 모른 척했으면서 이제야 손 내미는 거지? 왜? 왜!"

미선은 그대로 원 밖으로 끌려 나왔다. 그 순간 주위 배경이 바뀌었다. 그녀를 지켜주던 원은 어디로 갔는지 사라졌고, 현아의 모습 또한 사라졌다. 그런 그녀에게 커다란 거미만이 조용히 다가왔다.

알은 복도를 헤매다가 점점 더 길이 이상해져 감을 느꼈다. 어느 순간부터 이미 주위 배경도 복도가 아니었다. 대체 뭘로 만들어졌는지 모를 이상한 돌벽이 있기도 하고 흙으로 된 동굴이 나오기도 했다. 한마디로 엉망진창의 미로였다.

'에고고, 대체 나 어디로 빠져든 걸까. 뭐, 좋아! 뭐가 나오든 물리쳐주지!'

알이 그렇게 결단을 내리기 무섭게 그의 주위로 잡다한 망령들이 떠오르기 시작했다.

"어어, 진짜 나오네?"

하나둘씩 나타나는 망령들이 알에게 덤벼들자 알은 그 징그러운 모습에 기겁을 하며 피했다. 그리고 재빨리 손에서 불덩어리를 만들어 날렸다.

퍼엉.

불길이 작렬하며 몇 마리가 사라졌으나 망령들은 금새 또 나타났다. 일일이 상대하다가는 끝도 없을 것 같다고 느낀 알은 다른 주문을 외웠다.

"으싸랏! 지옥의 입구를 지키는 세 머리의 사냥견이여. 사신의 총애를 받으며 쇠를 뚫는 이빨과 금을 녹이는 독을 지닌 맹견 중의 맹견이여. 여기 피로써 너를 인도하니 이 땅에 와 새 먹이를 쫓으라. 서몬 켈베로스!"

알의 발 앞에 붉은 마법진이 펼쳐지며 그 안에서 머리조차 알보다 높은 곳에 위치한 지옥의 개가 튀어나왔다. 모습을 가리고 덩치만 보여줬다면 코끼리라고 생각할 그 커다란 개를 향해 알은 소리쳤다.

"여기 떠돌아다니는 잡귀들 다 쓸어!"

크르릉.

한번 낮게 울어 보인 후 켈베로스는 세 개의 머리와 꼬리, 날카로운 발톱을 휘두르며 떠돌아다니는 유령들과 싸웠다. 예전 같으면 다루는 건 고사하고 소환할 엄두도 못 냈을 사신의 맹견을 부릴 수 있는 스스로를 대견하게 여기며 알은 흐뭇하게 그 전투 광경을 쳐다보았다. 망령들에 의해 켈베로스도 조금씩 상처를 입고 있었지만 망령들 쪽이 훨씬 더 빠르게 쓸리고 있었다.

알은 유령과 켈베로스가 얽혀 있게 내버려 두고 다시 길을 나아갔다.

"도대체 뭐가 어떻게 된 거야? 일개 원한령이 할 수 있는 수준이 아니잖아. 예전 같았으면 찍소리도 못하고 죽을 뻔했네. 근데, 이 학교 무슨 지하실이 이렇게 복잡해? 완전 미로잖아."

알은 고개를 갸우뚱거렸다. 아무리 생각해도 정상적인 학교 지하실에 이렇게 복잡한 미로가 나 있을 리가 없었다.

'설마 미로 위에다가 학교를 지은 건 아니겠지?'

앞으로 걸어가던 알은 갑자기 넓어진 광장을 만났다. 이번에는 화장실에 머리를 처박히고는 변기물을 마시는 모습이 나왔다.

'이건 또 다른 과거? 죽은 학생은 저런 일을 당한 건가.'

"정말 너무했네. 저러니 원한이 그만큼 쌓일 만도 하지. 어떻게 되면 저런 짓도 아무렇지 않게 하는 거야?"

영상은 이번에도 잠시 뒤에 사라졌다. 그러자 거기에는 잎 하나 없는 나무 한 그루만 덩그러니 서 있었다. 그리고 그 나무에는 미라 하나가 달려 있었다. 나무는 꿈틀거리면서 가지를 뻗어 알을 향해 움직였다.

'이번에도 그 영상의 주인공 중 하나겠지?'

"안되었다고 하기에는 그쪽이 저지른 일도 만만치는 않고. 에휴, 화장이나 해주자."

알의 손끝에서 불길이 일어나고 날아가서 나무와 시체를 함께 태웠다. 잘 타는 시체를 보며 알은 중얼거렸다.

"아무래도 이 미로, 자살한 자의 과거로 이루어진 것 같은데. 미로 끝에 가면 보스가 기다리고 있으려나?"

그때 광장의 갈림길 중 하나에서 비명 소리가 들려왔다.

"꺄악!"

'어? 아까 그 여학생 목소리와 닮았다?'

알은 비명 소리가 들리는 곳으로 급히 달려갔다. 거기에는 미선이 커다란 거미 앞에서 벌벌 떨고 있었다. 거미줄에 꽁꽁 묶인 미선의 몸을 거미가 물어가려는 걸 보고 알은 급히 주문을 외웠다.

"대지를 썩히고 생명을 삼키는 저주의 바람. 저승의 경계를 수호하며 망자를 가두는 죽음의 숨결. 블랙 윈드(Black Wind)!"

갑자기 생겨난 검은 기류가 세차게 몰아치며 거미를 저 멀리 날려버렸다. 벽에 부딪친 거미는 그르륵거리면서 죽어갔고, 알은 겁에 질린 여학생 곁으로 다가갔다.

"괜찮아요?"

겁에 질린 여학생은 고개만 끄덕였고, 알은 조심스럽게 거미줄을 잘라내며 여학생을 풀어주었다.

"어떻게 된 거예요? 제가 친 결계가 파괴된 건가요?"

알의 질문에 미선은 덜덜 떨면서 대답했다.

"아뇨. 제가 그만 유리를 구하려다가, 근데 그게 갑자기 현아로 바뀌어서. 현아가 그랬어요. 왜 그때는 손 내밀지 않았냐고. 그러면서 거미가."

조금 횡설수설이었지만 알은 더 자세히 묻지 않았다. 그보다는 이 미로의 주인을 찾는 게 급했다.

"우웅, 여기서 나가야 할 텐데 솔직히 저도 출구는 모르거든요? 돌아다니면 계속 이런 걸 만날 거 같긴 한데. 어쩌실래요? 저랑 같이 가실래요? 아니면 아까처럼 결계를 쳐드려요?"

"같이 가요. 여기 있다가 또 뭐가 튀어나올까 봐 무서워요."

"그럼, 그래요."

알은 고개를 끄덕였다. 거미를 단번에 눕히는 놀라운 힘을 보여준 알이 다시 옆에 있기 때문일까, 미선은 조금씩 안정을 되찾았다.

"지금 이것도 전부 현아가 벌인 일인가요?"

"네. 뭔가 사태가 더 커지기 전에 수습하려고 했는데 보다시피. 에헤헤헤, 반쯤은 실패한 거 같죠?"

"이제는 어쩌실 건가요?"

그 말에 알은 곰곰이 생각했다.

"음, 일단 이 안에 갇힌 사람이 또 누가 있나 찾아보고 최대한 구해내야죠. 몇 명이나 구할 수 있을지는 모르겠지만. 이 미로를 만들어낸 존재를 처리하는 게 제일 빠를 거 같기는 한데, 어디 있는지 알 수 없으니……."

아무 길이나 골라 걸어가던 알 일행의 앞에 또다시 영상이 펼쳐졌다. 쓰레기통에서 주섬주섬 자신의 책을 주워 들고 있는 여학생이 보였고, 그걸 보며 키득대는 애들이 보였다. 그리고 모른 척 자기들끼리

이야기하고 있는 아이들도. 그 모른 척하는 아이들의 얼굴 중 하나를 알아본 알이 돌아섰다. 그 눈길을 받은 미선은 고개를 돌렸다. 알은 뭐라고 말하려다가 그냥 한숨만 내쉬고 전투를 대비했다.

이번에도 영상이 끝나자 거기서 돌로 만든 키가 3m쯤 되는 인형이 나타나 알 쪽을 향해 쿵쾅거리며 달려왔다. 한 대 스치기만 해도 자신의 연약한 척추쯤은 가볍게 부숴 버릴 듯한 그 모습에 미선은 겁에 질려 뒷걸음질쳤지만 알은 눈 하나 깜박하지 않고 짧게 주문을 외웠다. 슬슬 자신감이 붙어가는 알이었다.

"허무의 심연 아래 자리 잡은 절망의 암살자여. 그 짙디짙은 암흑으로써 이 땅에 내려와 네 앞길에 걸러든 것을 삼키라. 마우스 오브 보이드(Mouth of Void)."

인형의 발 아래 검은 원이 생겨나고, 인형은 그대로 가라앉아 사라졌다. 간단히 처리해 버리는 알을 보고 미선은 물었다.

"이건 현아의 기억들이겠죠?"

"그럴 거예요. 달리 다른 누구를 생각하기 힘드니까."

'스스로의 힘만은 아닐 테고, 누군가가 도와준 거 같기는 한데. 대체 뭘 손에 넣었기에 이 정도 난리를 칠 수 있는 거야?'

"그러면 이제 어쩔 건가요? 현아를 찾아서 없앨 건가요?"

"그래야죠. 뭐, 잔챙이 몇 번만 더 물리치면 안 된다는 걸 깨닫고 보스께서 직접 나서든지 어쩌든지 할 테니까. 걱정 말아요. 곧 나가게 해 줄게요."

알은 용기를 북돋아주려고 한 말이었는데 미선은 뭐가 잘못되었는지 주저앉아 울었다. 알은 당황해서 내려다보며 물었다.

"저기, 이봐요? 왜 갑자기?"

"역시 현아로군요. 그럴 줄 알았어요. 우리가 그렇게나 했으니 당연하겠죠. 흑, 그럴 만해요. 그 애라면 우리 전부를 죽이려고 할 이유가 충분해요."

갈 길 바쁜데 주저앉아 우는 상대 때문에 알은 답답해서 목소리 높여 외쳤다.

"뭐가 충분해요? 그쪽이 죽은 현아라는 사람 괴롭힌 것도 아니잖아요? 이건 이미 자기를 괴롭힌 자에 대한 복수가 아니라고요. 학교 3학년 전부를 죽이려고 드는 판인데요."

"아뇨. 나도 공범이에요. 나도……."

알은 고개를 절레절레 저었다. 역시 여자는 눈물이 많아서 상대하기 골 아팠다.

'으으, 그런 점에서 마녀 누나는 최소한 울지는 않을 텐데. 이 여학생은 또 우네.'

"하아, 우는 건 천천히 하고 일단 가요. 이러고 있는 사이에도 누가 무슨 일을 당하고 있을지 모른다고요. 3학년 학생들 다 죽을 때까지 울려는 건 아니죠?"

알의 그 말에 비로소 여학생은 일어났다. 뒤따라오는 소리를 들으며 알은 무엇 때문에 공범이라고 하는지 궁금했다. 그리고 다시 다른 영상이 나타났다. 이번에는 딱히 괴롭히는 장면은 아니었다. 현아라는 학생이 어두운 얼굴로 몇몇 여학생 근처로 다가가서 잠시 서 있다가 입을 마악 열려고 할 뿐이었다. 하지만 여학생들이 잠깐 흘끔 보더니 무시하고 자기들끼리 목소리를 더 높이며 멀어져 가자 현아는 그냥 고개만 푹 숙이고서 돌아섰다.

그리고 그 몇몇 여학생에 자기 뒤의 미선이 포함되어 있는 걸 알은 알 수 있었다.

털썩.

다시 주저앉는 소리가 들렸다.

"미안해. 미안해, 현아야. 알고 있었어. 사실은 네가 도와달라고 몇 번이나 외치는 게 들렸어. 하지만 무서웠어. 나도 너를 상대해 줬다가 같이 따 될까 봐 너무 무서웠어. 아까 네가 그랬지? 왜 그때는 손 내밀어주지 않았냐고? 미안해. 하지만 한번만 다시 기회가 있다면 그때는 네게도 손 내밀게. 정말로 네게 사과하고 싶어."

'진작에 살아 있을 때 그렇게 말하지. 그땐 모른 척하다가 지금 와서 울어봐야 무슨 소용이람. 하기야, 그래서 모른 척했구나? 잠깐, 이건 내가 생각한 게 아닌데?

그건 알의 귀에 들려온 소리였다.

"그래서 모른 척했구나? 바로 옆에 있어도 없는 사람 취급했구나?"

이번에는 또 무슨 괴물일까 하며 한가하게 주문을 준비하던 알은 깜짝 놀라며 본격적인 전투 태세로 돌입했다. 영상이 사라진 자리엔 거대한 뱀이 똬리를 틀고 있었다. 하지만 뱀의 끝에는 통상적인 뱀의 머리 대신에 자살한 현아라는 학생의 얼굴이 훨씬 커다랗게 변해서는 달려 있었다. 알이 순간 자신의 생각으로 착각한 말은 그 얼굴에서 나오고 있었다.

'보스 등장인가.'

"다음 기회가 있다면 나도 돕겠다고? 사과하겠다고? 그렇다면 너도 죽어엇!"

"다크 크리스탈 월(Dark Crystal Wall)."

무식하게 달려드는 뱀과 알의 사이에 검은 수정 장막이 내려앉았다.

쾅.

무식하게 덤벼든 사녀는 머리를 장막에 찧고 피를 흘리며 뒤로 물러나야 했다.

"이런 걸로 내 분노를 막을 수 없어. 복수는 끝나지 않았어."

쾅. 쾅.

무식하게 몸으로 들이받으며 장막을 부수는 사녀를 보고, 알은 혀를 내둘렀다. 무식하기 짝이 없었다.

콰앙.

마침내 마지막 벽이 무너져 내렸다. 하지만 그 순간 알의 새로운 주문이 발동했다.

"헬 댄서즈 스트링(Hell Dancer's String)."

예전에 이무기를 묶을 때 썼던 검은 빛살보다 훨씬 가늘어서 잘 보이지도 않는 줄이 사방으로 움직였다. 하지만, 이번 줄은 그때보다 훨씬 치명적이고 질겼다. 사녀가 몸부림치며 줄을 풀어내려고 했지만 몸에 상처만 늘어날 뿐이었다.

"그쯤하고 그만 승천하시죠. 그전에 하나 질문에나 대답해 줄래요? 대체 누구한테서 이런 힘을 받은 거예요?"

"누구 힘이냐고? 크크, 내 증오야. 내 원한이야. 네가 뭘 알아. 매일 다음 날이 온다는 사실을 두려워하면서 잠자리에 들어봤어? 말 걸 상대가 없이 지내다가 어느 순간 물건을 살 때 말하는 법이 기억 안 나서 당황해 봤어? 오늘은 죽어야지, 죽어야지 하면서도 죽음이 두려워 미루다가 끝내 죽어봤냐고!"

외침과 함께 온몸의 살점이 뜯겨 나가서 곳곳에 뼈를 드러내면서도 사녀는 덤벼들었다. 그 서슬에 실이 끊기지는 않았으나 실이 박혀 있던 벽이 채로 뜯겨 나왔다. 알은 그 독함에 혀를 내둘렀다. 그리고 미선을 들고 팔짝 뛰어 뒤로 물러나며 거리를 벌렸다.

'어, 근데 저거?'

사귀가 쫓아오는 것까지는 예상한 바였으나, 쫓아오면서 사귀의 몸이 순식간에 회복되고 있었다. 뱀파이어인 자신이 사부 하면서 엎드려야 할 그 회복 수준에 알은 당황했다. 그리고 그 이유일지도 모르는 것을 발견할 수 있었다. 뜯겨 나간 벽에 드러난 것들을 가리키며 미선이 차례대로 이름을 불러대었던 것이다.

"연우! 은미! 사라졌던 애들이 전부 벽 안에."

사귀가 마악 알을 따라잡기 직전 알은 손을 앞으로 내밀며 외쳤다.

"다크 크리스탈 월(Dark Crystal Wall)."

콰앙!

다시 한 번 요란하게 소리가 울려 퍼졌고, 이번에도 사귀는 격렬하게 몸으로 부딪치며 벽을 부숴왔다. 당연히 사귀의 몸에도 상처가 생겼지만 다시 빠르게 회복되었다. 그리고 그 시간을 번 틈에 벽에 박혀 있는 사라진 아이들을 관찰한 알은 그들이 조금씩 말라감을 확인했다. 그 의미에 알은 망연자실했다.

'맙소사. 그럼 그동안 사라진 애들이 전부 제물이 되어 이 미로를 지탱함과 동시에 저 사귀에게 힘을 불어넣어 주는 역할을 하는 거야? 그렇다는 것은 설마 사라진 애들만이 아니라, 지금 학교에 와 있는 애들 전부가?'

알의 등 뒤로 식은땀이 주루룩 흘러내렸다. 그걸 기반으로 회복한다면 때려도 때려도 사귀는 줄기차게 회복할 게 뻔했다. 잘못하면 그가 먼저 지칠 판이었다. 그게 아니라 해도 그렇게 결국 사귀를 잡아

봐야.

'학교 학생들 다 죽는다는 소리잖아!'

환자 채로 화장시켜 놓고 '암세포는 다 소각되었습니다' 라고 말하는 격이나 다름없었다.

생각하는 사이에 어느덧 벽은 다 부서지고 사귀는 다시 달려들었다. 알은 반사적으로 반응해 다시 주문을 날렸다.

"헬 댄서즈 스트링."

촤악.

다시 한 번 미세한 실이 사귀를 묶었고 사귀는 아까와 마찬가지로 몸부림치며 실을 헤쳤다.

"현아야, 그만 해……."

그 원독에 찬 몸부림을 보며 미선은 눈물 흘리며 친구… 아니, 친구일 수도 있었던 한 반 학생의 이름을 불렀다.

"닥쳐!"

돌아오는 것은 차디찬 증오의 한마디. 그것이 자신의 죄로 인한 것이었기에 미선은 고개 숙였다. 그사이에 알은 자신의 머리를 콩 하고 때리며 생각했다.

'그러니까, 나같이 재생 잘하는 경우에 제일 무서운 공격이라면. 좋아. 일격에 없애 버리자. 한점도 남기지 않고 깨끗이 소멸해 버리면 갇힌 학생들도 구출되겠지?

알은 심호흡을 하고 일단 '일격' 을 준비하기 위한 주문을 골랐다. 헬 댄서즈 스트링이나 다크 크리스탈 월은 별로 좋은 선택이 아니라는 게 앞의 일전에서 증명되었으니 다른 게 필요했다.

'좋아. 이거다. 순수한 구속계 주문.'

예전 같으면 써봐야 너무 순식간에 마력을 빨아가며 해제되었기에 미처 떠올리지 못했지만 지금이라면 가능했다.

"어둠의 권역 속에 자리 잡아 가장 깊은 곳, 어둠보다 검은 빛으로 밝혀진 자부궁의 한켠에서 왕들의 이름 아래 지옥의 율법을 관장하는 준엄한 법정이여. 그대의 주인 펠라샤브의 이름으로 명하노니, 그 인을 여기에 드리우어 어떤 죄인도 그 권위 앞에 정숙해질 심판의 성역 세우라. 언홀리 생츄어리(Unholy Sanctuary)."

뱀의 주위로 붉은 빛이 생겨나 파칭거리며 뻗어 나갔다. 한 번, 두 번, 세 번… 모두 여섯 번 그어진 빛은 꼭지점이 맞물리며 붉은 육망성을 만들었다. 그 육망성의 주위로 기묘한 문자들이 돌아가며 원을 이루다가 한순간 멈추자 사귀의 몸은 허공에 틀어박힌 듯 움직이지 못했다. 사귀의 입에서 원한에 찬 비명 소리가 터져 나왔지만 육망성은 견고했다.

"솔직히 말해 모르긴 한데요. 그렇다고 한 학년을 몽땅 죽이겠다는 것은 좀 심하지 않아요? 여기 전부가 그쪽에게 죽어야 할 만큼 잘못한 건 아니지 않아요? 이쯤에서 그냥 승천하시죠."

일단 안심한 알은 다음으로 나가기 전에 마지막 제안을 던졌다.

"이거 놔. 놓으란 말야! 또, 또 날 괴롭히는 거야? 싫어어!"

머리를 마구 흔들어봐도 몸통이 잡혀 있는 상황에서 알에게 닿지 않았다. 알은 고개를 저으면서 마지막을 준비했다. 애초에 복수에 눈 먼 원한령에게 뭘 물어보려고 한 게 잘못이었다.

'하아, 시작한 이상 끝을 봐야겠지. 흑, 난 그냥 조용히 살고 싶은데 태인은 이런 일 떠맡겨 놓고 놀러가 버리고. 어쩌겠어. 내 힘으로 할 수 있는데 지금 와서 모른 척할 수도 없으니.'

그때 뒤에 있던 미선이 비틀거리며 일어나 알의 앞으로 나왔다.

"엇? 위험해요?"

"미안해, 현아야. 그렇게나 괴로워하는데 난 내 일이 두려워서 도와 주지 못했어. 용기가 없었어. 이렇게 될 때까지 넌 정말 괴로웠을 텐데. 정작 내가 왕따가 아니라는 것만 다행으로 여기고 모른 척했어. 잘 못했어."

"미쳤어요? 그렇게 가까이 다가가서 어쩌려고 그래요?"

알은 다급히 손을 잡아끌어 뒤로 주저앉혔다. 그리고는 마무리를 위한 주문을 쓰기 위해 수인을 맺기 시작했다.

"지옥의 넷째 군주. 파괴를 다스리는 바알의 이름을 빌려 명하노라. 짙디짙은 암흑의 심연에서 암흑조차 지우며 움직이는 태초의 파괴자여. 창세 이전에 존재하여 창세 이전으로 되돌리는 힘을 간직한……."

그걸 보며 사녀가 몸부림치면서 소리쳤다.

"이렇게 끝날 수 없어. 내 복수는 이제 시작이란 말야!"

미선은 다시 자리에서 일어나 똑바로 현아를 쳐다보며 말했다.

"미안해, 현아야. 하지만 너 원래 이런 애 아니었잖아? 이제 그냥 그만둬. 나도 사과하고, 다른 애들도 다 뉘우치고 있을 거야."

"웃기지 마! 조금도 미안해하지 않고 있잖아. 이제는 내가 무서워서 그러는 거지? 아니면 저 소년이 이제 날 끝낼 것 같으니까, 안심하고 그 뒤에 앉아서 자기 편할 말만 주절거리는 거지? 다 알아!"

"아냐, 현아야. 정말 잘못했어. 그러니까 이제는 나도 용기를 낼게. 네 원한을 풀어야 한다면… 날 죽여."

'맙소사!'

하필 수인의 가장 중요한 부분을 맺는 중이라 알은 미선을 잡지 못했다. 미선은 무슨 생각을 하는지 그대로 사녀의 앞에 다가가 몸을 내밀었다. 몸이 고정되어 있다 해도 머리가 그대로 닿는 위치였다. 하지만 사녀는 알의 걱정처럼 여학생을 공격하지 않았다.

'울… 어? 원한령이?'

"어째서 내가 살아 있을 때는 그러지 않은 거야. 어째서, 그렇게 애타게 바랄 때 한번이라도 손을 내밀어주었다면, 단 한 번만 손을 내밀어 구해주었다면, 그랬다면 나도……."

"현아야."

징그럽지도 않은지 여학생은 사녀의 얼굴을 어루만졌다. 알은 주문을 완성했지만 날리지 않고 지켜보았다. 여학생이 함께 휘말릴까 봐 걱정해서는 아니었다.

"단 한 명이라도 옆에 있었다면 난 죽지 않았을 텐데. 세상 자체를 증오하지는 않았을 텐데."

사녀의 몸이 저절로 부서져 내리기 시작했다. 비늘이 한 꺼풀 두 꺼풀 벗겨져 떨어져 나가고, 그 자리에서 뼈도 가루가 되어 무너져 내렸다. 주위의 미로도 흔들리기 시작했다.

"현아야!"

거의 다 부서져 가는 몸으로 사귀는 얼굴로 미선을 그냥 밀쳐서 알 쪽으로 넘어뜨렸다.

"넌 살아. 그리고 나 같은 애 또 있으면 그때는 도와줘. 나처럼 되기 전에 도와줘."

주위의 미로가 전부 다 부서지며 산산이 흩어졌다. 짧은 순간 어둠이 주위를 감쌌다가 사라졌다. 어느 사이에 알과 여학생은 대강당 한가운데에 서 있었다. 주위에는 곳곳에 학생들이 널브러져 있었다.

알은 슬그머니 준비했던 주문을 취소시켰다. 최후의 일격을 위해 멋지게 준비한 일격이었지만, 결과적으로 필요없었다. 그는 쓰러진 학생들에게 다가가며 그중 몇이나 살아 있을까 하는 생각에 한숨 쉬었다.

"사건 해결이긴 한가. 하아, 반은 실패지만."

살아 있는 자가 있다면 응급 처치를 해주기 위해 다가간 알은 예상외로 아무도 죽은 자가 없어서 조금 놀랐다. 모두들 정신을 잃고 있긴 했지만 죽은 자는 없었다. 그 살아 있는 자들을 같이 살펴보던 미선이 놀라며 몇 명에게 달려갔다.

"전부 살아 있었구나? 사라진 줄 알았더니 살아 있었구나? 연우아, 은미야."

'실종자들도 살아 있었어? 예전에 죽은 게 아니었나? 우웅, 어떻게 된 거야? 사녀는 제풀에 사라지고, 실종된 학생은 다 살아 있고. 모르겠다. 일단 뒤처리는 마녀 누나에게 맡기자. 훨씬 알아서 잘 하겠지.'

알은 소리없이 조용히 빠져나와 혜련에게 연락하고 사무실로 돌아갔다.

한참 뒤 사무실에서 따끈한 우유와 커피, 갓 뽑은 피라는 제각각의 음료수를 앞에 따라놓고 셋은 사건 경과를 이야기했다.

"그러니까 처음에 놀라 뛰어내려 죽은 자 같은 경우를 제외하면 죽은 자는 아무도 없다는 건가요?"

"그래. 일개 원한령이 해낸 일이라고 믿기에는 정말 대단한 규모긴 했지만, 막상 사망자는 아무도 없어. 처음부터 그 원한령은 죽일 생각까지는 없었는지도 모르지. 아마도 무척이나 여린 성품이었을 거야. 그 지경이 되고도 차마 죽이지 못한 것을 보면."

"흐음, 하지만 내가 그 미로 속에서 만난 것들은 일반인이라면 죽음에 이르기에 충분한 괴물이었는데."

알은 고개를 갸웃거렸다. 거미도, 잡아귀들도 보통의 여학생이 어쩔 수 있었다고 보기에는 힘들었다. 혜련도 알의 말에 고개를 끄덕여 주며 대답했다.

"그, 네가 걸었다는 미로 말인데, 다른 학생들도 전부 헤맸다더군. 그리고 그들도 현아라는 학생의 과거의 기억을 보고 거기서 튀어나온 괴물들에 쫓겨다녔다더군. 아무도 도와줄 자 없고 출구도 보이지 않는 미로 속을 괴물에게 쫓기고 그러다가 잡혀서 죽음을 당하고. 하지만 어느 순간 다시 새로운 미로에 서 있고 그랬다는군. 하지만 다들 극도의 공포에는 질려 있었지만 정말로 죽은 자는 없었어."

"흐음, 죽지 않은 건 다행이지만 그럴 거면 그 현아라는 여학생, 사녀까지 되어가면서 만들어낸 그 미로에 학생들은 왜 잡아넣은 거죠? 겁에 질려 서서히 미치게라도 만들려고 했던 건가요?"

후룩.

바닥에 살짝 남은 커피의 향긋한 내음을 맡으며 혜련은 아쉽다는 듯 잔을 내려놓았다. 그리고는 이번엔 알의 질문에 고개를 저었다.

"아마도 처음부터 그녀의 복수는 죽이는 건 아니었을 거야. 그냥 자기가 겪었던 게 어떤 것인지 똑같이 보여주고 싶었던 거겠지. 그리고 보니 그 미선이라는 학생 말인데, 단 한 번이지만 따당하던 그 애한테 말을 건 적이 있는 모양이더군. 지나가는 척하면서 없어진 교과서 어디에 있는지 말해 주었다나? 그녀만은 너와 만나도록 허가된 것은 그

때문이 아닐까?'

"우웅?'

뭔가 알 듯하면서도 정확히 알 수 없어서 알은 빨대를 입에 문 채 볼을 부풀렸다. 그 모습에 은하는 픽 하고 웃어 보였다.

"하아, 두 번 다시 퇴마행에 따라갈 용기는 안 나지만 그래도 좋은 경험이었어요. 뭔가 멋진 소설이 나올 것 같아. 당분간 더 지내긴 하겠지만 퇴마행에 따라가서 방해는 안 놓을게요. 아마추어의 감상으로 방해해서 될 일이 아니라는 걸 뼈저리게 느꼈으니."

"어머어머, 인정하는 거야?'

승리의 미소를 지어 보이는 혜련에게 은하는 부드럽게 웃어 보이며 수긍했다.

"그럼요. 역시 '나이' 는 헛먹는 게 아니라는 걸 느꼈죠."

콰르릉.

햇빛이 잠깐 뜨는가 했던 전선에 다시 비구름이 몰려오는 걸 보고 알은 슬그머니 자리에서 일어났다. 때마침 태양이 떠오를 시간이 다 되어간다는 게 너무나 다행스러웠다.

'태인, 빨리 돌아와 줘. 다 필요없어. 제발 그냥 돌아와 줘. 흑흑, 저 두 사람 사이에서 더 지내다간 나 스트레스로 동맥경화 걸릴 거야.'

그런 알의 뒷모습을 바라보며 혜련은 생각에 잠겼다. 알 몰래 협회에 부탁한 지원을 취소시킨다고 곤욕을 치른 그녀였다. 하지만 그랬기에 알의 힘에 대해 새로운 의심이 들었다.

'사녀야 스스로 원한을 풀고 사라졌다고 해도, 본인의 말대로라면 켈베로스를 소환해 잡귀를 쓸어냈다고? 그때 이후 마력이 좀 더 강해졌다고? 대체 저 뱀파이어 어떻게 된 거지? 태인은 대체 어떤 것을 옆

에 두고 있는 거지? 아무래도 다음 의뢰에서 두고 봐야겠군.'

　그게 단순 호기심인지, 아니면 장래에 자기 남편이 될지도 모르는 자의 앞길에 놓여 있는 암초에 대한 불안감인지 혜련도 정확히 알지 못했다.

●Chapter 10
다이어트 비약

다이어트 비약

"흐음, 우리의 알 군이 멋지게 첫 사건을 해결했군."

"그것도 네가 기획한 건가?"

세리우스의 질문에 드뤼셀은 고개를 저었다.

"아니, 아니. 그건 정말 우연이야. 그냥 불쌍한 여학생이 있길래 본전도 안 나오는 가격에 미궁사(迷宮巳)의 알을 팔았는데, 설마 거기 교장이 알을 찾아갈지 누가 알았겠어? 나는 전지전능한 신이 아니라고."

빙글빙글 웃으며 드뤼셀이 그렇게 말했으나 세리우스는 그 말을 완전히 믿지는 않았다. 얼마나 많은 멋진 '우연'을 드뤼셀이 팔아치운 물건들이 만들어내는지 옆에서 익히 보아왔기 때문이었다.

"나로서는 오히려 겨우 제대로 된 뱀 한 마리 키워보나 싶었는데, 부화 직전에 죽어버려서 얼마나 안타까운데."

"너무 장난스럽게 일에 임하는 거 아닌가? 지금까지 그 어떤 경우보다 더 큰 가능성을 보인 그릇이다, 알은."

"하아, 세리우스. 내가 대충 일하는 것 같나? '룩'에 대한 증오라면 말이지."

그 이름을 언급하는 순간 드뤼셀의 눈빛이 한순간 차갑게 가라앉았다. 수많은 세월 속에서도 무디어지지 않고 오히려 더욱더 단련되고 단련되어 남은 증오의 정수가 그의 눈에 드러났다.

"내가 자네보다 더하면 더했지, 덜하지는 않다고. 그러니까 걱정 말라니까. 그저 너무 무리하게 노심초사한다고 될 일이 아니니까 그렇지. 어차피 가장 중요한 열쇠는 우리 손에 없다고."

드뤼셀의 그 말에 세리우스는 잠잠해졌다. 그의 얼굴에 잠깐의 고통이 스쳐 지나갔다. 그랬다. 열쇠는 그에게도 드뤼셀에게도 없었다. 그렇지 않았다면 그게 어떤 대가를 요구한다 해도 세리우스는 기꺼이 바쳤을 것이었다. 하지만 그는 드뤼셀만큼도 할 수 있는 게 없었다.

"자자, 난 손님 맞을 시간이야. 참, 스레이나가 좀 곤란한 모양이던데 그쪽이나 한 번 가보지 그래? 어차피 조급해한다고 될 일이 아니니까 그때를 대비해서 착실히 준비해 두는 것도 일이라고."

"알았다."

세리우스는 그대로 일어나 사라졌고, 드뤼셀은 빙긋 웃으면서 가게 문을 열었다. 잠시 뒤, 한 손님이 조심스럽게 들어왔다. 어디의 모델 같은 미인이었다. 그녀는 드뤼셀을 보며 주저주저하다가 말문을 열었다.

"이곳에 살을 빼는 비약이 있다고 들었는데 정말인가요?"

"물론 있지요. 이겁니다."

드뤼셀은 빙긋 웃으면서 선반 위의 책을 들어 보였다. 거기에는 다이어트 6개월 작전이라고 써 있었다.

"운동을 병행한 채식 위주로 짠 적정량의 식사, 규칙적인 생활 등에 대해 기록된 명저 중의 명저입니다만, 어떻습니까?"

여자는 살짝 아랫입술을 깨물더니 고개를 저었다.

"그런 거라면 누구든 다 알아요. 제가 원하는 건 일단 한 번 먹고 나면 아무리 먹어도 살이 안 찌는 체질로 바뀐다는 비약이에요. 한 번만 먹으면 되는 비약이 있다고 들었어요. 거짓말하는 건가요?"

신경질적으로 째려보는 손님에게 드뤼셀은 변함없는 미소로 답했다. 빠져나오지 못할 것을 알면서도 마지막으로 열어보였던 탈출구는 스스로 막아버렸다. 그러니 이제 남은 것은 구덩이 깊숙한 곳으로 안내해 주는 것뿐. 자신은 언제나 가장 좋은 상품부터 권하지만, 그는 상인. 결국은 손님이 원하는 물건으로 팔 수밖에 없었다.

"아, 그걸 말하시는 것이로군요. 흐음, 그렇다면 제대로 찾아오셨습니다. 다만, 그 비약, 조금 비쌉니다만."

"돈은 상관없어요. 확실하게 살을 빼게 해주기만 한다면."

드뤼셀은 고개를 끄덕였다. 그는 이번에는 아래쪽 진열장 아래를 뒤졌다. 그리고 잠시 뒤 새하얀 구슬을 하나 꺼냈다. 어떻게 보면 그것은 무언가의 알 같기도 했고, 그냥 커다란 환단 같기도 했다.

"이것입니다. 한 번 먹고 나면 영원히 아무리 먹어도 살이 찌지 않는 체질이 되지요."

그 설명에 그녀는 드뤼셀이 도로 넣을까 겁난다는 듯이 재빨리 구슬을 잡았다.

"하하. 서두르지 마십시오. 다만 이 약에는 한 가지 부작용이 있습니다. 그걸 마저 듣고 드시든지 말든지 결정하십시오."

"부작용이 뭐죠?"

"오히려 많이 먹어줘야 한다는 거죠. 옆 사람의 배고픔이 따라오기 때문에 자주 자주 먹어줘야 해서 단식하실 때보다 식비가 좀 더 드실 겁니다. 괜찮으시겠습니까?"

"그런 거라면 얼마든지 참을 수 있어요. 실컷 이것저것 먹을 수 있다니 오히려 좋은데요? 주세요. 얼마죠?"

"알겠습니다, 손님. 그러면 여기 상품 계약서에 사인을 하시고, 돈은……."

잠시 뒤 조심스럽게 주위를 살피며 가게문을 나서는 여인을 전송하며 드뤼셀은 안경을 고쳐 썼다.

"뭐, 부작용을 설명했는데도 복용하는 건 본인 책임이지. 아귀의 환이라니, 참. 저런 게 히트 상품이 될 날이 올 줄이야."

"새로운 달은 떠오르는데 가신 님은 소식이 없어. 소쩍새 우는데 언제나 오시려나."

흘러간 유행가를 멋대로 곡조를 바꿔가며 흥얼거리는 알을 보고 은하는 부지런히 글을 썼다.

알렉시안은 잠깐 목청을 가다듬은 후 그녀의 창문 아래에서 세레나데를 부르기 시작했다. 그 순간 밤하늘의 별도 창공을 자유로이 휘젓던 바람도 숨을 죽였다. 절대의 미성. 부드러우면서도 감미롭고……

혜련은 그런 은하를 살펴보며 조금 안심했다.

'흐음, 이제 보니 알에게 관심있는 건가? 난 또. 뭐, 그렇다면야 예쁘게 봐줄 수 있지.'

그럼 대체 누구에게 관심있다고 생각했기에 그렇게 못 이겨서 안달이었는지에 대해서는 혜련은 슬그머니 넘어갔다. 대신에 그녀는 알에 대해 그동안 측정한 자료들의 분석에 몰두했다. 알이 제대로 힘을 쓰는 걸 아직 보지 못해서 구체적 데이터는 부족했지만, 지금까지 나온 것만으로도 심상치 않았다.

되는대로 부르던 노래도 재미없어져서 알은 그냥 제자리에 앉았다. 평소라면 컴퓨터를 켜고 오락이라도 하든지 밤거리를 쏘다니며 오늘의 식사를 찾든지 할 시간이었지만, 어느 쪽도 흥이 나지 않았다.

'하아, 태인은 언제 오는 걸까. 요즘 들어 두 사람이 조금은 싸움에 지친 것도 같지만, 그래도 휴화산 옆에 집 짓고 불안해서 어떻게 살겠어. 돌아와 줘, 태인. 하아, 고민한다고 올 거도 아니고, 오랜만에 12시 뉴스나 보자.'

틱.

TV에서는 앵커가 변함없는 목소리로 이런저런 사건을 전달했다.

[그래서 프레지아에서는 현재 12만 명 내외로 추정되는 어린아이들이 기본적인 식수와 식량을 얻지 못해 기아로 죽어가고 있으며, 또한 여기에 전염병까지 겹쳐…….]

'그래도 난 행복해. 최소한 먹을 거라도 넉넉하잖아? 전염병에 걸리지도 않고.'

알이 나름대로 위안을 얻으며 다시 삶의 활력을 얻었다. 그 모습을 은하는 묘한 눈길로 쳐다보았다. 자신이 여기에 머무르고 있는 이유에 대해 알은 액면 그대로 소설에 참고가 될 것을 얻기 위해서라고 믿고 있었다. 반면에 혜련 쪽은 약간은 눈치를 챈 것 같지만 역시 완전히 아는 건 아니었다.

'내가 알을 좋아하는 건 아닐까 추측하고 있겠지?'

잔잔한 미소를 지으며 그녀는 알렉시안의 이야기를 다시 썼다. 혜련의 추측이 아주 틀린 것도 아니었지만 정확한 것도 아니었다. 자신은 정확히 말해서 알을 '동경' 했다.

'꿈속의 소년일까?'

그날 이후 다시 태어난 기분으로 살겠다고 말했지만 요즘 들어 은하는 초조했다. 그 남자는 꾸준히 치료하면 낫게 될 거라고 말했고, 그 말을 믿고 노력해 왔었다. 하지만 주위에서는 그 말에 회의적인 이야기가 들려왔고, 자신의 치료도 진전이 거의 없었다.

그래도 은하가 그 말을 믿은 건 실제로 조금 나아진 자신의 몸 때문이었다. 지금처럼 소설도 쓰고, 조금씩이지만 더 멀리 돌아다니기도 했으니까. 하지만 여기까지가 한계가 아닌지 하는 불안감이 요즘 갈수록 커지고 있었다.

'후훗, 바보 같아. 이렇게 보고 있다고 정말로 저 활력이 내게 옮아올 것도 아닌데. 알의 모습을 보면서 저 피가 내 몸을 지나갔으니 나도 저렇게 될 수 있을 거야라고 위안한다는 거 정말 말도 안 되는 일인데.'

자신은 자라고, 늙고, 죽어가겠지만 알은 언제까지나 꿈속의 소년일 몸이었다. 자신은 일원그룹의 하나뿐인 후계자이지만 상대는 어둠 속에서 살아가는 뱀파이어였다. 처음부터 사는 세계 자체가 틀린 존재. 알에게서 위로를 찾아봐야 깨어질 환상이라는 걸 알고 있었다. 그렇지만 당장 집에 돌아갈 용기는 나지 않았다.

'그러면 정말로 다시 틀어박혀서 때때로 이런 삼류소설 쓰기밖에 못 할 거 같아.'

'왜 저렇게 쳐다보지?'

은하의 시선을 느낀 알은 약간 불편해져서 정신을 돌릴 수 있게 게임이나 다시 할까 생각했다. 그때, 전화가 울렸다.

"네, 태인 퇴마 사무소입니다. 무엇을 도와드릴까요?"

알은 잘되었다고 생각하며 전화를 냉큼 받았다. 하지만 상대는 머리가 나쁜지 질문에 제대로 대답하는 대신에 그냥 외쳤다.

[도… 도와줘요. 아악!]

"여보세요?"

그 말과 함께 전화는 끊겨 버렸고, 알은 대체 이거 누구야라면서 황당해했다. 하지만 장난 전화라고 무시해 버리기에는 마지막 비명 소리가 너무나 진지했기에 알은 혜련을 쳐다보았다.

"도와달라고 말하고는 바로 끊어버렸는데 이거 어쩌죠?"

"누군지도 안 밝혀? 무시해. 50% 확률로 장난 전화고, 50% 확률로 돈도 안 되는 의뢰야."

"……"

맞는 말이라는 생각에 알은 얌전히 자리에 앉았다. 어디까지나 자신은 태인 대신 임시로 사무실을 맡은 것뿐이었으니까.

잠시 뒤 알은 발신자 역추적 장치를 눌렀다. 다급한 상황에서 자신의 위치조차 밝힐 여력이 없는 자를 위한다면서 태인이 해둔 장치였다.

'태인 대신이니까 뭐. 무슨 일인지 알아나 보는 정도는 괜찮잖아? 나도 꽤 강해졌으니까. 그래도 무리다 싶으면 바로 손 빼면 되겠지. 뭐, 의외로 쉬우면서도 돈 되는 일일지도 모르잖아?'

하지만 상대는 전화를 받지 않았다. 알은 결국 상대의 전화번호를 입력해서 주소를 출력했다. 그 모습을 지켜본 혜련이 한마디를 던졌다.

"뭐야? 사서 맡으려는 거야? 부지런하네?"

"아니, 뭐 그렇다기보다. 그냥. 헤헤."

그 모습에 혜련은 픽 웃더니 자리에서 일어났다.

'하긴 태인이 그 전화를 받았어도 그랬겠지. 나중에 태인에게 고맙다는 소리 들으려면 차라리 이럴 때 확실하게 서비스 한 번 해주는 것도 좋겠지?'

"같이 가줄까?"

그 말에 알은 반사적으로 몸을 움찔했다. 하지만 곰곰이 생각한 그는 고개를 끄덕였다.

"그래 주실래요?"

"좋아. 말 나온 김에 바로 출동하도록 하지. 이런 건 시간을 다투는 경우가 많으니까. 그쪽은 어쩔래. 갈래?"

혜련은 은하에게 눈짓으로 물어보았다.

'아마도 안 간다고 하겠지? 이미 저번에 확실하게 질린 것 같으니까.'

하지만 뜻밖에도 은하는 바로 대답하지 않고 한참 동안 고민했다. 알이 왜 그러나 싶어서 의문의 눈길을 던져 올 때쯤에야 천천히 입을 열었다.

"같이 갈게요."

'한 번 스스로를 믿어보고 싶어. 그 남자가 그랬잖아? 다시 활동을 시작하면 한 번 깨어난 세포가 서서히 살아날 거라고. 이대로 포기한

채 난 원래 안 돼라면서 살고 싶지 않아.'

그 말을 하면서 비장하게 주먹을 꽉 쥐는 은하를 알은 약간 이상해서 쳐다보았지만 그냥 그러려니 하고 넘어갔다.

도움을 요청한 여인의 집을 찾아가는 것은 어렵지 않았다. 잠겨진 문을 여는 것도 그다지 어렵지 않았다. 그러나 문을 열었을 때 펼쳐진 광경은 그들의 예상을 뛰어넘는 것이었다.

퇴마사에게 연락한 사건인 만큼 피가 낭자한 현장을 보게 되는 것도, 수수께끼의 마법진과 괴물의 흔적을 보는 것도 각오한 그들이었지만, 고통에 일그러진 채 그러나 아무런 외상은 없이 죽어 있는 시체와 그 옆쪽에 수북이 쌓여 있는 쓰레기 더미는 무슨 일이 일어났던 것인지 알 수 없게 하고 있었다.

만약에 부정한 힘이 남아 있다면 거기에 당해도 가장 피해가 적은 알이 앞장서서 시체 주위를 살폈다.

"우웅? 이상하네요. 대체 어떻게 죽은 거죠? 겉보기에 신체에는 아무런 손상이 없는데. 근데 사방에 널린 이 빵봉지니, 우유 팩이니 하는 건 뭐지? 피자통에 치킨 상자에 별게 다 있네. 엄청 게으른 여자였나 봐요. 이 많은 쓰레기를 놔둔 채 살다니. 혹시, 쓰레기 악취에 질식사한 거는 아니겠죠?"

뒤쪽에서 알의 말은 흘려들으면서 혜련은 꼼꼼히 현장을 체크했다. 신체에 손상이 없는 거야 비실체적인 영에게 당한 경우라면 드문 일도 아니었다. 그리고 자신들 퇴마사가 가장 필요한 상대가 바로 그런 적이었다. 못할 말로 실체를 가진 요괴는 아무리 강하다 해도 극단적인 경우 핵폭탄이라도 동원하면 잡을 수 있겠지만, 이런 비실체적 요괴 앞에서는 어떤 첨단 무기도 무력했으니까.

'알은 게으른 여자라고 했지만, 이 수많은 음식 쓰레기는 정상이 아냐.'

우유와 빵봉지에 적힌 제조기일은 거의 최근으로 모여 있었다. 피자나 치킨을 쌌던 상자는 언제 적인지 완전히 확신할 수는 없었지만, 역시 최근 것일 가능성이 커 보였다.

'이건 시킨 집에다가 물어보면 되겠군. 이 주소로 최근에 몇 통이나 배달했는지 말이야.'

은하도 비슷한 생각을 했는지 혜련의 곁에 와서 말했다.

"이 많은 음식을 요 며칠 동안에 먹어치운 건 아니겠죠? 그럼 빵 같은 걸 봉지만 뜯고 내다버린 걸까요? 아니면 그걸로 무슨 의식이라도 치른 걸까요?"

"잠시만. 한 가지만 확인해 보고 말할게."

피자집에 전화를 한 혜련은 신분을 밝히고서 협조를 얻어냈다. 그리고 잠시 뒤, 이 집 앞으로 최근 며칠 사이에 거의 수십 판을 배달했다는 사실을 알아냈다. 무슨 생일잔치 같은 걸 하는 걸로 알았다는 상대의 말에 그녀는 고개를 끄덕였다.

"그 다 먹어치웠다는 말. 사실일 것 같아. '누가' 먹었냐의 문제는 남겠지만 말야."

"그런… 그렇다면 무언가에게 제물로 바치다가 잘못되어서 자기가 거꾸로 당한 걸까요? 그래서 당하기 직전에 우리한테 전화해서 도움을 요청한 거고?"

계속되는 은하의 질문에 혜련은 웃어 보이며 손을 저었다.

"내가 프로라고 해서 한번 탁 보면 한꺼번에 좌르륵 있었던 일을 추리해 내는 만화 속 명탐정은 아니라고. 지금부터 자세히 조사해 봐야지. 일단 난 영력의 흔적부터 측정할 테니까, 함부로 이것저것 건들지는 마. 숨어 있던 무언가가 갑자기 발동되거나 하면 위험할 수도 있어."

그렇게 열심히 상의하는 두 사람을 알은 알 수 없는 배신감을 느끼며 쳐다보았다. 언제는 그렇게 죽어라 싸우더니 대체 언제부터 사이가 좋아졌다고 저런단 말인가?

'다행이긴 한데, 뭔가 더 걱정돼.'

하지만 어쩌겠는가. 다시 싸움 붙일 수도 없는 일이었으니까. 알은 신경 끄기로 하고 그냥 죽은 시체나 뒤적거렸다. 어딘가에 겉으로는 잘 보이지 않지만 치명적인 상처가 숨어 있을지 모른다는 기대였지만, 딱히 눈에 띄지 않았다. 거기다가 피를 흘리거나 한 흔적도 없었다.

'정말 어떻게 죽은 거지? 겉보기로는 아무 이상 없는데. 겁에 질려 심장 마비라도 걸렸나? 좋아. 물어보면 되지.'

혼령과 접촉하는 것은 쉬운 일도, 안전한 일도 아니다. 그 혼이 아직 지상에 머물러 있다면 낫지만 이미 명계로 떠나 버렸다면 혼령과 접촉하는 자체가 명계의 율법을 거스르게 되어 약간의 업보가 돌아오는 일이었다. 그래서 알이 하려는 건 정확히는 저승에 간 영혼을 불러오는 것은 아니었다. 그 영혼이 죽기 전 육체에 가장 강하게 남아 있는 사념을 읽는 것이었다.

"죽음에 이르러서도 사라지지 않고 남아 있는 한 가지 기억이여. 여기 그대의 못 전해진 말에 귀 기울이는 자 있으니, 마지막 말을 다시금 내뱉어 그 한을 풀라. 라스트 워드 오브 데드(Last Word of Dead)."

주문이 완성되자 알의 머리 속에 생각이 마구 울렸다.

'배고파. 배고파. 약… 다이어트 약. 배고파. 배고파. 배고파.'

"이 여자, 무슨 못 먹어 죽은 귀신이 붙었나? 마지막 말이 계속 배고 파야."

"그렇게 말했어? 다른 말은 더 없어?"

알이 외운 주문을 알아본 혜련은 한편으로는 영력을 측정하면서 관심을 보였고, 알은 순순히 다 대답했다.

"다이어트 약이라고도 한마디 하는데요? 다이어트 약이랑 배고픈 거랑 무슨 상관 있지? 설마, 저기 있는 저 많은 음식을 혼자서 먹어놓고도 배고프다고 하는 건 아니겠죠?"

"잠시만. 결과가 나왔으니 그것부터 좀 보고."

삐빅거리면서 혜련이 든 장치의 화면에 점이 네 개가 나타났다. 은하와 혜련의 위치에 해당하는 점은 그 크기가 비슷했다. 은하 쪽의 점들은 자세히 보면 작은 점들의 다발이라는 것이 달랐지만 말이다.

'정말 돈을 처발랐군. 주술자의 주력없이 순수하게 이렇게 유지되려면 작은 거 하나 만드는 데도 엄청 드는데 말이야. 여기 제일 큰 건 저 뱀파이어 녀석일 테고, 이것 봐라?'

마지막 가장 작은 점 하나는 여인의 시체에서 나타나고 있었다. 혜련은 영사 카메라를 꺼내 시체를 찍었다. 즉석 사진이 나오기까지 3분 정도를 기다리면서 혜련은 알의 질문에 대답했다.

"아니, 오히려 그럴 가능성이 있어. 비정상적으로 배가 고파졌다면 저걸 다 먹었다고 해서 이상할 것 없지. 그렇지 않았다면 저렇게 잔뜩 먹었을 리 없잖아? 그런데 다이어트 약이라고? 무슨 말이지?"

"몰라요?"

"뭔가 다이어트 약이 잘못되어서 끝없는 배고픔을 느끼고 계속 먹어치운 거 아닐까요? 저주 걸린 다이어트 약이라든지."

삼류였든 어쨌든 소설가답게 은하가 그럴듯한 이야기를 하나 지어 냈다. 그 말이 맞다고 할 이유도 없었지만 틀렸다고 할 이유도 없었기 에 혜련은 가능성 있음이라고 체크해서 마음속에 기억해 두고 사진을 뽑았다.

사진에 찍힌 여인의 시체에는 배 부위에서 붉은 빛 덩어리가 머물고 있었다. 비전문가인 은하가 보아도 요사스러운 빛이었다.

'그래도 이 정도 흔적이 아직 남아 있다는 건 다행이군. 원인을 밝 혀내는 건 의외로 쉽겠어. 하지만.'

혜련은 한숨을 포옥 내쉬었다. 옆에서 보고 있던 알과 은하가 뭐가 잘못되었냐는 눈길을 던져 왔지만 대답하지 않았다.

'의뢰비를 줄 당사자가 이렇게 죽어버렸는데 원인을 알아낸들 무슨 소용이 있냐고. 그냥 지금이라도 당사자 친척에게 장례나 치르라 하고 끝내 버리는 게 최고인데.'

사진 찍는 것 하나 하나가 다 손실이었기에 혜련은 이마에 주름살이 가려는 것을 억지로 참았다. 그리고 그녀는 손실을 최소화할 방안을 궁리하다가 곧 떠넘기기 좋은 상대를 찾아냈다. 바로 옆에 있었다.

"배 쪽에서 문제가 있는 게 아무래도 해부를 좀 해봐야 할 거 같은 데, 은하 양? 일원그룹 산하 병원 하나 있지? 거기서 좀 작업할 수 있을 까?"

"네? 알겠어요. 아버지에게 부탁해서 바로 하나 장만할게요."

'이로써 장소 확보 비용에다가 작업 도구 및 뒤처리 비용 절감 성 공.'

혜련은 싱긋 웃고는 만일을 대비해 방 안에 약간의 진을 쳤다. 자신들이 떠난 후에도 무언가가 나타난다면 바로 알 수 있게 해주는 진이었다. 감시 카메라와 소형 도청기까지 설치한 후 셋은 은하가 수배해 둔 병원으로 장소를 옮겼다.

"세상에, 이럴 수가!"

은하 아버지 그룹 휘하의 병원 해부실에서 배가 갈라진 시체의 한가운데를 본 알은 놀라며 입을 벌렸다. 사인은 너무나 명백했다. 죽은 여인의 내장이 있어야 할 자리에는 커다란 새하얀 구슬만 있었다. 위장도, 소장도, 대장도 없었다. 은하는 그 모습이 끔찍한지 고개를 돌리고는 밖으로 나갔고, 알과 혜련만이 남아서 그 모습을 보았다.

"이렇게 되었으니 살 수 있었을 리가 없지. 대체 뭐 하다가 이렇게 된 거죠?"

"뱃속에서 이 알을 키우고 있었던 거 같네. 대체 어쩌다가 저런 걸 뱃속에 넣게 되었는지 모르겠지만, 이미 죽은 거 손쓸 도리도 없고. 문제는 이 알을 넣게 된 이유인데. 그냥 재수없이 저주받은 물건을 구한 거라면야, 이 알만 파괴해 버리면 끝인데 말야."

자꾸 혜련의 입에서 '알'이라는 말이 나오자 알은 왠지 심기가 불편해졌다. 그런 알의 기색을 눈치 챘는지 혜련은 더 더욱 '알'을 강조해서 말했다.

"설마 저런 알을 대량으로 뿌리는 모체가 있어서 알을 주입한 건 아니겠지? 그렇다면 그 모체가 알을 또 주입할 거고, 그렇게 되면 알이 뱃속에 들어간 사람들은 저 알에게 양분을 빼앗기다가 마침내 저렇게 알에게 안이 먹혀서 죽음에 이르게 될 텐데. 그렇게 되는 걸 막으려면 그 알을 뿌리는 모체를 잡아야 할 텐데."

알이라는 단어를 최대한 많이 넣으려다 보니 문장이 약간 꼬였지만, 그래도 혜련의 말뜻을 이해 못한 자는 여기 없었다.

"모체… 라면?"

"관련 자료를 좀 찾아봐야겠어. 이 알에 대한 자료가 협회에 없진 않을 거야. 그때까지는 결론 내리는 걸 조금 미루어야겠지만. 그런데 아까 은하가 이거 다이어트 약의 부작용 아니냐고 했지? 정말로 이걸 다이어트 약이라고 사 먹은 거 아닐까?"

"설마요?"

"아냐. 그럴 수 있어. 잔류 사념으로 남은 게 배고파와 다이어트 약에 대한 말이었다면 그 약이 죽음의 이유라고 봐야 타당해. 그렇다는 건 은하의 상상이 사실일 가능성이 크다는 거지. 아무래도 조사해 봐야겠어. 이런 알을 다이어트 약이라고 믿고 사 먹은 여자가 더 있는지를 알아보면 되겠지. 일단 나가자. 은하 양에게 부탁해야겠어."

혜련의 설명을 들은 은하는 고개를 끄덕였다.

"결국 제 추측이 맞은 건가요?"

"아직 맞았다고 하기는 이르지만, 무시할 수 없게 가능성이 큰 건 사실이야. 그런데 말이야, 그 가정이 맞다면 대체 얼마가 국내에 들어와서 얼마가 팔려 나간 걸까?"

잠시 침묵이 내려앉았다. 누구도 대답을 하지 못하는 가운데 혜련이 다시 입을 열었다.

"협회 쪽에 부탁해서 방송을 내보내야겠어. 뉴스랑 신문에서 떠들면 만약 저 약을 사 먹은 자들이 있다면 충분히 보고 몰려들겠지. 하지만 있는 그대로 내보냈다가는 일반인의 불안이 너무 커질 거고. 내용은 조절해야겠지만 뭐, 그건 내가 협회랑 알아서 하기로 하고. 하아, 이거 정말 돈 안 되고 골치 아픈 일에 휘말린 거 같네."

혜련은 살짝 주름살을 지었다가 곧 미용에 안 좋다는 걸 자각하고 도로 폈다.

"이왕 이렇게 된 거 은하 양도 조금 더 도와줄래? 이 다이어트 약에 괴질균이 들어 있었다고 하고, 그 치료를 위한 신약은 여기 이 병원에서 현재 소량 보유 중이다라고 내보내야겠어. 괜찮겠어?"

"알겠어요. 그 정도는 아버지께 부탁하면 될 거예요. 치료비 비싸게 받아서 언니랑 나랑 가르면 되겠네요."

"호오, 소질있네. 좋아, 좋아. 하지만 치료가 가능한지나 의문이야. 사실, 현재로서는 협회에 제대로 된 자료가 있기를 바랄 뿐이지. 자, 시작하자."

그때부터 일은 초고속으로 진행되었다. 이 '부작용 많은 다이어트 약'에 대해서 신문과 방송에서 떠들었고, 기대에 어긋나지 않게 이 기적의 비약을 복용한 환자들이 순식간에 병원으로 모여들었다.

병원에 있는 회의실과 연구실 몇 개를 빌려 그들을 수용하고는 중세 관찰에 들어갔다. 복잡한 첨단 시설 같은 건 필요하지 않았다. 매점줄이 줄지가 않을 정도로 먹을 거리가 계속 들어갔던 것이다. 결국 중간에 아예 이들을 위해서 별도 담당반을 편성해 계속 음식을 공급해야 했다.

그사이에 여기저기와 연락을 취하며 오고 가던 혜련이 마침내 다른 자들을 불러모았다.

"정체를 밝혀냈어. 아귀의 환이야."

"아귀의 환이라고요?"

혜련은 알이 생각했던 이상으로 당황한다고 느꼈지만 일단은 넘어갔다. 그리고는 자세히 설명했다.

"응, 이름에서 짐작했겠지만, 일종의 저주받은 물품이야. 알처럼 생겼지만, 끝없는 배고픔에 시달리는 절반은 살아 있는 환이지. 인간의 몸속에 기생해서는 끝없는 굶주림을 인간이 느끼게 하고, 인간은 계속해서 먹어대지만 그럴수록 아귀의 환은 점점 더 커지고 굶주림도 더 커지지. 결국은 아귀의 환이 먹어치우는 속도를 인간이 감당치 못하고 아귀의 환 자체에 내부가 점점 더 먹혀서 죽음에 이르지. 그리고 숙주가 죽어버린 아귀의 환도 죽게 되고 말이야. 정확히는 잠드는 거라서 서서히 작아지다가 어느 날 새로운 숙주의 몸에 들어가면 다시 활동을 하게 되지만."

"그렇군요."

알은 열심히 고개를 끄덕였다. 그 모습에서 약간의 과장의 기미를 느낀 혜련은 추궁을 해볼까 하다가 은하가 마침 던진 질문에 대답하느라 다시 넘어가 버렸다.

"그럼, 치료 방법은 뭐죠? 외과수술로 저 알을 꺼내는 건가요?"

"아니, 불행히도 그게 안 돼. 여기 사진들을 봐. 뱃속에 내장이 있어야 할 자리에 이미 알들이 자리 잡은 지 오래야. 지금 외과수술로 꺼내면 글쎄. 위장의 일부를 잘라내고 사는 사람은 들어봤어도, 위장부터 대장까지 다 잘라내고 살아남은 사람은 들어본 적이 없는걸? 수술로 알을 들어낸 다음에 그 자리에 이식할 장기가 있지 않은 이상 수술은 무리야."

"그러면 어떤 방법이 있는 거죠? 저대로 방치해 두면 그때 같은 시체를 여럿 보게 될 거 같은데."

은하로서는 혜련에게 뭔가 해결책이 있겠거니 하면서 던진 질문이었다.

"알을 달래는 수밖에 없어."

"알을 달래요?"

심각한 와중에도 그 말장난에 은하는 킥 하고 웃었다. 알은 입술을 삐죽이 내밀며 항의했지만 혜련도 마주 웃어버리는 데는 별수없었다.

"그래. 알을 달래야 해. 저 알을 완전히 제거해 버려서도 사람이 죽어. 현재로써 소화, 흡수를 대신해 줄 건 저 알밖에 없으니까, 평생 데리고 살아야 하는데. 그렇다면 얌전히 자신의 장기 역할을 대신하도록 달래는 수밖에 없지. 그런데 문제는 이게 문제야."

혜련의 얼굴에서 웃음이 사라졌다.

"마땅히 달래는 방법이 당장 없어. 계속 먹여주지 않으면 난폭하게 날뛰면서 숙주를 먹어. 그런데 먹여줘도 더 큰 배고픔을 느끼면서 역시 숙주를 먹으며 자라나. 결국 먹어도 굶어도 저 녀석을 달랠 수 없어."

"이래도 안 되고, 저래도 안 되면 저 사람들 다 죽어야 하잖아요."

알은 그 끔찍한 결론을 아무렇지도 않게 말하는 혜련을 보고 놀래서 말했다. 하지만 혜련은 알의 호들갑에 맞장구쳐 주지 않았다.

"어쩔 수 없잖아? 결국 어떻게든 사람은 죽어! 퇴마사들이 신도 아니고 어떻게 모든 사건 사고를 다 책임지겠어? 그리고 아직 완전히 손 놓은 것은 아냐. 고대 문헌까지 다 뒤지는 중이야. 중국 쪽에 협조를 요청했으니까, 그쪽에서 무언가 연락이 오기를 바래야지. 나로서는 할 수 있는 건 다 했으니까 이제 기다리는 수밖에 없어."

알도, 은하도, 혜련의 그 말에 뭐라고 더 이상 말을 잇지 못했다. 혜련의 말이 틀린 것은 아니었다. 사실 언제는 이 세상 모든 사건 사고에 그들이 신경을 썼던가?

'그래도······.'

우걱거리면서 병실 안에 배치된 빵을 거의 쉬지 않고 먹어치우고 있는 여자들을 보며 알은 조금 불편했다. 환자들이 모여들고, 혜련이 환의 정체를 찾아 여기저기 다닌 지 며칠. 이미 증세가 상당히 진전된 자들이 나오고 있었다. 그 옆에서는 자신들도 곧 그렇게 될 거라는 생각에 공포에 질려서 먹는 걸 거부하다가도 곧 배에서 오는 통증을 참지 못해 조금 먹었다가 욱욱거리며 토하는 여인들이 있었다. 먹어도 먹지 않아도 죽음이 다가오는 것을 느끼는 자들과 이미 그것조차 느낄 여유 없이 먹기 바쁜 자들이 그려내는 풍경은 말 그대로 아귀지옥이었다.

"난 일단 가서 쉬어야겠어. 연락 오면 말해 줄게."

'하긴, 말은 그렇게 해도 마녀 누나라고 기분이 좋을 리는 없지. 무언가 좋은 연락이 와야 할 텐데.'

혜련이 사라지고 나자 은하가 머뭇거리면서 말을 꺼냈다.

"저기, 알."

"네?"

"나도 나름대로 한 번 찾아볼게."

"어떻게요?"

"'이 방면의 프로'로서 할 수 있는 건 혜련 언니가 빼놓지 않았다고 생각해. 하지만 이걸 하나의 질병만으로 본다면 다르게 우리 병원진이 할 수 있는 게 있을지 몰라. 한번 이 약을 먹은 사람들을 더 찾아봐야겠어. 어쩌면 그들 중에서 저런 증세를 안 보이는 자가 있을지도 몰라. 뭔가 의학적 해결책이 있을지도 모르잖아? 아버지께 부탁해서 찾아볼 테니까 너무 기죽지 마."

"헤에, 저, 기 안 죽었어요."

"그래, 알았어. 그럼 너도 해 뜨기 전에 자러 가. 내일 보자."

은하도 그 말을 하고 가버리고 홀로 남겨진 알은 유리창 너머로 정신없이 계속 먹고 있는 여자들을 보다가 결국 고개를 돌렸다. 다이어트 약 한 번 잘못 사 먹은 죄로는 너무 벌이 컸다. 그는 남들에게 들리지 않게 중얼거렸다.

"드뤼셀, 네가 판 거 아니지?"

사실이라고 해도 자신은 드뤼셀에게 뭐라 말하지는 못할 것이었다. 저 사람들은 결국 타인이었고, 드뤼셀은 자신의 정말 몇 안 되는 친구였으니까. 그래도 역시 기분이 우울했다.

그렇게 며칠의 시간이 흐르면서 사태는 점점 더 악화되어 갔다. 버티던 환자들도 점점 더 정신없이 먹는 대열에 합류하기 시작했으며 끝까지 먹는 것을 거부하다가 정신을 잃고 내출혈로 죽어버리는 자도 발생했다. 그리고 이미 상태가 좋지 않았던 여자들 중에는 죽음에 가까운 상태로 돌입하는 자들이 여럿 나오고 있었다.

그 아귀도에 진 회장의 돈으로 식량만이 떨어지지 않게 공급되었을 뿐 병원 관계자들도 근처에 가지 않았다.

"알, 왔네?"

"아, 은하 누나? 성과는 좀 있어요?"

"현재로써는 없어. 사실 처음부터 의학적으로 뭔가 할 수 있는 게 아니었을지도. 하아, 기분은 괜찮아?"

"저요? 헤헤, 며칠 동안 놀기만 한 건 아니에요. 익혀봐야 쓰지도 못

할 거라서 보관만 했던 제 책들을 뒤졌어요. 그리고 하나 찾아냈어요."

알의 자신만만한 웃음에 은하는 눈을 동그랗게 떴다.

"해결책을 찾은 거야?"

"아뇨. 임시방편밖에 안 되기는 하지만 사태 악화는 막을 수 있을지도 몰라요. 지금 막 할까 말까 하려던 참인데. 혜련 누나도 온다고 해서 기다리던 참이에요."

그때 문이 열리며 혜련이 무언가를 잔뜩 들고 들어왔다. 그 뒤를 나이 지긋한 도사 한 명이 따라 들어오고 있었다. 알이 움찔하면서 뒤로 물러났다. 저런 힘을 지닌 낯선 자를 상대로 본능적으로 경계할 수밖에 없었다.

"긴장하지 마, 알. 이분, 내가 모셔온 거야. 저 아귀환을 달래는 의식을 치러주실 분이야."

"해결책을 찾은 거예요?"

은하와 알의 입에서 똑같은 말이 나오고 혜련은 싱긋 웃었다.

"그래. 저게 고대부터 드물게 돌아다니던 물건이더라. 고대의 도사들이 저 알에게 제를 올려서 달래었다고 해. 제를 올려주면 아귀환이 요구하는 음식량이 적정 수준으로 변하기 때문에 통상적인 생활을 할 수 있어. 늦기 전에 사태 해결이지?"

"와아, 다행이네요."

알은 며칠간의 노력이 수포로 돌아간 것은 아까웠지만 그래도 기분 좋게 양손을 잡고 웃었다. 혜련도 이번 일의 공은 다 자신에게 있다면서 의기양양하게 보따리를 풀었다. 안에서는 제에 쓸 도구들이 나왔다. 그리고 혜련이 조금 서툰 중국어로 말을 걸자 도사도 고개를 끄덕거리며 안쪽으로 도구를 실어 날랐다. 알과 은하는 부정탈까 봐 좀 떨어져서 그 모습을 구경했다.

"그래도 다행이네. 사태가 더 커지기 전에 마무리되어서. 저 여자들 아마 다시는 다이어트 약 안 사 먹겠죠?"

"마무리되고 나서도 정상 생활을 하려면 좀 걸리긴 하겠지. 정신적 충격이 컸을 테니까. 그래도 생명만 건지고 나면 어떻게든 치료야 될 테니까."

도사가 부적을 사르고 향을 피우며 뭐라고 주문을 외웠다. 셋은 밖에서 잡담을 나누며 그걸 구경했다. 확확 하면서 향로에 불길이 치솟으면 도사가 무언가 알 수 없는 가루를 그 안에 쏟아 부었다. 그리고 다시 깃발을 휘두르며 주문을 외웠다. 그러면서 움직이는 힘을 알과 혜련은 잘 느낄 수 있었다.

의식이 막바지에 이르렀는지 도사의 이마에 땀방울이 탱글탱글 맺혔다. 아무래도 이 많은 사람들을 위한 제를 한꺼번에 올리려니 힘든 듯했다.

'할아버지, 힘내세요! 파이팅!'

알의 응원 때문에 부정 탄 것일까. 갑자기 도사가 당황해서 뭐라고 외쳤다. 그와 동시에 진 회장이 넣어준 음식물을 먹던 여자들이 모조리 도사에게 달려들기 시작했다. 그들의 눈에는 핏발이 서 있었다. 도사는 부적을 날리며 주위에 수호진을 쳤으나 여인들은 놀라운 힘으로 손에서 피가 나는 것도 상관치 않으면서 수호진을 마구 뜯었다. 도사는 그대로 문밖으로 도망치려고 했으나 진이 파괴되고, 여인 중 하나가 도사의 발을 잡는 것이 빨랐다.

"뭐가 어떻게 된 거야!"

알이 입을 쩍 벌리며 그 황당한 사태에 어이없어 하는 사이에 혜련은 재빨리 주문을 외웠다. 이런 사고 시에 무엇부터 해야 하는지 그녀는 잘 알았다.

"버스트 윈드!"

퍼엉.

폭발음이 들리고 여인들이 떨어져 나갔다. 도사도 부적 하나를 날려서 자신의 발을 잡고 있는 여인을 날려 보냈다. 그리고 바로 문밖으로 나와서 문을 닫았다.

"어떻게 된 거예요?"

도사가 뭐라고 혜련에게 다급하게 설명하자 혜련이 잠깐 아랫입술을 깨물더니 둘에게 통역해 주었다.

"의식은 성공적이었는데, 저 아귀환이 평범하지가 않대. 결과적으로 의식이 아귀환을 어설프게 자극한 격만 되어버렸다는군."

그건 그 말을 듣지 않아도 이미 알 수 있었다. 유리창 너머로 여인들이 자기들끼리 물고 뜯기 시작했기 때문이었다. 은하는 그 모습이 끔찍한지 고개를 돌렸다. 혜련은 허탈한 목소리로 말했다.

"완전 실패네. 할 수 없지. 말려봐야 어차피 곧 내출혈로 죽을 거고. 기자나 통제해야겠네."

"잠시 기다려 봐요, 누나."

혜련은 지금껏 들어본 적 없는 알의 말투에 조금 놀랐다. 알의 얼굴에는 지금껏 그녀가 본 적 없는 표정이 떠올라 있었다. 마음으로는 고민하는 가운데에도 행동만은 단호하게 나서는 결단을 보여주는 알을 보고 혜련은 묘한 느낌을 받았다.

'저러니까 마치 태인 이호기 같네. 저 맹한 뱀파이어가 뭘 하려는 거야?'

알은 쓰지 않게 되어 다행이라고 생각한 주문의 구현을 시작했다. 그의 몸에서 그날 깨어났던 강대한 마력이 소용돌이치기 시작했다. 혜련과 도시는 흡 하고 뒤로 한 걸음 물러났다. 고개를 돌렸던 은하조차 심상치 않게 느껴지는 기운에 알을 쳐다보았다. 그녀의 몸에 걸린 수호부들이 강대한 어둠의 힘에 반응해서 마구 흔들렸다.

알의 주위로 바람이 돌며 자잘한 물건들을 뒤흔들었다. 그 모습을 보고 혜련은 반사적으로 알에게 공격하려는 충동을 간신히 눌렀다.

'이 뱀파이어, 대체?'

"깊디깊은 네 번째 어둠의 지옥이여. 그 중심을 가로지르는 통곡의 산맥 너머에 끝없이 펼쳐진 차디찬 심연이여. 그 위에서 노니는 건 물의 제왕 리바이어선. 그 아래에 잠자는 건 봉인된 마수 마르덴일지니, 시간이 멈춰 붙은 영겁의 빙하가 자리 잡았도다. 두 번째 타천에서 벌어진 그 장엄한 투쟁에서 도도한 시간을 재워 세운 차디찬 손길이여. 나 여기서 그 위대한 군주들의 이름을 빌어 말하노니 강대한 힘 아래 여기에 다시 사역되어 생명을 잠재우는 봉인을 가하라. 실 오브 라이프(Seal of Life)."

알의 주문이 진행됨에 따라 서서히 짙어지는 어둠이 창 너머를 가득 메웠다. 그리고 주문이 끝났을 때 어둠은 다시 걷혔다. 창 너머의 광경은 조용했다. 여인들은 집단으로 마취 가스라도 맞은 듯 쓰러져 있었다. 알은 힘이 풀리는지 그 자리에 주저앉으며 말했다.

"하아, 다행이다. 먹히네. 이거면 일단 시간은 벌었겠죠?"

"저들의 생명력을 그대로 동결한 거냐?"

"네. 여러 번 반복할 것은 못 되기는 하지만, 좀 시간은 벌었겠죠? 완전하지는 않아서 서서히 풀릴 거예요. 그 자체로 생명력에 위협이 되니 또 쓰기는 부담스럽지만요. 그사이에 그 의식 어떻게 바꾸어야 할지 알아내실 수 있으시겠어요?"

"해볼게. 일단 가서 쉬어. 힘들었을 테니."

"네."

알이 떠나고 나자 혜련은 숨을 몰아쉬며 스스로를 진정시켰다. 알 본인은 얼마나 자각하고 있는지 몰라도 지금 혜련과 도사의 관심사는 쓰러져 있는 여인에게 가 있지 않았다. 비슷한 일에 종사하는 두 사람으로서 방금 전에 그대로 노출되어 버린 강대한 어둠의 힘은 정신적으로 상당한 충격이었다.

'저 녀석, 진짜 정체는 저거였나.'

혜련은 무언가를 털어버리려는 듯 고개를 마구 흔들었다. 일단은 지금 이 일이 우선이었다. 그녀는 자기 이상으로 충격에 빠져 있는 도사를 진정시키고 상의를 시작했다. 하지만 도사는 고개만 저었다. 뭔가 자기보다 훨씬 강대한 존재가 새로이 만들어낸 듯한 저 환은 어떻게 해야 할지 도무지 감 잡을 수 없다는 것이었다. 그 말을 혜련은 이해했다.

'사실상 새로이 만들어진 아귀의 환이라면 그걸 만든 자도 대단한 능력자. 결국 저걸 파훼할 의식을 만들어내는 것도 그만한 능력자가 아니면 안 되겠지. 하지만, 지금 저걸 위한 의식 연구에만 매달릴 만한 그만한 능력자는… 알 녀석, 고생해서 주문을 썼는데 결국 헛수고가 될 거 같군.'

도사는 연이어진 충격을 더 버티기 힘들었지만 혜련에게 작별 인사를 하고 황망히 사라졌고, 대충 표정에서 대화의 내용을 짐작한 은하가 확인하는 물음을 던졌다.

"방법이 없는 건가요?"

"그런 거 같아. 저 사람들 차라리 지금 안락사시켜 주는 게 낫지 않을까?"

"그건 안 돼요!"

예상외로 강한 은하의 말에 혜련은 한순간 당황했지만 곧 이해했다. 가망없으니 안락사시키자라는 말이 은하에게 충분히 콤플렉스가 될 만했다.

"마음대로 해. 지금 너희 병원에서 돌보고 있으니까. 하지만 잘 생각해 봐. 어차피 가망없다고. 알의 마법이 끝날 때 정도까지야 기다려도 좋겠지만."

혜련도 그 자리에 더 있기는 싫었는지 나가 버렸고, 은하는 그런 혜련에게 뭐라고 말하려다가 그냥 뒤따라 나갔다. 원래 힘없는 그녀였지만 이번에는 더욱 힘이 없었다. 혜련의 말이 귓가를 맴돌았다.

'정말로 안락사시켜 줘야 하는 걸까. 다른 수단은 없는 걸까? 결국 결정된 운명에서 움직일 수 있는 선이라는 건 정해진 걸까?'

그런 건 싫었다. 하지만 전문가인 혜련과 중국의 도사도 어쩔 수 없다고 하는데 그녀가 할 수 있는 게 없었다.

'결국 난 할 수 없는 걸까. 안 되는 걸까?'

다음 날 알과 혜련이 다시 모였지만 별다른 대책은 나오지 않았다. 아니, 처음부터 나올 수 없었다고 해야 맞을지 몰랐다.

"방법이 없나요?"

"글쎄. 뛰어난 자들이 여럿 달려들어 연구하면 모르겠지만 그럴 시간도 없고, 사실상 힘들다고 봐야지."

"그런……."

침울해진 알의 표정을 보고 혜련은 혜련대로 짜증이 났다.

'가볍게 생각하고 도와주려 했는데 어째서 걸리는 일마다 이런 건지. 하아, 스트레스 쌓인다. 스트레스 쌓여.'

그때 은하가 숨을 몰아쉬며 들어왔다. 만약에 뛸 수만 있었으면 뛰어왔을 기세였다.

"사람이 있어요. 사람이."

"무슨 사람?"

"그 약을 먹고도 무사히 발병 안 하고 있는 사람요. 수소문 끝에 찾아냈어요. 아프리카에 자원 봉사 가 있어서 찾는 게 늦어졌어요. 지금 비행기로 여기 오고 있는 중이니까 곧 도착할 거예요. 그 사람을 연구하면 치료법을 알아낼 수 있을지도 몰라요."

"다른 약이랑 헷갈린 거 아냐? 비슷한 거랑 착각했다든지."

"일단 여기 와서 사진 찍어보면 확실히 알 수 있잖아요? 뭔가 찾아냈으면."

"그건 그래. 밑져야 본전이니 기다려 보지."

알의 말에 대답은 그렇게 하면서도 혜련은 영 시큰둥한 얼굴이었다. 혼자만 딱히 발병 안 할 그 무엇이 있을 리 없었다. 그러나 몇 시간 뒤 찾아온 여자의 사진을 찍었을 때 혜련의 표정은 바뀌었다. 정말로 그녀가 먹은 것도 아귀환이었던 것이다.

'어떻게 된 거야? 그녀의 내장도 아귀환으로 바뀌어 있는데 어떻게 발병 안 한 거지? 숨겨진 영력이 있어서 아귀환의 발병을 누른 건가?'

"저… 어떤가요?"

상대방 여인은 검게 탄 얼굴로 조심스럽게 물어왔다. 사정 설명을 듣고 전부 뻗어 있는 여인들을 보고 왔으니 스스로의 상태가 매우 걱정되는 모습이었다.

"아귀환이 맞아요. 그런데 극심한 배고픔 증세를 느낀 적이 없나요? 뭔가 특별한 조취를 받거나 한 것 없나요? 뭐든 좋으니 떠오르는 건 다 말해 보세요."

"글쎄요. 그런 건……."

여인 스스로도 이유를 모르겠는지 당혹한 표정을 짓자 알이 부산을 떨며 재촉했다.

"뭐든 좋으니까, 생각나는 대로 다 말해 보세요. 낯선 사람한테 특이한 부적을 받았다거나, 뭔가 특별한 영약을 뒤에 먹었다든지."

여인은 그 말에 한참을 생각하다가 팔찌를 풀렀다.

"어머니가 부적이라고 주신 건데 혹시 이게 아닐까요?"

그 말에 혜련은 바로 그 팔찌 검사에 들어갔다. 하지만 잠시 뒤 그녀는 고개를 저었다. 이런 걸로는 어림도 없었다.

"다른 거 뭐 생각나는 건 없나요? 약을 먹고 그 뒤로 아무런 증세가 없었나요?"

여인은 곰곰이 생각하더니 대답했다.

"처음에는 정말 살이 잘 빠졌어요. 그런데 조금씩 배고픔이 심해지더라고요. 먹어도 더 배가 고프기만 하고. 그런데 언제부터인가 그 배고픔이 사라졌는데. 그게… 아, 그래요. 그때부터예요."

"그때라면?"

은하와 혜련, 알의 눈길이 한꺼번에 쏟아지자 여인은 부담스러운지 잠시 말을 머뭇거리다가 대답했다.

"하지만 그건 무슨 주술적 조치하고는 상관없는 건데."

"말해 봐요. 뭐예요?"

"그러니까 배고파하다가 TV에서 아프리카 프레지아 지역의 굶어 죽어가는 아이들 모습을 봤어요. 순간 그 애들 모습이 남의 모습 같지가 않아서. 저 애들은 얼마나 서러울까 하는 생각에 적십자 자원 봉사단에 신청했거든요. 그래서 그곳에 가서 봉사 활동을 시작한 이후로 배고프지 않았어요. 혹시, 아프리카 물이 이 아귀환을 잠재운다든지 그런 걸까요?"

셋 중 누구도 대답해 주지 않자 여인은 머쓱해져서 입을 다물었다. 하지만 그건 셋이 여인을 무시해서 그런 게 아니었다. 여인의 말에서 단서를 찾기 위해 다들 생각에 빠졌기 때문이었다. 그리고 혜련이 자리에서 벌떡 일어났다.

"설마? 아냐. 충분히 가능해. 아귀란 자체가 원래는 음식을 너무 탐내다가 결국 스스로는 아무리 먹어도 배부르지 못하는 형벌을 받은 자들이니까."

"누나, 뭔가 찾은 거예요?"

"자원 봉사. 그때 이후로 배고프지 않다고 했죠?"

"네? 네."

혜련의 서슬에 여인은 고개를 끄덕였고, 혜련은 세 사람을 차례로 쳐다본 후 말했다.

"이건 가설이지만, 이분이 아귀환에 당하지 않은 건 다른 굶주린 자를 배고프지 않게 먹였기 때문이 아닐까? 따지고 보면 저건 일종의 저주의 물건이야. 강력한 저주는 어떤 방아쇠가 있어서 그 부분을 공략하면 풀리도록 하는 경우가 있어. 보다 더 강한 저주가 되기 위해서 숨통을 만든다고 할까?"

"그 숨통이라는 게 이번 경우에 다른 굶주린 자의 배를 채울 것이라는 건가요?"

"확인해 봐야지. 알, 증세가 좀 가벼운 사람으로 한 명 깨워줄래?"

"네, 알겠습니다."

그 뒤로 일은 다시 빠르게 진행되었다. 깨운 여인에게 상황을 설명한 후 자원 봉사를 하러 보내고 결과를 보고받기까지 순식간에 일은 진행되었다. 아프리카에서의 연락을 기다리며 셋은 사무실에서 시간을 보냈고 마침내 국제 전화가 울렸을 때 혜련이 받았다.

"네. 네… 네. 네, 알겠습니다."

대화에서 기다리던 전화라는 걸 눈치 챈 알과 은하가 누가 먼저랄 것도 없이 물었다.

"뭐래요?"

"오호호홋, 누가 낸 아이디어인데 결과야 물어보나마나 아니겠어? 내 생각이 맞았어. 사건 해결이야."

"와아!"

"병에 안 걸린 사람 수배해 보자는 아이디어는 제가 냈는데요."

"어머, 그 사람에 대해 제대로 조사한 건 나야. 거기다가 아귀환이라는 자체를 알아낸 것도 나라고."

"하지만 그 환자 돌보는 장소도 제가 주선해서 빌린 거고……."

혜련과 은하 사이에 날카로운 눈빛 싸움이 재개되었지만 알은 신경 쓰지 않고 베란다로 나가서 바깥을 바라보았다. 밤하늘 공기가 상쾌했다.

'에헤헤, 태인 돌아오면 자랑해야지. 뭐, 따지고 보면 진짜 일은 두 누나가 다 하지만 어쨌든 태인 없이도 사무실 안 망하게 꾸려 나가고 있잖아?"

다음날 단체로 환자들을 비행기에 실어 아프리카로 보내놓고 셋은 느긋하게 차를 마셨다.

"하지만 정말 대단한 작품이었어. 스스로의 저주를 풀려고만 해서는 절대로 벗어날 수 없도록 해놓다니. 누가 만들었는지 존경스러울 정도야."

"에헤헤, 뭐, 누가 만들었든 어때요. 어쨌든 이제 해결되었잖아요?"

알의 그 말에 은하도 빙긋 웃었다.

"희생자가 커지기 전에 해결되어서 다행이에요. 덕분에 저도 좀 자신감을 얻었고."

"아아, 다음 일은 제발 좀 쉬운 걸로 들어왔으면."

"그렇게 되기를 빌어줄게. 그리고 나, 다른 할 말 있는데."

은하는 잠깐 말을 멈추고 알을 바라보았다. 무슨 말인지 빨리 해보라고 눈빛으로 재촉하는 소년에게 그녀는 조용히 웃어 보였다. 부러웠다. 튼튼한 몸과 스스로의 힘으로 자신의 인생을 걸어가는 그 자유가. 혜련도 알도 정말로 동경했었다. 그래서 옆에서 보면서 자신도 거기에 끼이기를 바랐다. 하지만 이제 괜찮았다. 그녀에게도 그녀가 할 수 있는 게 분명히 있었다.

"그만 집에 들어가 봐야 할 거 같아. 아버지한테 부탁해서 내 일을 찾아보려고 해. 소설도 계속 쓰겠지만 말야. 심장병 어린이 돕기 재단이라도 하나 만들려고."

"헤에, 좋은 일이네요. 할 수 없죠."

알은 인사치레로 하는 말을 내뱉는 순간 진짜로 섭섭한 감정이 드는 걸 느꼈지만 곧 부인했다.

'그럴 리 없다고. 둘 중 하나만이라도 없어져 달라고 얼마나 바랐는데. 음, 그래도 정들었으니까 아주 조금은 섭섭해도 괜찮을지도.'

알이 내미는 손을 잡고 악수를 하며 은하는 혜련에게도 웃으며 고개 숙여 보였다.

"언니 보고 많이 배웠어요. 그래서 저 자신도 무언가 할 수 있겠다는 자신감이 이제 좀 들어요. 다음에도 기회 닿으면 우리 같이 차나 한 잔 해요."

"호홋, 얼마든지. 나의 훌륭함을 배우고자 한다면 아량을 베풀지 않을 수 없지."

은하는 이번에는 혜련의 말에 맞받아치지 않고 그냥 웃어넘겼다. 그 모습에 혜련은 은하를 다시 쳐다보았다.

'많이 컸는걸. 이 아가씨도.'

손 흔들어주는 알을 뒤로하고 문밖에 대기하고 있는 차에 올라타 피곤한 몸을 누이며 은하는 크진 않아도 당찬 목소리로 운전 기사에게 말했다.

"아버지께로 부탁합니다."

●Chapter 11
천사 강림 마왕 도지

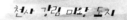

천사 강림 마왕 도지

"그러니까 말이죠. 누나, 왜 누나 손님을 맞는데 저까지 마중 나가야
해요?"

"그러면 넌 명색이 남자면서 이 야심한 시간에 무슨 일을 당할지 모
르는 연약하고 아름다운 아가씨를 그냥 홀로 나가도록 내버려 두겠다
는 말이니?"

"저기 아름다운까지는 동의해 줄 수도 있지만 연약한은 절대 아니라
고 보는데요."

알은 과감히 이 말을 내뱉었다. 얼마 전의 사건에서 자신이 혜련보
다 강하다는 사실을 확인한 알의 간은 약간이나마 부풀었던 것이다.
그리고, 탕 하는 소리와 함께 알의 오른쪽 귀 아래쪽으로 총알이 스쳐
지나갔다.

"어머, 웬 바퀴벌레가 있네?"

"누나. 아무리 그래도 난 바티칸 쪽 멤버와는 별로 마주치고 싶지가 않……."

탕!

다시 한 번 총소리가 나고 이번에는 알의 왼쪽 귀 아래쪽으로 총알이 스쳐 지나갔다.

"바퀴벌레가 왜 이리 많담. 참, 뭐라고? 총소리 때문에 잘 못 들었어. 다시 말해 주겠니?"

"……."

'아냐. 나도 자존심이 있지! 두려워할 거 없어. 나도 그때의 내가 아냐! 예전에는 엄두도 못 내던 주문들 이제 무리없이 쓰는걸! 나가자, 알. 마녀의 공포에서 해방되는 거야. 자존심이 있지. 언제까지 주눅 들어 살 거냐!'

'자존심 강한 알'이 모처럼 위세를 떨치며 '생존력 강한 알'을 코너로 몰아붙였다. 알의 몸에서 강대한 마력이 조용히 넘실거렸다. 보통 인간들은 볼 수도 느낄 수도 없는 그 힘은 그러나 자체로 강대한 벽이 되어 알을 감쌌다. 두께 10m 이상의 콘크리트 벽 중간중간에 두께 10cm짜리 강철판 스무 개 정도를 박아 넣은 방공호에 비겨도 부족함이 없는 강력한 벽을 보고 혜련은 조용히 무기를 바꾸었다.

"그런데, 알. 넌 어떤 죽음이 낭만적이라고 생각하니?"

"……?"

갑자기 저 누나가 왜 저래 하는 표정을 짓는 알에게 혜련은 생긋 웃어 보이며 총을 넣고서는 양손을 마주 잡았다.

"햇빛 찬란히 비치는 백사장에서 파도 소리 들으면서 온몸에 햇빛을 받으며 잠들듯이 고통을 느낄 사이도 없이 순식간에 가버리는 죽음. 아름답지 않아? 아아, 너무 낭만적일 것 같아."

알은 등 뒤로 식은땀을 흘렸다. '자존심 강한 알'이 보여준 한순간의 틈을 노리고 '생존력 강한 알'의 크로스 카운터가 작렬했다.

'그러고도 남을 마녀야.'

밤에는 이제 분명히 그가 강했다. 하지만 낮에 자는 동안 자신의 관을 백사장으로 끌고 가서 뚜껑을 열어젖히고는 타 들어가는 자신의 몸을 보며 낭만 뱀파이어를 불러제끼는 혜련의 모습을 떠올리니 알의 용기는 순식간에 사라졌다.

"누나, 그런 건 나중에 고민하고 손님맞이 가셔야죠? 제가 모실게요."

혜련의 손을 덥석 잡고서 알은 최대한 귀엽게 웃어 보였다.

"어머, 내 정신 좀 봐. 아까부터 그 일 한다고 해놓고 잠깐 잊었지 뭐야. 잠시만 기다려. 화장하고 옷 좀 갈아입고 나올게."

'자존심이 피 먹여주냐.'

마음 한구석에서 마지막 발악을 하려는 '자존심 강한 알'을 '생존력 강한 알'이 마무리 펀치를 날려 때려눕힌 후 저 구석에 폐기하려고 끌고 갔다. 이미 승부가 끝난 것을 안 '심판 알'은 카운터도 세지 않았다.

임시로 쓰고 있는 자신의 방으로 들어가 문을 닫은 혜련은 그대로 주저앉았다. 다리가 후들거리고 숨이 막혔다.

"하아, 위험한 도박이었어. 정말 볼수록 두렵군."

그녀는 주머니에 들어 있는 수호석을 만지작거렸다. 만에 하나 제어 한계를 벗어나는 상황이 벌어지면 쓰려고 아껴두고 아껴둔 물건이었다. 얼마 전 학교에 갇힐 뻔한 상황에서조차 쓰지 않은 물건이었다. 하지만 지금 그 수호석은 그녀의 손바닥에서 흘러내린 땀으로 젖어 있었다.

'반사적으로 손이 갔어.'

만약에 상대가 조금만 더 그 힘에 어울리는 외양을 지니고 있었다면, 아니, 상대가 그녀가 잘 모르는 뱀파이어이기만 했어도 그녀는 주저없이 수호석을 날리고 최대한 도망쳤을 것이었다.

"훗, 그런 녀석을 멋지게 부려먹는 나야말로 더 대단한 거 아니겠어? 오호호홋."

그녀는 당당하게 일어섰다. 옷장을 열어 최대한 화려하게 보일 복장을 고르면서 그녀는 다시 한 번 소리 높여 웃었다.

"오호호홋, 기분 나쁜 바티칸의 녀석들. 오늘 콧대를 납작하게 해주지. 뭐, 이 몸이 짝퉁 마법사라고? 그래, 그래. 니들은 정통 사제들이고, 우리 백마법사들은 신성력을 어설프게 빌려 쓰는 사이비다 이거지? 좋아, 좋아. 그 원조의 실력 한번 오늘 보자고. 설마, 이 몸도 제압하는 뱀파이어 하나 못 당해내서 쩔쩔 매진 않겠지? 오호호호."

처음에는 알의 막강한 힘을 재확인하고 두려움에 떨었던 그녀였지만 이제는 기분이 매우 좋았다.

"으음, 왜 이리 춥지. 난방이 잘 안 되나."

혜련의 방에서 무슨 말인지 알아들을 수 없는 중얼거림에 섞여서 웃음소리가 드높게 울려 퍼지자 알은 오한을 느끼면서도 그 이유를 딴 데다가 돌렸다. 진실은 때때로 묻어버리는 게 정신 건강에라도 좋았다.

차에 실려가면서 알은 밤하늘을 올려다보았다.

'아아, 오늘따라 별은 무지하게 밝구나. 흑, 달빛은 또 왜 저리 찬란한 걸까. 그래. 뭐, 선글라스 끼고 모자 눌러쓰고 입에 사탕 하나 물고 있으면 별로 수상하게 안 보이겠지. 그래, 귀에는 이어폰도 끼고, 워크맨도 하나 주머니에 넣고 롤러 블레이드라도 신고 있으면 좀 괜찮겠지?'

자신이 남의 눈길을 피할 때 사용해 본 복장 중 가장 효과가 좋았던 것들을 모아놓으며 알은 또 뭐가 필요할까 고민했다. 그런 알에게 혜련은 웃어 보이며 알이 할 일을 일러주었다.

"뭐, 너무 걱정하지 마. 어차피 접대는 내가 할 테고, 네가 영어 통역 같은 건 안 해줘도 돼. 그냥 공항까지만 같이 가고, 거기 대기실 같은 데서 놀고 있어도 좋아."

"정말요?"

"그럼. 나중에 손님 접대 끝내고 데리고 갈 테니까, 대기실에서 얌전히 있어. 알았지?"

"네. 걱정 마세요."

감히 어느 안전이라고 거절하겠는가. 알은 생각보다 마녀에게도 착한 구석이 있구나 하면서 감격했다.

'그동안 첫인상 때문에 너무 색안경을 끼고 본 걸지도.'

그래서 알은 그렇게 신경 써줄 거면 애초에 공항에 왜 끌고 나왔을까라는 것에 대한 고민은 잊어버리고 말았다.

잠시 뒤 1층 공항 대기실에서 왔다리 갔다리 하면서 놀고 있는 알을 2층에서 내려다보면서 혜련은 쿡 하고 웃고 말았다. 바티칸 사람들과 만나러 간다고 할 때 뭘 주섬주섬 챙기나 했더니 지금의 알의 모습은 가히 '변장'이라고 할 만했다. 물론 원래 모습에서 무얼 크게 바꾼 것은 없었지만.

'헐렁한 티셔츠, 야구 모자에 선글라스, 롤러 블레이드에 이어폰, 입에는 사탕 하나. 쿡, 정말 저런 소품도 모아놓으니 '뱀파이어'를 숨기는 데는 완벽하군. 누가 저 모습에서 나도 두려움에 차게 만드는 강대한 흡혈귀를 떠올리겠어?'

그럴 수 있다면 그건.

'엄청나게 감각이 예민한 자거나 미친놈이거나 둘 중 하나겠지.'

그녀는 씨익 웃었다. 팻말을 들고 있는 그녀를 알아보고 손님 둘이 손짓하고 있었다. 그녀도 손을 마주 흔들었다. 지금 그녀가 손을 흔들며 마중하는 상대는 다행히 후자였다. 그러니 계획에는 아무 문제 없었다.

"어서 오시지요."

'발음 좋고. 아아.'

스스로의 뛰어난 언어 구사력에 감탄하며 혜련은 두 손님을 맞이했다. 이번에 바티칸에서 물건을 들고 온 손님들은 아직 젊은 신부와 수녀였다.

'외국인은 성장이 빠르니 의외로 나이는 더 어릴지도.'

"당신이 혜련입니까?"

신부는 영어에 익숙하지 않은지 조금 떠듬거렸으나 의사 소통에 큰 문제는 없었다. 하지만 보고 있기 답답했는지 옆의 수녀가 유창한 말로 그 뒤를 이어받았다.

"저는 헬레나, 이쪽은 미하일입니다. 만나서 반갑습니다. 한국에서의 일정 동안 안내를 부탁드려도 되겠습니까?"

"물론입니다. 그러기 위해서 여기 나온 걸요. 그런데 부탁했던 물건은 가져오셨나요? 대금은 이미 보냈습니다만."

"여기 있습니다. 숙소에 도착해서 드리려고 했습니다만 지금 드릴까요?"

"네. 조금이라도 빨리 보고 싶군요. 워낙에 기대하던 물건이라서요."

그 말에 신부 쪽은 자부심 넘치는 얼굴로 고개를 끄덕였다.

"하기야 이번 같은 물건 좀처럼 보기 힘드셨겠지요. 건네드리도록 하지요."

'호홋, 잘난 척도 앞으로 몇 분 안 남았단다, 애송아.'

바티칸에서 그래도 외부로 보내는 인물이니 평범한 인물을 보내지야 않았겠지만, '평범' 하지 않은 정도로 상대하기에는 알의 힘은 이미 그 너머에 있었다.

"과연 바티칸의 물건은 다르군요. 보기만 해도 넘쳐흐르는 강대한 신성력. 일반인이 보아도 감탄할 자체로써 예술품으로 삼아도 좋을 균형미. 조금도 돈이 아깝지 않습니다."

물건을 건네받고 그녀는 한껏 추켜세웠다.

"물론이지요. 당신의 그간 행동이 바티칸의 목적에 부합한다고 생각되었기에 이 물건을 건네드리는 것이지, 그렇지 않았다면 이 물건의 진정한 가치의 10분의 1도 안 되는 그 정도 돈에 팔릴 물건이 아니지요."

'얼씨구, 이 바가지 상인들이 적선한다는 것처럼 말하고 있네.'

혜련은 꾹 참고 웃어 보이며 물건 중 하나를 집었다. '탐지' 를 전문으로 하는 거울 형상의 계기였다.

"어디 이것부터 한 번 써볼까요? 무척이나 정밀하다 들었는데 자잘

한 잡귀까지 다 잡히겠죠?'

'자아, 알 군. 수고 좀 해줘. 너무 심하게는 하지 말고. 아직 풋내기들인데 너무 상처받으면 좌절에 빠져서 파계라도 할지 모르잖아?'

파밧.

거울에서 스파크가 튀면서 가까운 곳에 강력한 마가 존재함을 가리켰다. 주위 풍경 대신에 좌표축이 떠오른 거울은 여기서 아래쪽에서 조금 옆으로 간 곳에 엄청나게 강력한 마가 있음을 표시했다.

"어머? 이럴 수가. 어떻게 이만한 존재가 공항에? 잡귀 수준이 아니네?"

천연덕스럽게 말하는 혜련의 손에서 미하일이 거울을 낚아채 갔다. 거울에 표시된 빛의 크기를 보고 그의 안색이 굳었다.

"이런 악마가 지상을 활보하며 어린 양들을 위협하다니, 주의 사도로서 두고 볼 수 없군요."

"괜찮으시겠어요? 엄청 강해 보이는데. 여행에 피곤하실 텐데 일단 호텔에 가서 쉬시고 내일 추격하심은?"

걱정해 주는 척하는 혜련의 말에 미하일은 단호하게 고개를 저으며 헬레나를 쳐다보았다.

"헬레나. 네가 할래? 내가 할까?"

"내가 할게."

'오호라, 이런 일로 둘이 같이 나서는 것은 자존심 상한다 이거지? 오호홋, 마음대로 해봐. 그 여유가 얼마나 갈까나.'

"그럼 부탁할게, 헬레나. 오늘 저 악마와 우리가 마주치게 된 것도 주님께서 인도하신 뜻. 저 악마를 무찔러 어린 양들이 밤길을 좀 더 마음 놓고 다닐 수 있게 하는 것이야말로 그늘에서 싸우는 우리들의 사명. 믿겠다, 헬레나."

신부가 수녀의 어깨를 가볍게 짚은 후 뒤로 물러났고, 헬레나 수녀는 조용히 표적을 물색했다. 거울에 비치는 위치를 확인한 그녀는 한순간 눈을 의심했다. 상대는 너무나 평범한―아니, 평범하지는 않았다. 눈에 띄게 귀엽고 선량해 보였다―소년이었던 것이다. 한순간 그녀의 손에 들린 성구를 의심할 뻔한 그녀는 곧 속으로 참회의 기도를 올렸다.

'가장 크나큰 악은 그 실체를 거짓된 모습으로 가림을 알면서 한순간 넘어갈 뻔한 저의 어리석음을 용서하소서. 저 악을 섬멸함으로써 저의 죄를 속죄하겠나이다.'

헬레나 수녀는 입을 벌려 찬송가를 부르기 시작했다. 공항에 때 아닌 노랫소리가 울려 퍼졌지만 사람들은 곧 인상을 펴고 조용히 경청했다. 맑고 고운 소리가 신자와 불신자를 가리지 않고 마음을 부드럽게 달래주고 있었다.

'와아, 멋지다. 외국에서 온 성가대인가? 엄청 비싼 성악 공연에 돈 내고 들어가도 듣기 힘들 정도로 훌륭한 노랫소리야. 자선 공연하는 건가?'

알 또한 예외는 아니어서 넋을 잃고 제자리에 서서 찬송가를 들었다. 라틴어로 된 찬송가의 내용을 알아들을 수는 없었지만 음만으로 마음이 포근해져 왔다. 처음 얼마 동안만 말이다.

'어어, 근데 왜 저렇게 저기에 신성력이 뭉치는 거지?'

뭔가 편안하게 감상하기에는 분위기가 상당히 험악했다. 일반인들은 그 힘의 기운을 알게 모르게 느끼며 한층 엄숙한 기분으로 젖어들었을지 몰라도 알은 그럴 형편이 못 되었다. 알은 뭔가 이상하다는 걸 느끼고 만일의 사태를 대비했다.

"그리하여 신의 영광이 이 땅에 이르노니 우리는 마침내 승리하오리다."

노래의 마지막 구절이 끝나고 찬란한 푸른빛으로 타오르는 광구가 생겨나 알이 있던 자리에 그대로 내리꽂혔다.

"스피어 오브 보이드(Sphere of Void)!"

그리고 거기에 맞서는 검은 구체가 생겨났다. 푸른 광구와 검은 구체는 서로 상대를 갈아버릴 듯이 격렬하게 회전하며 부딪쳤고, 거기서 생겨나는 충격파가 주위를 뒤흔들었다. 보통 사람들은 이제야 사태가 심상찮음을 깨닫고 허둥지둥 도망쳤다.

격렬하게 회전하며 어느 쪽으로도 밀리지 않고 부딪치던 두 구체는 서서히 푸른 광구 쪽이 밀리기 시작했다. 알은 그걸 보며 당황했다.

'어, 저러면 안 되는데.'

저쪽에서 불문곡직하고 공격을 해오니 엉겁결에 반격을 하긴 했지만 그렇다고 상대를 죽여 버리는 선에까지 이르면 절대로 정당방위로 인정해 줄 마음 좋은 세상이 아니라는 것을 알은 잘 알았다.

아니, 정당방위는 고사하고 오상방위론인들 인정해 줄 인간들이 아니었다. 알은 슬그머니 주문을 멈춰야 하는 게 아닐지 심각하게 고민했다. 하지만 그 순간 무너져 가던 균형이 급격하게 깨져 버렸다. 푸른 광구가 깨어져 나가듯이 조각나며 사방으로 푸른 빛이 비산했고, 그사이를 뚫고 검은 구체가 수녀를 향해 쏟아져 나갔다.

'히엑!'

그 모습에 알의 안색이 새하얗게 질렸다. 하지만 그건 지나친 걱정이었다. 검은 광구와 수녀 사이로 갑자기 신부가 뛰어올랐다. 신부의 손에는 어느 사이에 새하얗게 빛나는 오라로 된 검이 들려 있었다.

"주의 권세 앞에 적 없도다!"

온 공항이 울리도록 큰 목소리로 외치며 신부의 검이 위에서 아래로, 왼쪽에서 오른쪽으로 십자가를 그리며 움직였다.

파앗.

백색의 광휘가 검은 구체를 네 조각으로 쪼개며 파고들더니 한순간 안에서 작렬하며 '스피어 오브 보이드'를 소멸시켰다.

'휴우, 다행이다… 가 아니잖아! 저건 또 누구야!'

자신이 우세를 점하긴 했지만 결코 만만치는 않아 보이는 수녀의 앞에 역시나 만만치 않아 보이는 신부가 콤비로 서 있자, 알은 울고 싶었다. 아마 바티칸에서 온 두 사람인 것 같았는데 그 두 사람이 어떻게 자신을 알아보고 공격하는 건지 알 수가 없었다.

'흑, 이렇게 되면 그 누나가 말려주지도 못하겠지?'

"흡혈귀로구나. 주의 태양을 피하여 거짓된 힘으로써 원죄의 대가를 피하고자 하는 부덕한 자여. 오늘 우리가 주님을 대신하여 심판을 내리겠노라."

신부가 그대로 뛰어내리며 알에게 달려들었고, 뒤에서 수녀는 다시 본격적으로 성가를 시작했다.

"저기요. 오늘도 정의 사회 구현을 위해 불철주야 바쁘신 것 같은데 저 같은 한미한 흡혈귀는 다음에 심판하시면 안 될까요? 으갸악, 언홀리 생츄어리(Unholy Sanctuary)!"

'흐음, 잘하고 있네.'

슬그머니 뒤로 물러서서 알의 시야에서는 잘 안 보이는 곳으로 숨으면서 혜련은 즐겁게 셋의 싸움을 관찰했다. 마악 알이 만들어낸 육망성이 신부를 허공에 그대로 못 박아두고 있었다.

'그런데, 홀' 리 져지먼트(Holy Judgement)를 구사하는 수녀에 신부의 저 일격. 크로스 오브 퍼니쉬먼트(Cross of Punishment) 맞지? 바티칸에서도 인재를 내보내긴 내보냈군. 호홋, 알 군, 힘내라고.'

"주께서 우리와 함께하시오니 사망의 골짜기를 우리가 거닐지라도 사탄의 권세가 우리를 침범치 못하리오다. 디바인 가이던스(Divine Guidance)."

헬레나의 외침과 함께 푸른빛이 미하일을 감싸고 알이 만들어낸 육망성은 그대로 깨져 나갔다.

"고마워, 헬레나. 받아라, 흡혈귀야!"

허공에서 한 마리 새처럼 쏘아져 내리며 용시는 성검과 혼연일체가 되어 마왕의 심장을 찔러갔다. RPG마니아인 알로서 그게 동영상이었다면 눈을 동그랗게 뜨고 효과음도 맥스로 키워가며 감상했을 것이었다. 하지만 불행히도 실제 상황이었고, 그 대상은 자신이었다.

"저기 뭔가 오해가… 다크 크리스탈 월(Dark Crystal Wall)."

알은 대화를 포기했다. 그 바람에 주문만 꼬여서 까닥 잘못하다가는 목이 날아갈 판이었다.

'몰라. 일단 제압해 놓고 도망치자. 태인이 돌아올 때까지만 숨어 있으면 어떻게 되겠지. 하지만 2:1이라니 비겁해! 쪽수로 밀어붙이다니, 용사들은 다 비겁한 놈들이야!'

자신과 태인이 2:1로 한 마리 요괴를 상대한 적이 꽤 있다는 사실은 무시한 채 알은 미하일의 검이 수정벽을 다 부숴 버리기 전에 재빨리 다음 주문을 준비했다.

"지옥의 일곱 대공 중 하나. 매혹적 자태로써 사탄의 곁에 서서 군림하는 모든 여마들의 제왕 베를리스를 모시는 여관장이여. 그대의 손

끝에서 노니는 실은 영혼을 구속하여 묶어버리는 강철보다 질기고, 머리카락보다도 가느다란 속박의 실. 나, 여기서 그 힘을 청하나이다. 헬 댄서즈 스트링(Hell Dancer' s String)."

"천상의 하늘에서 아름답게 타오르는 별빛이여. 그대는 천사가 지상을 위해 들어올린 희망의 횃불. 나 그 빛을 여기 노래하며 이 땅에 부르리. 맑게 타오르는 성스러운 하늘의 축복. 지상에 내려와 그 순수로 빛나며 어둠을 사르는 정화의 권능되어라. 홀리 스타 파이어(Holy Star Fire)!"

거의 보기 힘든 검은 실이 온 사방을 교차하며 미하일의 몸을 묶었다. 그 틈에 알은 달아나려고 재빨리 거리를 벌렸으나 얼마 가지도 못해서 헬레나가 불러낸 불꽃이 아름다운 원색의 광휘를 내며 줄을 전부 살랐다. 그리고 자신이 당한 굴욕에 한층 더 불타오르는 분노를 담은 미하일의 검이 알을 쫓았다.

'알 군, 힘내라고. 때려눕혀 버려. 왜 도망치는 거야. 근데, 저 쌍둥이 어디서 들은 것도 같은데. 어디더라?'

혜련은 터져 나오는 웃음을 억지로 참으며 문득 든 의문에 대해 생각했다. 바티칸에서도 신병 보호를 위해 함부로 그들 멤버의 정보를 흘리지는 않지만, 주머니 속의 송곳이라고 몇몇 자들은 어쩔 수 없이 알려지게 마련이었다. 그리고 그녀의 머리 속 어딘가에서 이 쌍둥이에 대해 그녀가 들은 적이 있다는 것을 알려오고 있었다.

'아무래도 쉽게 도망칠 상대가 아니야. 하지만 이미 신고 들어갔을 거고, 시간 끌어봐야 나만 더 불리해질 텐데. 할 수 없다. 좀 거칠더라도 일단 때려눕히고 도망치자. 근데 어떻게 때려눕히지?'

알은 육체적 전투력은 약할 것 같아 보이는 수녀 쪽으로 달려들고 싶었지만, 쉬지 않고 몰아쳐 오는 신부의 검이 그럴 틈을 안 주었다. 신부의 검술은 정말 훌륭했다.

부드럽게 그어오면서도 그 기세는 날카롭기 그지없다. 검이 긋는 궤적은 어디로도 변화할 수 있게 우아한 곡선을 만들면서도 조금만 틈을 보이면 한순간 파고드는 직선으로 변했다. 검술이 무협지의 원산지 동양만의 것이라고 믿는 자가 있으면 정신 차리라며 보여주고 싶게 멋진 검술이었다.

알의 입장에서는 그게 더 공포스러울 뿐이었지만 말이다.

'으아, 정면으로 마주쳤다가는 순식간에 난도질될 거야.'

물론 알도 보통 불량배 몇 명 정도야 어렵잖게 제압할 만큼 싸움을 잘했다. 하지만 그건 순전히 흡혈귀 특유의 힘과 속도 때문이고, 지금처럼 정식으로 검을 다루는 자 앞에서는 꼬리를 내릴 수밖에 없었다. 하지만 알도 한 가지는 자신있었다. 몇 차례의 부딪침에서 분명 자신의 마력은 수녀 쪽보다 우위에 있음을 확인했다.

'한 번만, 한 번만 틈을 잡으면. 좋아, 좀 미안하지만.'

"블랙 윈드!"

"소용없다."

알의 손끝에서 쏘아져 나간 검은 바람이 향한 건 이번에는 신부가 아니었다. 미처 멀리 도망치지 못하고 있던 할머니 쪽이었다. 하지만 미하일은 알의 기대에 어긋나게 위기에 빠진 할머니를 그대로 무시한 채 알을 향해 공격해 왔다.

"비겁한 녀석! 감히 무고한 어린 양들을 인질로 삼다니!"

'도대체 그분의 어디가 '어린 양'인지 모르겠지만, 이쪽도 목숨이 달린 문제라고요. 그쪽이야말로 정의의 사자라면 이럴 때 몸 날려 구

해보라고!'

다행히도 미하일을 대신해서 헬레나의 마법이 사이에 끼어들었다. 덕분에 알은 한숨 돌리는 이상의 성과를 얻었다. 연이어 들어오는 미하일의 검격 때문에 정신이 없긴 해도 실제로 일격 일격이 위협적인 건 헬레나의 신성 마법이었다. 그게 견제구 차원이었던 블랙 윈드 쪽을 막는 데 소모해 버린 게 알에게는 고마울 따름이었다.

그런 일련의 과정과 관계없이 미하일은 알을 몰아붙였다. 거기서 초가삼간 다 태우더라도 빈대는 잡겠다는 굳센 의지를 느낀 알은 좀 거친 방법을 쓸 수밖에 없음을 재확인했다.

"지옥의 넷째 군주. 파괴를 다스리는 바알의 이름을 빌려 명하노라. 짙디짙은 암흑의 심연에서 암흑조차 지우며 움직이는 태초의 파괴자여. 창세 이전에 존재하여 창세 이전으로 되돌리는 힘을 간직한……."

되돌아온 미하일의 검이 알이 방금 전까지 서 있던 자리를 갈랐으나, 알은 몸을 떼굴떼굴 구르며 피했다. 피할 수만 있다면 모양 사납다든지 같은 문제는 애초에 고려 대상에 없었다.

"군주의 기사여. 지상에 내려와 네 앞길을 막는 것들을 멸하라. 홀 오브 디스트럭션(Hall of Destruction)!"

알의 앞에서 생겨난 또 다른 검은 구체는 얼핏 보아도 아까와는 비교할 수 없게 위험해 보였다. 단순히 존재하는 공간만을 검게 물들이고 있지 않았다. 그 자체는 고요하기 짝이 없게 정지해 있는데 바닥의 돌들이 뜯겨 나가며 빨려 들어가 사라졌다. 잠시 주위를 제거하던 그 구는 일순간 쏘아져 나가며 신부를 피해 뒤쪽의 수녀를 향했다.

'해냈다. 살았다. 도망치자!'

왔노라, 싸웠노라, 이겼노라를 외치던 케사르인들 그만큼 절실하지는 않았을 것이다. 알은 마무리를 위한 수인을 재빨리 맺었다.

"헬레나!"

미하일은 다급히 몸을 날리며 간악한 뱀파이어를 흘끔 보았다. 날카로운 송곳니를 반짝이며 그 밤의 제왕은 오만한 웃음으로써 자신의 무력함을 비웃고 있었다. 미하일은 주의 권세를 모독하는 그 사악한 어둠의 주구의 목을 당장이라도 날려 버리고 싶었으나 당장은 헬레나를 지키는 게 급했다. 일시 허용된 사탄의 권세는 강력하여 지금 자신이 돕지 않으면 헬레나의 힘만으로는 역부족으로 보였다.

몸을 날리는 그의 손에 깃든 십자가에 한층 더 강한 영력이 깃들고 검은 더욱 밝게 타올랐다. 그리고 구체의 앞으로 뛰어오른 그가 비장기 '크로스 오브 퍼니쉬먼트(Cross of Punishment)'를 발동하려는 순간 구체는 스스로 갈라지며 사방으로 흩어졌다.

'핫? 설마?'

순간 그의 눈길과 뱀파이어의 눈길이 마주쳤다. 뱀파이어는 잔혹하게 웃으며 차디찬 죽음의 손길을 들어 위에서 아래로 내리그으며 선고했다. 사실은 울상을 지으며 기도하는 심정으로 마지막 수인을 맺은 것이었지만 어차피 진실의 절반은 보는 관점에 달린 문제였다.

"타입: 가이디드 케이스 샷(guided case shot:유도 산탄)."

검을 휘두르려던 미하일은 당황하며 뒤돌아보았다. 그의 예상대로 흩어진 작은 구체들이 제각기 다시 휘어지며 헬레나를 향하고 있었다.

"안 돼!"

미하일은 그대로 몸을 날려 헬레나를 덮어 눌러갔다. 헬레나 또한 주문의 목표가 자신임을 깨닫고 소리 높여 성가의 끝을 외쳤다.

"영광되고 영광될지어니 찬양받을지어다. 거룩하신 우리 주여! 마그 누스 블레스(Magnus Bless)!"

콰앙.

커다란 충격음이 들리며 수십 개의 야구공만한 검은 구체가 푸르고 흰 두 개의 빛 사이로 작렬했다. 찬연히 빛나는 천상의 권능이 수호의 벽을 만들었으나, 집요하게 부딪쳐 가는 검은 구 앞에서 서서히 빛이 밀려갔다. 그 두 힘이 부딪치며 생기는 충격파에 부서진 바닥돌들이 파편이 되어 사방으로 튀고 유리창이 여기저기서 깨져 나갔다. 갑자기 날리는 먼지 구름에 혜련은 손을 저었다. 그래도 알을 이용해 둘의 코를 납작하게 만들어주겠다는 원래 계획이 성공했다 흐뭇해하며 그녀는 먼지가 걷히기를 기다렸다. 그러면서 여유롭게 자신이 미처 생각해 내지 못한 게 무엇인지 고민했다.

'그러니까… 아, 맞아. 이제 기억났다. 미하일과 헬레나 남매. 오빠 쪽은 신부로서 목에 걸고 다니는 십자가에 영력을 불어넣어 검으로 만들어 쓰고, 동생 쪽은 자신의 목소리에 힘을 달아 성가를 영창해서 주문을 펼치는 콤비. 그 둘이 유명한 건 각자의 뛰어난 실력과 함께 호흡을 맞추어 이루어내는 시너지 효과 탓도 있지만.'

그 뒤의 사실도 함께 생각나며 혜련의 몸이 잠깐 굳었다.

먼지구름 속에 사태가 어떻게 되었는지 잘 보이지는 않았지만 알은 미련없이 도망치기로 했다.

'설마, 죽지야 않았을 테고, 이 정도면 한동안 못 일어나겠지? 어서 튀자.'

그때 갑작스럽게 느껴지는 훨씬 더 강대한 신성력이 알의 발길을 잡았다.

'뭐지. 이건?'

먼지구름 사이에 가려 잘 보이지는 않았지만 방금 전까지의 둘을 합친 것보다도 훨씬 큰 신성력이 느껴지고 있었다. 마치 천상의 천사가 직접 강림한 것 같은 힘에 알의 본능은 아까보다 더 큰 위험 경보를 울렸다.

혜련은 구름 속에 서서히 보이는 여섯 장의 날개의 윤곽을 보고 자신의 혀를 깨물 뻔했다.

'아악, 왜 이제 생각난 거야! 저 둘이 유명한 진짜 이유는 위기로 몰렸을 때 수호천사의 화신으로서 깨어나 몇 번이고 강대한 악마를 물리친 전력 때문인데. 그리고 저 둘의 수호천사는 오빠 쪽은 동쪽의 대천사장 불의 미카엘. 그리고 동생 쪽은……'

알은 어이가 없어서 입을 딱 벌렸다. 일순간 물이 가볍게 살랑이더니 먼지구름을 가라앉혔다. 그리고 방금 자신의 마법이 폭격한 폐허의 한가운데 서 있는 것은 빛나는 여섯 장의 날개를 지닌 뭇 천사들의 정점에 서서 신의 권능을 노래하며 그 치유의 힘을 전하는 자, 남쪽의 대천사장 물의 가브리엘의 화신으로 변한 헬레나였다.

'어버버버, 저기요. 세계는 넓고 할 일은 많으실 텐데 어찌 그 많은 업무를 놔두고, 이 지상의 뱀파이어 하나 때문에 그 존귀하신 처지에 강림하셨나이까아.'

"가브리엘님의 힘이 내게 화하셨으니, 이제 그대가 내 오라버니를 다치게 한 죄를 심판하겠습니다."

헬레나의 목소리는 아까까지와 달랐다. 변함없이 맑고 고왔지만 한층 더 깊은 엄숙함과 위엄이 깃들어 사방을 울렸다. 분명 헬레나가 말하는 것일 텐데도 사방에서 울려 어디서 나오는지 알 수 없었다.

'정당방위라고요오!'

알은 그제야 상대가 누구인지 확실히 깨달았다. 낮에 바티칸의 권위를 대표하는 것이 교황과 추기경들이라면 밤의 세계에서 그 권위를 수호하는 자들은 엑소시스트들이었다. 그리고, 그중에서도 둘씩 교대로 태어나며 바티칸의 위엄을 지켜오는 4대천사장의 화신이 상대였던 것이다.

'이번에는 가브리엘과 미카엘의 세대인가 보지? 다 좋은데 왜 이 머나먼 동방에까지 찾아온 거야! 이 머나먼 한국 땅에서 내가 얼마나 고생하며 적응했는데. 살려줘. 불교의 텃세만 해도 괴로웠단 말야. 건너온 카톨릭에까지 시달려야 한다니 악몽이야!'

알은 자신이 이제 완전 고양이 앞에 선 생쥐의 상태임을 깨달았다. 저 막강한 신의 사자 앞에서 일개 뱀파이어인 그가 할 수 있는 선택은 극히 제한되어 있었다.

'으흑, 이제야 알겠어. 용사들이 각성이니 뭐니 할 때 마왕의 기분을.'

기나긴 세월 동안 각고의 수련 끝에 강대한 힘을 얻고, 그러고도 최선을 다하여 각종 계획을 짜고, 부하를 모아서 자신의 뜻을 펼치려 함에 위험한 적수 있어 갖은 자원을 동원하고 최선을 다하여 코너에 몰아붙여 멸하려고 하는데, 잘하면 주민등록증도 나올 나이가 안 되는 것들이 각성이니 폭주니 해서 일거에 모든 것을 망쳐 버리고 자신의 목숨을 가져감에 얼마나 서러웠을지 알은 동병상련을 느꼈다.

"세상에 폭주니 각성이니 하는 것들은 다 없어져야 해! 노력하는 사람이 잘 사는 세상이 되어야 한다고!"

헬레나는 저 뱀파이어가 갑자기 웬 헛소린가 했지만 겁에 질려 그런가 보다 하고는 손을 들었다. 그녀의 손끝을 따라 물결이 움직였다.

"부정함을 씻는 천상의 물결이여. 나의 권인을 따라와 이곳에 흐르라. 홀리 아쿠아 웨이브(Holy Aqua Wave)."

널따란 방 안. 천장에 박힌 수정구에서는 그 영상을 그대로 생생하게 재현하여 3차원으로 구현해 내고 있었다. 그 앞에 놓인 안락의자에 몸을 푹 파묻고서 안경을 슥슥 닦으며 드뤼셀 또한 즐겁게 그 광경을 관람하고 있었다.

"저런, 알 군. 남의 말 할 처지가 아닐 텐데요. 지금 그쪽의 마력은 설마 각고의 노력으로 얻은 거라고 생각하는 건 아니죠? 거기다가 앞으로도 감안하면 누가 누굴 비난할 처지가 못 될 텐데. 어쨌든 힘내 보라구요. 저쪽도 아직 화신의 힘조차 제대로 내지 못하는 풋내기. 거기다가 스스로의 힘으로 밀어붙여 얻는 승리에만 익숙해져 있으니 예전에 제가 가르쳐 드린 것만 잘 활용해도 아직 승산이 없지 않답니다."

쏟아지는 물결에 맞서서 죽어라 몸을 날리며 주문을 날려대는 알을 흐뭇한 눈길로 바라보며 드뤼셀은 안경을 다시 썼다.

"안 그래도 새로운 데이터가 필요했는데, 아가씨 덕에 거저 얻는군요. 아아, 세리우스가 없는 게 다행입니다. 그랬으면 당장 저기에 달려가서 알을 구하려고 들 테니. 하여간 과보호는 자라나는 애한테 좋은 게 아닌데 말입니다. 좀 더 따끔한 교훈을 부탁드립니다, 천사장님."

화면 속의 알은 언제 죽어도 이상하지 않을 위기에 몇 번이나 몰리고 있었지만 드뤼셀은 묘하게 여유만만했다.

"그나저나 슬슬 그쪽도 올 때가 되었는데. 조금 늦네."

드뤼셀이 자신의 칭찬을 늘어놓고 있는지도 모른 채, 이제 혜련은 슬금슬금 움직여서 공항을 벗어나고 있었다. 사건이 다 마무리되면 모른 척 돌아가서 두 남매를 데리고 호텔로 갈 심산이었다.

"불쌍한 알 군. 힘내서 살아 도망쳐. 설마 바티칸에서 그 두 남매가 올 줄을 내가 어떻게 알았겠어?'

'태인이 돌아오면 뭐라고 말하지? 재수없이 바티칸에서 온 저들에게 걸려 죽었다고 하지. 그런다고 태인이 나한테 화내겠어, 바티칸에 따지겠어? 알 군, 미안해. 하지만 차라리 잘되었는지도. 사실 너같이 수상쩍으면서도 강한 잠재력을 간직한 뱀파이어라니. 태인의 곁에 계속 놔두기에 사실 걱정되던 참이라고.'

로비에서 강대한 두 힘이 부딪치는 충격파가 연이어 터져 나오는 걸 느끼며 혜련은 확실히 이 기회에 태인에게 조금 원망을 듣더라도 알이 사라지는 편이 나을지도 모르겠다면서 고개를 끄덕였다.

내려치는 전화번호부를 피해 달아나는 바퀴벌레의 마음으로 알은 폴짝 뛰었다. 찬란한 여섯 장의 날개를 등에 달고서 물길을 쏘아 보내던 헬레나는 자꾸만 이리저리 피하는 알이 짜증났는지 손짓을 멈추고 노래를 부르기 시작했다.

영혼을 구원하는 맑고 아름다운 노래. 천상의 찬가. 얼핏 단조로워도 보이지만 어떠한 변조도 필요없이 그 자체로써 완벽하고 장엄하여 태초부터 천상의 하늘에서 영원히 울려 퍼지는 트리스 아기온.

너무나도 아름답고도 완벽하여 하나의 음으로 울리면서도 인간이 천 일 밤을 노력하여 골라낸 음들을 모아 만들어낸 만개로 이루어진 화음보다도 더 빛나는… 공포의 노래가 사방으로 울려 퍼졌다.

"성스러워라. 성스러워라. 성스러워라. 예부터 있으시며, 지금도 있으시며, 앞으로도 있으실 분……."

'꺄오오, 가브리엘 보이스다.'

알은 절망적인 눈빛으로 헬레나를 올려다보았다. 어둠의 강대함을 말하는 자들은 절대로 빛이 무슨 일을 벌일 수 있는지 보지 못한 자들이었다.

공항 전체를 신성력으로 이루어진 소리가 가득 메워갔다. 놀랍게도 그 소리가 닿는 곳들이 복구되고 있었다. 부서진 유리창이 다시 원래대로 돌아가고 금이 간 벽과 바닥도 다시 메워졌다. 기적의 현장이었다.

그리고 그 가득 차 오르는 성스러움 속에서 알은 밀폐된 방 안에서 모기향이 피어오를 때의 모기 신세와 다름없었다.

"콜록, 콜록. 대체 어떻게 해야 하지?"

'지금 내 힘으로 저렇게 대천사장의 화신이 된 존재에 타격을 입히지는 못할 테고, 저 '각성 모드'가 끝날 때까지 기다려야 하나? 그러고 보면 보통 저런 거 제한 시간 있던데, 몇 분이지?'

하지만 알은 제한 시간 기다릴 여유가 없다는 사실을 깨달을 수 있었다. 성가가 점차 드높이 올라가면서 헬레나의 주변으로 점점 더 많은 양의 물이 차 오르고 있었기 때문이다.

'맙소사, 저거에 한꺼번에 휩싸이면 피할 데도 없다. 빨리 생각해 보자. 각성이 끝나려면 각성이 끝나려면. 그래, 요는 악당이 쓰러지면 돼. 아악, 그건 내가 죽는다는 소리잖아. 가만, 안 죽고서 죽은 것처럼 보이기만 하면? 그럼 대사 몇 마디 멋지게 읊고서 원상태로 돌아가 주지 않을까?'

논리는 서툴렀으나 그 근거를 만화책에 두었다는 단점만 제외한다면, 냉정히 분석한다 해도 틀린 말은 아니었다. 지금 헬레나는 위기 상황에서 잠들어 있던 힘이 깨어난 상황이었으니, 이기지는 못한다 해도 도망칠 여지가 없는 것은 아니었다.

알은 필사적으로 머리를 짜내었다. 시간이 없었다. 무언가 해야만 했다. 그는 굽이치며 돌면서 헬레나의 주위를 흐르는 천상의 물길을 보며 필사적으로 그에 대항할 방안을 찾았다.

"우웅, 이런 주문은 대체 왜 가르치는 거야? 내 힘으로는 도저히 못할 거 같은데?"

"뭐, 당장은 그렇습니다만 언젠가는 쓸 일이 있을지도 모르잖아요? 미래를 대비한다고 생각하고 배워두십시오."

언제인지 기억도 안 나는 희미한 과거 속에 자신을 가르쳤던 누군가의 말을 떠올리며 알은 마력을 극한까지 움직였다.

'누구였지? 어째서 주문이 기억나는 지금 정작 가르친 누군가는 희미하기만 한 걸까. 너무 옛 일이라 그런가?'

하지만 알은 이제 자신의 목숨이 그때 배운 그 주문들에 달려 있음을 깨달았다. 이미 원래 자신이 쓸 줄 아는 주문을 그저 강력해진 마력으로 증폭해 쓰는 것만으로 될 상태가 아니었다. 마군주의 부하급들의 힘을 이용한 주문으로는 안 되었다. 그러기에는 격이 너무 틀렸다.

'이럴 줄 알았으면 좀 부지런히 배우고 익혀둘걸. 누가 쓸 날이 올 줄 알았나.'

알은 속으로 눈물을 흘리면서 지난날을 후회했다.

'누구더라. 소년은 늙기 쉽고 학문은 이루기 어렵다고 했던가? 왜 난 안 늙는데라면서 딴 짓 했을까. 흑, 갑자기 하는 건데 제대로 될까.'

속으로 무슨 생각을 하든 여기저기에 내려오는 물길에 맞서 알의 손 또한 새로운 마법진을 그리고 있었다.

"바다에서 군림하는 물의 제왕이여. 그 입 벌리면 대양을 삼키고, 그 꼬리 흔들면 해일이 일어나니, 그대야말로 진정한 바다의 지배자. 도망자 삼키고 신계 대적하여 그 위맹 떨쳤거니와 그 장엄한 전투에서 배신자에게 패하여 물러난 지옥의 수왕이여. 이제 그대의 상처에 대해 복수할 때가 왔나니 그대의 권능을 빌림을 내게 허락하사 분노로 몰아치는 물의 힘을 보이소서. 퓨리 오브 리바이어선(Fury of Leviathan)!"

알의 주위로도 물이 생겨났다. 그리고 곧 이어 폭포수처럼 쏟아지는 천상의 성수에 맞섰다. 두 개의 물이 섞이면서 공항은 완전 물바다가 되었다. 두 개의 물이 만들어내는 소용돌이가 격렬하게 일어나고 점차 줄어들었다. 그 소용돌이가 완전히 사라진 자리에 알은 더 이상 없었다.

뱀파이어가 사라진 것을 확인한 헬레나는 조용히 미소 지었다.

"주여, 당신의 사도는 오늘도 사악한 자를 상대로 영광된 승리를 이루었나이다."

빛의 날개가 다시 사라지고 헬레나는 그 자리에 풀썩 쓰러졌다. 잠시 뒤 아직 물이 남아 있는 바닥 위의 허공에서 조심스럽게 움직이는 박쥐 한 마리가 나타났다.

'헥헥, 겨우 살았다. 어서 빠져나가자.'

물과 물이 부딪쳐 만들어지는 혼전의 와중에 '클락 오브 섀도우'로 자신의 모습을 숨기고 박쥐로 변해서 몸의 덩치를 줄인 후 두 주문의 틈새에 숨어서 간신히 버텨낸 것은 정말 인고 끝의 승리였다. 만약에 헬레나가 이차 확인 사살용 공격을 했다면 꼼짝없이 당할 수밖에 없었지만 다행스럽게도 하지 않았고 알은 지금 이렇게 살아 있었다.

'아아, 하나님. 때맞춰 가브리엘을 도로 불러들이신 당신의 자비에 감사드립니다. 그럼 전 이만 가볼게요. 당신의 사도들은 좀 있다 깨우실 거죠?'

파닥. 파닥.

힘겹게 날아가는 알은 갑자기 등 뒤로 뜨거운 기운을 느꼈다.

'에?'

알은 빨리 달아나야 하는데 하면서도 호기심에 뒤를 돌아보았고, 그 호기심이 목숨을 구했다.

"끄아아악."

콰앙.

갑자기 날아온 불덩어리가 주위의 사물에는 전혀 해를 미치지 않으면서 알에게만 치명적인 신성력의 폭발을 허공에 일으켰다. 한 타이밍 빠르게 박쥐에서 다시 인간형으로 변해 추락을 자처한 알은 간신히 폭발에서 피했다. 그리고 그 폭발을 일으킨 당사자를 보고 방금 전에 한 감사 기도를 취소했다.

'미카엘은 왜 교대로 내려보내는 겁니까아! 차라리 치유와 방어를 담당하는 가브리엘이 백 배 나아요. 저 흉포한 무장이라니.'

미하일의 손에는 이제 불길이 이글거리는 검이 들려 있었고, 그의 등에도 역시 여섯 장의 날개가 찬란히 빛나고 있었다. 그는 사악한 어둠의 군세에게 신의 분노를 대행하는 힘을 담은 목소리로 말했다.

"과연 그 지혜 간교하구나. 일찍이 이브를 유혹한 뱀의 후예들답도다. 하나 이제 내 눈길 네게 이르렀으니 결코 심판을 피하지 못하리라."

'부처님, 살려줘요. 하나님이 기어코 날 죽이려 해요.'

대체 둘 중 어느 쪽인들 알이 제대로 믿은 적이 있었는지 대단히 의문이었지만 알은 다급한 상황에서 가릴 게 없다는 듯 기도하며 뒷걸음질쳤다.

미하일이 화염검을 들어 올리며 선고했다.

"최후의 심판날 쭉정이가 태워져 지옥으로 떨어지듯 네 영혼 또한 지금 천상의 불에 휩싸여 나락으로 가리라. 심판을 받으라. 어둠의 종자여."

화염검이 위에서 아래로 움직였고, 거기서 불길이 쏟아지며 가련한 뱀파이어의 머리 위로 쏟아졌다.

"레이디스 앤 젠틀맨. 위 아 나우 어라이빙……."

한글에 이어 영어로 나오는 안내문을 들으며 태인은 창문 아래쪽으로 보이는 공항의 불빛을 쳐다보았다. 길다면 길고 짧다면 짧은 산사에서의 기간이었다.

'길었던 거겠지. 여기서의 일이 무슨 꿈이 아닐까 하는 생각이 들 정도니. 알 녀석, 잘 있으려나? 뭔가 의뢰 하나 받는답시고 했다가 사고 치지나 않았을지 몰라. 오늘따라 공항도 유난히 활기 차군.'

다시 도시에서의 일상이 시작된다는 생각에 느긋한 마음으로 좌석 깊숙이 몸을 묻으려던 태인은 한순간 느껴지는 강대한 힘의 파동에 다시 허리를 곧추세웠다.

'잠깐, 이거 활기 찬 수준이 아니잖아? 무슨 대형사고났나?'

거리상 정확하게는 알 수 없었지만 공항 아래쪽에서 분명 강대한 신성력과 흑마력이 충돌하고 있었다. 아니나 다를까, 갑자기 비행기에서 방송이 다시 나왔다.

"손님 여러분께 긴급히 알려드립니다. 지금 공항에 사고가 일어나 비행기 착륙이 지연되고 있습니다. 그에 따라 현재 본 항공기는 순회 비행 중이며, 만약 사고 수습이 지연될 시에는……."

돌아가네 어쩌네 하는 소리를 한 귀로 흘려들으며 태인은 자리에서 벌떡 일어났다.

'돌아오자마자 첫 기념으로 사건인가. 전 같았으면 피해야 할 규모의 충돌이었지만, 복귀전으로 이 정도면 나쁘지 않군.'

"손님, 위험합니다. 좌석에 다시 앉아주십시오."

스튜어디스의 말에 태인은 빙긋 웃어 보였다. 그리고는 품에서 부적한 장을 꺼내 들고서 말했다.

"괜찮습니다. 그러면 전 사정이 있어 먼저 내리겠습니다."

"손님. 그 무슨… 앗?"

태인이 허깨비처럼 사라지자 스튜어디스는 자신이 헛걸 보았나 하며 머리를 흔들었다. 하지만 분명 지금은 비어 있는 좌석에는 자신이 직접 음료수를 서비스까지 했던 손님이 앉아 있었다.

'설마, 유령?'

자신이 방금 항공사에 비행기 제령에 관한 추가 비용을 지불하게 했다는 사실도 모른 채 태인은 천천히 허공을 내려왔다. 지상이 가까워지면서 힘의 정체가 명확히 드러나고 있었다.

'한쪽은 흑마법이고, 다른 한쪽은 카톨릭 계열의 신성력이군. 근데 뭔가 좀 익숙한 느낌이다? 하긴 모처럼 돌아왔으니 익숙한 느낌이 들만하군.'

이 정도 충돌이라니 뭔가 상당한 사건인가 본데 하면서 바닥에 착지

하는 태인의 귀에 아름다운 노랫소리가 들렸다.

'이건 트리스 아기온? 이렇게 신성력으로 충만한 찬가라니. 누가 천사라도 자기 몸에 강림시킨 건가? 엄청나군. 상대가 누군지 몰라도 악마 쪽이 불쌍해지려 하는걸. 이렇게 아름답고 장엄한 찬가라니 거의 가브리엘 보이스 급이군. 진짜 가브리엘이 강림한 건가? 이 주위에 가득 찬 물의 기운도 그렇고.'

축지법을 써서 빠르게 대결이 벌어지는 곳으로 다가가던 태인은 약간 걸음을 늦췄다. 이 정도 힘까지 등장했다면 굳이 자신이 급하게 가지 않아도 무난하게 사건 해결일 듯했다.

'그래도 혹시 모르니 가보긴 해야겠지.'

축지법 자체를 그만두지는 않았기에 여유있게 간다고 해도 사건이 벌어지고 있는 출구는 가까워졌다. 그리고, 그때 태인의 주위를 포근하게 감싸고 있던 물의 기운이 사라졌다. 출입구 쪽에서 환하게 나오던 빛도 사라졌다. 태인은 사태가 해결되었나 보군 하면서 현장으로 접근했다.

'강림시킨 천사가 돌아갔나?

물의 기운이 사라지고 잠시 후 벽 하나만 통과하면 대기실이 나오는 바로 그 위치에서 태인은 이번에는 숨 막히게 뜨거운 불의 힘을 느꼈다.

'뭐지, 이건? 이것은 정화의 불꽃? 대체 무슨 일이 또 벌어진 거야?'

태인은 심상치 않음을 느끼고 아직 남아 있는 술법의 힘을 써서 바로 벽을 통과해 들어갔다. 과연 안쪽에서는 심상치 않은 일이 벌어지고 있었다.

'여섯 장의 날개를 가지고 화염검을 손에 지닌 대천사장. 그렇군.

미카엘이군. 그러니 이만큼 강대한 위력을 보이는 거겠지. 근데 대체 상대가 누구길래 저런 거물이 한국에 온 거지. 가브리엘에서 미카엘로 이어진다면 바티칸 최정예라 봐야 하는데. 대악마라도 탈주했나? 엉, 저거?

여차하면 한팔 거들기 위해서 손에 부적을 꺼내 든 태인은 겁에 질려 뒷걸음질치는 악마의 정체를 알아보고 멍하게 중얼거렸다.

"알이잖아?"

알의 기도는 응답받지 못했다. 내려치는 불꽃은 그대로 알에게 쏟아졌다. 알이 필사의 힘을 모아 만들어낸 검은 장막은 얼마 버티지 못하고 찢겨 나갔다. 대천사장의 장엄한 불꽃이 지상의 밤을 위협하는 한 사악한 뱀파이어를 멸하기 위해 내리꽂혔다.

'살려줘!'

그때 닮았으면서도 조금 다른 불꽃으로 찬연히 타오르는 불로 된 새가 알과 불길 사이에서 솟아올랐다.

파아앙.

두 힘이 부딪치며 만들어내는 공백 지대에서 찬연한 광휘가 사방으로 뻗어 나갔다. 그 눈부신 섬광에 알은 잠시 눈을 감았다가 떴다.

너무나도 아름답고 잘생기고 우아하고 고귀하고 잘난 주작이—적어도 알의 눈에는—흉포하고, 잔혹하며, 악랄하고, 잔인스럽게 타오르는—역시나 알의 눈에는—불길에 당당히 맞서며 날갯짓하고 있었다.

'와아, 살았다. 근데 누구지?'

알은 이 기대하지 않은 기적에 감격하며 뒤를 돌아보았다.

드뤼셀은 싱긋 웃으며 영상을 껐다. 이 다음은 나중에 기록으로 다시 봐도 충분했다. 그는 자리에서 일어나 가게로 나가며 흥얼거렸다.

"체크메이트 후에 캐슬링은 약간은 반칙이지만 인생은 그런 거죠."

미하일은 불쾌한 시선으로 자신의 힘을 막아선 불새의 주인을 쳐다보며 물었다. 준엄한 그의 목소리가 천상의 권위를 대변하며 오만한 지상의 주술사를 질책했다.

"피닉스를 부리는 힘을 지닌 자가 어찌하여 어둠의 권속을 비호하는가?"

태인은 성큼성큼 걸으며 앞쪽으로 나가서 신부를 마주 보고 가볍게 고개 숙여 보이며 인사했다. 그를 알아본 알이 뒤에서 작은 소리로 불렀다.

"태인? 돌아온 거야?"

"쉿, 사정은 나중에 듣기로 하자."

알에게만 들리도록 작게 말한 후 그는 신부를 보고 빙긋 웃으며 온화한 목소리로 대답했다.

"무언가 오해가 있으셨던 모양이군요. 이 녀석이 뱀파이어인 것도 사실이고, 사고뭉치인 데다가, 하는 짓은 꺼벙하고 생각하는 건 유치합니다만."

'저거 나 편들어주는 말 맞아?'

뭔가 항의하는 말 한마디 하고 싶어진 알이었지만 분위기가 분위기인지라 입 다물고 눈짓으로만 항의했다. 태인은 알의 움직임을 보지 않고도 느꼈지만 무시하고 부드럽게 손을 그었다. 불새와 불길이 마지막으로 부딪치며 깔끔하게 소멸되었다. 그러면서 태인은 말을 이었다.

"악에 물들어 심판해야 할 대상은 아닙니다. 이 녀석이 뱀파이어라는 것만 확인하고 너무 성급히 판단하신 것은 아니신지요?"

"닥쳐라. 커다란 악일수록 그럴듯한 모습으로 스스로를 가리는 법. 이미 내 그의 간교함과 강대함을 보았고, 그로 인하여 나와 헬레나가 몇 차례나 위기에 빠졌고, 무고한 자들이 위험에 처했다. 그런데 어찌 그를 변호하는가?"

"그건 그쪽이 공격하니까 난 정당방위로 반격… 읍읍."

태인은 알의 입을 손을 들어 막아버리고 다시 한 번 고개 숙이며 신부에게 말했다.

"제 이름은 태인이라고 합니다. 조사해 보시면 아시겠지만 협회 쪽으로 활동하는 퇴마사이고, 이 뱀파이어는 제가 오래전부터 보호, 감시하던 녀석입니다. 협회에서도 인정받은 사실이지요. 인간 세상에 별 해는 안 되는 녀석임을 제가 보증할 테니 그만 노여움을 푸시지요. 이 녀석을 데리고 물러가 봐도 되겠습니까?"

"불허한다. 협회에 어떤 허가를 받았든 이미 내 눈으로 그 사악한 힘을 확인하였으니 용납할 수 없다."

태인은 어쩔 수 없다는 듯 한숨을 내쉬었다.

"그렇습니까? 대화로는 아무래도 해결이 힘들 것 같군요."

알은 가슴이 콩닥콩닥거리는 것을 느끼며 등 뒤에 숨어서 눈만 빼꼼이 내밀어서 미하일을 쳐다보고 다시 태인의 뒷모습을 쳐다보았다.

'태인, 무언가 변했어. 그러니까, 좀 부드러워지고, 여유로워지기도 하고, 밝아졌나? 우웅, 엄청 강해져서 돌아와서 그런가? 어떻게 저 미카엘 앞에서도 당당한 거지? 설마 미안하다, 알 하면서 나 도로 앞으로 내밀지는 않겠지?'

알의 기대대로 태인은 알을 앞으로 밀지 않고 오히려 뒤로 밀었다.

그는 잠깐 돌아보며 알에게 씨익 웃어 보였다. 지금까지의 부드러운 미소와는 전혀 다른 그 웃음에 알은 안심하면서도 불길함을 느꼈다. 태인은 알에게 작은 소리로 낮게 말했다.

"알, 오늘 벌어진 사고에 대한 처벌은 나중에 집에 가서 논하자. 각오해도 좋아. 하지만 일단은 뒤로 가 있어. 아무래도 저 열혈 신부님과 먼저 해결을 봐야 할 거 같으니까."

"우앙, 태인. 그러니까 오늘 사건은 어디까지나."

"나. 중. 에. 얘. 기. 하. 자."

한 자 한 자 끊으며 힘있게 말하는 목소리에다가 태인의 묘한 웃음이 겹치자 알은 그대로 깨갱 하면서 뒤로 물러났다.

'으흑, 그래. 뭐, 죽는 거보다야 낫지. 근데, 태인. 정말 자신있는 건가? 물론 주작을 부리는 걸 보기는 했지만.'

"지금 감히 바티칸의 권위에 도전한다는 건가?"

태인은 어깨를 으쓱했다.

"그럴 리가요. 단지 그쪽에서 조금 오해하고 계신 것이 있는 듯하니 풀어드리려는 것뿐입니다. 제가 이 뱀파이어를 충분히 제어할 능력이 있음을 보여 드리면 만족하시겠지요?"

당당하게 말했지만 사실 태인은 속으로 골치 아프게 되었군이라며 투덜대고 있었다. 기껏 한층 강해져서 돌아왔다고 생각했더니 알은 어떻게 사고를 쳐도 바티칸을 상대로 사고를 쳤는지 집에 가서 단단히 혼내야겠다고 태인은 결심을 굳히고 있었다.

'그렇다고 해도 당장 물러설 수는 없지. 하아, 바티칸의 자존심을 너무 긁어서는 뒤탈이 안 좋을 텐데.'

태인의 말투는 정중했으나 도전에 다름 아니었고, 미하일의 자존심에 불을 붙였다. 이미 상대가 자신의 불길을 가로막는 피닉스를 불러낼 때부터 금이 가 있던 자존심이었다.

"감히, 홀리 플레임(Holy Flame)!"

알은 간이 조마조마해서 시키지도 않았는데 다시 태인 뒤에 들러붙었다. 태인은 군이 알을 도로 밀어내지 않은 채 준비한 부적을 손에서 놓았다.

"부동금강인."

네 장의 부적이 사방을 메우며 금빛의 사면체를 만들었고, 거기에 불길이 작렬하였으나 뚫고 들어오지 못했다. 알은 속으로 환호성을 질렀다.

'와아! 만세! 멋지다! 훌륭해!'

"끝내 맞서겠다는 것인가!"

"계속 그 힘을 유지하는 것도 한계가 있을 텐데. 아니신지요? 급 귀정 사연 시공. 만허 출태. 만공무상."

'어차피 부분적인 힘이 강림한 것뿐이다. 충분히 제어 가능해. 잠재력은 얼마나 대단할지 몰라도 아직은 풋내기야.'

"크윽, 감히 인간이!"

열두 장의 부적이 동시에 비산하여 대천사장을 포위했다. 화염검이 휘둘러지며 부적을 살랐으나 태인의 손에서 새로운 부적이 연이어 날아들어 그 자리를 보충하는 속도가 더 빨랐다. 10여 분 동안의 힘겨루기가 이어지면서 주술을 외는 태인의 이마로도 땀방울이 하나둘 떨어졌다. 그리고 마지막 부적이 타오르면서 빛을 발했고, 한순간 미하일의 등에서 빛나던 날개는 사라졌다. 천상의 권능이 사라진 빈자리에 남은 것은 평범한 인간이었다.

"태인이라고 했는가? 기억하겠……."

털썩.

미하일도 쓰러지고 공항을 가득 메웠던 뜨거운 열기도 걷혔다. 태인은 한숨을 내쉬었다.

'돌아오자마자 벌이는 첫 일이 대천사장 역소환이라니, 내 팔자도 기구하군. 뒷수습을 하려면 꽤나 골 아프겠는걸. 나이는 어려 보여도 분명 바티칸의 거물일 텐데. 할 수 없지.'

그런 태인에게 알이 과장된 몸동작을 섞어 호들갑 떨며 물었다.

"와아, 태인, 대단해. 대체 어떻게 한 거야? 어디서 뭘 하다 왔기에 그렇게 강해진 거야?"

"그래, 그래. 그건 천천히 얘기해 줄 테니까 먼저 내가 없는 동안 무슨 사고를 쳤는지에 대해서부터 얘기를 들어볼까? 대체 이 공항에서 왜 이 수선을 피워야 했는지에 대해서부터."

'안 통하는구나. 흑.'

알은 속으로 눈물을 흘리며 어떻게 대답해서 사태를 수습해야 할지에 대해 고민했다. 그런 알의 머리를 태인이 툭 하고 가볍게 한 대 때렸다.

"아얏."

"뭐 하냐, 임마. 일단은 집에 가면서 얘기해야지. 거기 계속 서 있을 거야?"

'어떻게든 되겠지. 후훗.'

확실히 강함이라는 것은 자신감의 근원이라는 걸 느끼며 태인은 호기롭게 앞장서 걸었다. 그런다고 산적한 문제가 저절로 해결되는 것은 아니었지만 말이다. 그의 등 뒤로 익숙한 목소리가 들려왔다.

"알았어. 간다구, 가. 근데 저 신부랑 수녀, 그냥 저기 놔둬도 돼?"

"어차피 네가 그 소동을 피웠으니 곧 출동한 사람들이 알아서 처리할 거야. 우린 붙잡히기 전에 빨리 사라지는 게 급하다고."

"으응."

알은 생각보다는 혼나지 않을 것 같다는 예감을 느끼며 태인을 부지런히 따라갔다. 그의 머리 속에 혜련의 얼굴이 잠깐 스쳐 지나갔지만 무시하기로 했다.

'아까부터 안 보이던데… 뭐, 알아서 어디 피했겠지. 이 소동에 못 찾고 그냥 태인 따라갔다고 하는 거까지 설마 뭐라고 하겠어? 그리고 태인이 돌아왔으니까 이제 마녀는 덜 무서워해도 돼!'

그래서 다시 활기에 차서 알은 태인을 따라가며 외쳤다.

"그래, 맞아. 내일은 내일의 달이 뜰 거야!"

참으로 고난한 하루였지만 살아 있는 이상 희망은 있어를 외치는 알에게 태인이 작은 목소리로 일침을 놓았다.

"내일 그믐인데?"

알은 순간 비틀거렸다. 하지만 그는 다시 태인을 따라가며 중얼거렸다.

"에이, 몰라. 안 되면 형광등이라도 켜면 밝겠지. 설마 정전되겠어?"

등 뒤에서 들려오는 알의 중얼거림에 집으로 향하며 태인은 피식 웃었다. 알다운 말이었다.

"으흑, 괴로워. 그만 뱉으면 안 돼?"

양팔을 들고서 입 안에 까지도 않은 마늘을 가득 물고 눈물을 글썽거리는 알의 모습은 상대의 취향에 따라서는 무슨 죄를 저질렀어도 용서받을 만도 했다. 하지만 불행히도 태인에게는 씨도 먹히지 않았다.

"안 돼. 더 물고 있어. 이번에 물어준 돈이 얼마인지 알아? 그나마 파손된 공항 시설은 복구되었으니까 망정이지, 그 시간 동안 비행기 연착으로 인해 생긴 모든 걸 부담해야 했단 말이야."

"히잉, 하지만 나도 억울하단 말야. 따지고 보면."

"하나 더 물래?"

"미워."

알은 입을 다물고 결국 얌전히 벌을 서기로 했다.

'언제 태인도 뱀파이어가 된 다음에 이런 벌을 받아봐야 해. 그래야 당하는 뱀파이어 심정도 알지. 인간이니까 내 괴로움을 어떻게 알겠어. 흑흑, 이게 다 그 신부랑 수녀 때문이야. 왜 갑자기 가만있는 나를 공격하는 거야. 애초에 그런데 함부로 간 내가 잘못이라니, 세상에 뱀파이어는 여행의 자유도 없냐고!'

시무룩함과 괴로움이 오가는 표정으로 얌전히 서 있는 알을 안 보는 척하며 태인은 책을 들고 있었지만 사실은 시간 맞춰 페이지만 넘기고 있을 뿐 한 줄도 읽고 있지 않았다.

'후우, 애초에 네가 자청해서 그런 싸움을 걸었을 리도 없고, 그곳에 간 것도 혜련이 강제로 끌고 간 거랬지? 사실 너에게 잘못은 없겠지만.'

인간이 지배하는 세상이었다. 적어도 인간들은 그렇게 믿고 행동하는 세상이었다.

'네가 다시 어둠 속으로 숨어들어 갈 게 아니라면, 어쩔 수 없어, 알. 네 잘못이 없더라도 네가 숨이는 법을 배울 수밖에는. 넌 인간인 나의 수명이 끝난 후에도 그 모습 그대로 돌아다닐 테니까.'

일정 간격으로 책장을 다시 넘겨가며 태인은 앞으로의 일을 고민했다.

'그동안 미뤄두었지만 이제는 짚어야겠지. 그 드뤼셀이라는 자와 너의 관계에 대해서도.'

알 수 없는 망설임으로 그냥 넘어가 버린 일이었다. 하지만 이제는 어떤 답이 거기에서 나온다 해도 자신있었다.

'덧붙여 너에 대해서도.'

지금 알이 보여주는 힘은 비정상적이었다. 강해서만은 아니었다. 차라리 처음부터 그렇게 강한 뱀파이어였다면 납득할 수도 있었다. 하지만 알은 어떤 깨달음의 계기도 없이 그날의 사건 이후 자연스럽게 강해졌다.

'위기의 순간 무의식적인 잠재 능력을 발휘했다고? 그래, 그건 불가능하지 않아. 하지만 그렇게 순간적으로 발휘한 힘을 그 이후로도 너무 자연스럽게 계속 쓰고 있어. 그보다는 차라리 힘을 쓰지 못하게 억누르고 있던 그 무언가가 벗겨져 나갔다고 하는 것이 정확하게. 그게 봉인되어 있던 네 힘이라면 넌 정말 멋모르는 철부지 뱀파이어인 거냐?'

알은 태인이 어서 지금 읽는 장을 다 읽기를 기다렸다. 그래야 다시 자신에게 관심을 가져줄 것이었기 때문이었다. 벌을 세워놓고 책 읽는 데 정신이 까맣게 팔려 있는 태인이 밉긴 했지만 그래도 어쩌겠는가. 그만 해도 된다고 말해 줄 사람도 태인밖에 없었다.

'끝나간다. 끝나간다. 끝나간다. 끝나… 났다!'

그러나 알의 바램도 헛되이, 태인은 잠시 알을 쓰윽 쳐다보더니 다음 페이지를 넘겼다. 알은 시간이 지날수록 익숙해지기는커녕 더 강렬해져만 가는 마늘의 자극에 괴로워하며 절망했다.

그때 태인의 입에서 구원의 한마디가 들렸다. 녹음해서 다른 사람한 테 틀어주면 그냥 지나가면서 무심히 던지는 한마디로 판정했을 어투였지만, 알에게는 수녀의 그 아름답던 찬송가보다 이쪽이 훨씬 더 듣기 좋았다.

"많이 반성했냐?"

"응, 응. 반성했어. 정말로 반성했어."

'이제 그만 뱉어도 된다고 하려나?'

행복한 가그린을 떠올리며 알은 기대감에 부풀었다. 하지만 태인은 쉽게 그 말을 해주지 않고 뜸을 들였다.

"괴롭냐?"

"응, 많이."

"흐음."

'말해 줄 거면 조금만 더 빨리 말해 줘.'

알은 간절한 눈빛으로 태인의 입술을 쳐다보았다. 그리고 마침내 태인의 입에서 다시 한 번 거룩한 말씀이 나왔다.

"좋아. 그만 해."

'너의 죄를 사하노라' 라는 신의 음성을 들은 독신자가 그렇게 기뻐할까, 알은 0.1초도 망설이지 않고 화장실로 달려갔다. 몇 번이나 입을 헹구고 나온 알은 냉장고를 열어 비상 혈액 봉지를 꺼냈다.

'별로 신선하지는 않겠지만, 이걸로 지친 입 안을 달래야지.'

빨대를 꽂아서 쪼오옥 빨아먹으며 알은 푸근한 마음이 되어 거실로 돌아갔다. 태인은 그에게 신경 쓰지 않은 채 보던 책을 계속 넘기고 있었다.

'자아, 이제 뭐 하고 놀까?'

죄도 사면받았겠다 기분도 안 좋은데 실컷 놀아야지라는 들뜬 기분이 된 알에게 태인이 지나가는 척 한마디를 던졌다.

"드뤼셀이란 자 누구냐?"

"응? 드뤼셀? 켁, 케켁. 드, 드뤼셀?"

알은 그 좋아하는 피를 푸 하고 내뿜었다. 태인의 표정이 눈에 띄게 굳었다.

'으가아, 잘 지지도 않는 피를 사방에 뿌렸다고 화내는 건가? 하지만 지금 그게 문제가 아니잖아. 드뤼셀이라니, 그 이름이 지금 왜 나와?'

"드뤼셀? 드뤼셀? 아하하하, 그러니까 말이지. 그게 누구더라? 에, 그러니까."

알은 당황함을 숨기려고 했지만 이미 예전에 들통난 상태였다. 태인은 난 지금부터 적당히 말을 꾸미고 몇 가지 사실을 왜곡하거나 숨길 거다라는 의지를 팍팍 뿌리는 알의 모습에 나오려는 웃음을 억지로 참았다. 지금은 웃을 때가 아니었다. 그의 표정이 굳은 건 피 때문에 카페트를 다 버렸다든지, 소파도 엉망이 되었다든지 하는 이유가 아니었다.

'역시 서로 관계 있었나. 뭐, 괜찮아. 이제는 감당할 수 있어.'

"마늘이 그립지?"

알은 윽 하면서 두 검지손가락을 마주 비볐다. 매우 곤란하다라는 신호였다.

"하지만 말야, 태인. 드뤼셀은 말이지. 그러니까 말이지. 그러니까… 꼭 말해야 해?"

약간은 울상이지만 진지한 표정으로 알은 태인을 쳐다보며 물었다.

태인에게 드뤼셀에 대해 사실대로 다 말해 준다면 잡으러 갈지도 몰랐다. 하지만 그 둘이 싸우는 것은 정말로 보고 싶지 않았다.

'지금의 태인이라면 정말 드뤼셀도 이길지 몰라. 하지만 어느 쪽이 이기든 싫은걸.'

태인도 비로소 자세를 바로잡았다. 그는 자리에서 일어나 무릎을 꿇어 알과 눈을 맞추었다. 그리고 알과 시선을 맞추며 미소를 지어 보인 후 부드러우나 강인하게 말했다.

"알. 넌 뱀파이어야. 그렇지?"

"응? 으응."

"어떻게 시작되었든 지금의 넌 내 책임이고, 그걸 부인할 생각도 그만둘 생각도 없어. 하지만 네가 뱀파이어이다 보니 이런저런 어려움이 있는 것도 사실이야."

그 처음 보는 태인의 모습에 알은 아무 말도 못하고 눈만 끔벅이며 얌전히 들었다. 아니, 생각해 보면 처음은 아니었다. 그때 이무기와 마주쳤을 때, 태인은 지금과 닮은 모습을 보여줬었다.

"예전이라면 그래도 문제가 작았지만 지금의 넌 상당히 강해졌어. 내가 그 이상으로 강해졌다고 해도, 이미 넌 일반인은 물론 대부분 퇴마사에게조차 위협이야."

뭔가 황당하다는 표정을 짓는 알을 보며 태인은 다시 한 번 미소 지었다.

'그래, 사실 넌 일반인에게도 위협이 아니지. 같은 인간보다 오히려 안전하지. 너를 만나 위험할 확률은 0이지만 인간 중에 위험한 자와 만날 확률은 훨씬 높으니까.'

하지만 태인은 알에게 항변할 시간도 주지 않고 말을 이었다.

"사실이 어떻든 간에 일단은 그래. 그러니까 앞으로도 네가 내 책임인 이상, 나로서도 너에 대해 더 알지 않으면 책임을 다할 수 없어. 사실대로 다 말해 줘."

알은 더 이상 태인의 눈을 마주 보지 못하고 고개를 숙였다. 다시 손가락을 만지작거리며 알은 우물쭈물했다. 이럴 때 태인의 목소리와 눈빛은 이상했다. 뱀파이어는 자신인데 거꾸로 최면에 걸려드는 느낌이었다.

"하지만 드뤼셀은……."

"알. 난 너를 지키려는 거다. 그건 믿지?"

"그야 물론 두 번이나 이미 구해줬잖아. 하지만 내가 걱정하는 건, 그러니까 드뤼셀은……."

"알, 고개를 들어봐."

"으응."

단호하면서도 강인한 목소리. 알은 다시 고개를 들었고 거기에는 강한 눈빛을 내는 태인이 있었다.

"내가 너를 지킨다고 했을 때 그 대상은 네 목숨만이 아냐. 그러니까 말해 봐. 그자, 어떤 자야?"

알은 다시 고개를 숙였다. 정말로 자기가 거꾸로 최면에 걸려든 거 같았다. 저렇게 강하게 말해 오면 정말로 믿게 되고 말아서 대답 안 할 수가 없었다.

"말할게. 하지만 드뤼셀 잡으러 가지는 말아줘."

알은 잠시 말을 고르기 위해 침을 삼켰고, 태인도 조용히 호흡을 가라앉혔다. 자신있다고 생각했지만 알게 모르게 긴장되고 있었다.

"그러니까 하는 일은 이런저런 잡다한 물건 취급하는 잡화상이야.

그 물건들이 좀 특이한 게 많지만. 예전에 내가 그 가족에 선물했던 성배도 드뤼셀에게 부탁한 거거든. 옛날부터 드뤼셀은 내가 뭘 부탁하면 거의 다 들어줬어. 가끔은 곤란할 부탁도 있었는데도 말이야."

'어둠의 상인이라.'

알은 잡화상 주인이라고 했지만 일반 잡화상이 취급할 만큼 행운의 성배가 녹녹한 물건이 아니었다.

"말고도 여러 가지 신기한 물건들 많이 다뤄. 어느 정도인지는 모르지만 그 물건들 가지고 여기저기 꽤 팔았을걸? 그리고, 유능해. 딱히 무얼 할 줄 안다고 스스로 밝힌 적은 없지만 어떤 일도 다 해내더라고."

'유능이라. 그렇겠지.'

알은 아직 드뤼셀의 정체에 대해서는 완전히 다 말을 하지 않고 있었다. 하지만 태인은 대충 짐작이 갔다. 강력하지만, 협회에 알려져 있지는 않고 위험한 물건을 다루는 어둠의 상인이 선량한 종족일 리가 없었다.

'아마도 악마 내지는 같은 뱀파이어.'

"그자도 뱀파이어냐?"

"잘 몰라. 그런 거 같기도 하고, 아닌 거 같기도 하고, 뾰족한 송곳니는 본 적 없어. 당연히 흡혈하는 것도 본 적 없고. 그렇지만 무언가 동족 같은 느낌이 있기도 했는데, 정확히는 몰라."

'하긴, 그건 크게 상관할 문제는 아닌가.'

분명 태인 자신이 마주쳤을 때도 그에게서 뱀파이어라는 증거는 본적 없었다. 어딘가 비인간적인 냄새만 풍겼을 뿐.

"그 녀석이 취급하는 물건, 하나같이 그런 류지? 행운의 성배 말고,

또 취급하는 거 어떤 게 있었지?"

그 질문에 알은 잠시 망설이다가 털어놓았다.

"환몽의 나비. 젊음의 물. 귀환의 구슬. 또……."

"후, 그 정도면 됐어. 언제부터 알던 사이냐?"

'고위 요마이긴 하군. 결코 인간에게 강제적으로 해를 끼치지는 않는다. 그러나 욕망에 이끌린 인간이 스스로 파멸하는 길을 걷도록 돕는다. 단순히 설치면서 아무 데나 부수는 하급 요마에 비할 바가 아냐.'

"응. 옛날부터."

"옛날 언제? 몇 년 정도 전이야?"

"그러니까 옛날. 옛날 언제냐면……."

알은 인상을 쓰면서 머리를 짚었다. 글자 그대로 '옛날' 부터 자신은 드뤼셀을 알고 있었다. 하지만 정확히 언제부터? 어떤 일이든 간에 시작이 있어야 했다.

'그러니까 난 드뤼셀을 옛날부터 알고 있었어. 드뤼셀에게 이런저런 도움도 많이 받았고, 지금 내가 가지고 있는 것도 거의 다 드뤼셀이 선물한 거니까. 하지만 언제부터? 그러니까 옛날에는… 옛날에는?'

순간 어지러움에 비틀거리던 알을 태인의 손길이 잡았다.

"왜 그래? 괜찮아?"

"괜찮아. 근데 언제부터인지 모르겠어. 나 오래전 일은 잘 기억이 안 나. 그냥 알고 있어."

"언제쯤 전부터? 이곳에 오기 전부터? 대강이라도 말해 봐."

알은 다시 머리를 감싸 쥐고 고민했다. 조금씩 기억이 났다. 그러나 그와 동시에 기억해서는 안 된다고 무언가가 명해 왔다. 하지만 대체 무엇이? 혼란을 느끼면서도 알은 생각난 것을 말했다.

"응. 그전인 건 확실해. 내가 이 나라에 온 건 10년도 안 되었는걸."

"그러면 전에는 어떤 부탁을 들어주었다는 거야?"

"전에? 전에는, 전에는."

알은 다시 말문이 막혔다. 알고 있는 지식은 너무나 당연한 사실로 머리에 남아 있었다. 그러나 그 너머를 찾기 시작하는 순간 모든 것이 불확실했다. 마치 데이터를 깨끗이 지워 버린 디스켓처럼 기억 속에 아무것도 없었다.

"몰라. 뭐지? 나, 그러니까 분명 옛날에. 하지만 어떤 옛날? 나, 이 나라에 10년 전쯤에 왔어."

거기까지 말하다 말고 알은 갑자기 멍해져서 기계적으로 중얼거렸다.

"하지만 뭘 타고 어떻게? 오기 전에는 어떤 일이 있었지? 나 그러니까, 그러니까 뭐지? 어떻게 된 거지? 위험해서 도망쳐 왔었는데? 그런데?"

팽그르.

알은 갑자기 주위가 뱅글뱅글 도는 것을 느끼며 쓰러졌다. 귓가로 태인의 다급한 목소리가 들려왔지만 너무나 어지러워서 대답할 수 없었다.

"야, 야. 괜찮냐? 또 그때처럼 쓰러지는 거 아니지?"

"괜찮아. 그런데… 왜… 내 과거는… 이렇게 희미하지?"

대답하는 알의 목소리는 무언가 꿈꾸는 듯 몽롱했다. 알은 괜찮다고 했지만 풀린 눈동자와 멍한 목소리가 조금도 정상이 아니었다.

"야?"

태인은 알의 정신을 차리게 하려고 흔들어 보았지만 이미 알의 눈은 태인을 보고 있지 않았다. 멍히 초점을 잃은 눈으로 허공을 바라보며 알은 누구에게 대답하는지도 애매하게 중얼거렸다.

"이상해. 태인이랑 만나기 전에 몇 달부터는 생생한데, 중간중간 있었던 일들 다 기억나는데, 어째서 그전부터는 이렇게 완전히 끊어진 거지? 알고 있다고 생각되는 과거들이 왜 하나도 떠오르지 않지? 나 어떻게 된 거지? 이상해."

태인은 무언가가 있음을 느끼고 더 이상 말을 하지 않았다.

"과거의 추억의 장면 하면 항상 딱 정해진 몇 가지만 떠올라. 마치 입력된 샘플처럼 그것밖에 없어. 나는… 나는… 뭘까?"

희미한 안개 속을 헤쳐 나가며 과거를 파헤치다가 알의 정신은 길을 잃어버렸다. 너무나도 짙고 답답한 안개가 머리 속에 내려앉아서 알은 더 이상 생각할 수가 없었다. 이 이상은 나가면 안 된다는 공포만이 그를 사로잡았다.

"싫어. 보고 싶지 않아. 그냥 여기에 있을래. 여긴 떨어진 것은 가려주니까, 가까이 있는 건 아늑하고 좋은걸."

"알?"

뭔가 두서없는 말을 하는 알 때문에 태인은 당황했다.

'그저 과거에 대해 어느 정도 듣고 싶었을 뿐인데 이 정도로까지 격렬하게 반응할 줄이야. 뭔가 절대 기억하기 싫은 과거가 있는 건가?'

"그냥 여기 있을래."

그 말을 마지막으로 알은 그대로 정신을 잃었다.

"야, 야. 정신 차려. 야, 뭐야. 잠들었어?"

저번의 악몽을 떠올리며 걱정하던 태인은 조금은 안심했다. 하지만 여러 가지가 이상했다.

'뭔가 이상하군. 확실히 녀석의 행동은 녀석이 살아왔다고 말하는 세월에 비하면 어렸어. 처음에는 관심이 없었기에 이상하다고 생각하지 않았고, 좀 지나고서는 늘 그러니까 당연하게 여겼지만.'

지금 돌이켜 보면 나이에 비해 너무 어렸다. 외모와 자연스럽게 어울렸기에 위화감을 느끼지 못했지만, 세상을 오랜 세월 동안 살아온 녀석치고는 세상에 대해 너무 몰랐다.

'어둠 속에 숨어산다고 세상에 대해 제대로 배울 기회가 없어서라고 생각하고 넘어갔었지. 그런데 이 녀석이 과거에 대해 가지고 있는 기억 자체가 적당히 만들어져 주입된 거라면?'

태인은 고개를 저었다. 그것도 이상했다. 장기간에 걸친 기억을 통째로 주입하는 건 고위 주술이었다. 그 정도를 행할 자라면 과거를 세밀하게 실제와 대조해 보는 것도 아니고, 그냥 돌이켜 보는 정도로 허점이 곳곳에 드러나게 엉성한 기억을 주입할 리도 없었다.

'뭐지? 알 녀석, 무언가 기억하기 싫은 부분이 있어서 스스로 기억을 닫아버린 건가? 가장 가능성있는 추리군. 하지만 그런 상처를 가지고도 저런 성격이 나올 수 있나? 아니지. 그런 상처를 한쪽으로 묻어버리면서 반발로 튀어나왔다면 가능할지도.'

현재로써는 정확히 알 수 없었다. 알이 과거를 떠올린다면 좀 더 알 수 있을지도 몰랐지만 태인은 더 이상 알의 과거에 대해서는 추궁하지 않기로 했다. 저렇게 괴로워한다면 그냥 천천히 생각나도록 내버려 둘 생각이었다. 상처 때문에 닫은 기억이라면 현재 속에서 서서히 치료되다 보면 과거를 마주할 수도 있을 테니까.

'드뤼셀이라. 그자가 알에 대해 꽤나 많은 단서를 지니고 있을 것

같군. 한번 찾아가 봐야겠어. 그전에 몇 가지 해둘 일이 있긴 하지만 말야.'

다음날 알은 아무렇지도 않다는 듯 일어나 태인에게 인사했다.

"잘 잤어, 태인. 아아, 새로운 밤이구나. 더 물어볼 건 없어?"

"너, 괜찮냐?"

"응? 응. 괜찮아. 왜?"

뭔가 낮 동안 자신이 고민했던 여러 가지 사실들이 좀 허무해지는 걸 느끼며 태인은 다시 물었다. 웬만하면 과거는 넘어가기로 했었지만 이 정도쯤 되니 안 궁금해질 수가 없었다.

"너 과거는 그러니까, 정리가 된 거냐?"

"아, 그거? 생각 안 나는데 어쩌겠어? 그냥 그러려니 하고 살아야지. 그런 거 계속 따지면 머리 아파 못 살아. 아무럼 어때."

그러면서 알은 즐겁게 콧노래를 흥얼거렸고, 태인은 가슴이 알게 모르게 답답함을 느꼈다. 지금 알이 보여주는 밝음에서 억지로 꾸민 듯한 기색을 찾을 수가 없기에 더 답답했다.

'그냥 성격이 밝은 거라고 생각했는데 그게 아니었나.'

그냥 이대로 모든 걸 묻어버리고 지금까지처럼 지낸다면 손쉬울 일이었다. 과거의 관성에 젖어 있으면 힘들 일도 없었다. 지금 현재는 과거의 반복이 벽돌이 되어 만들어낸 따뜻한 오두막, 이 안에만 있으면 편안했다. 반면에 밖을 열고 나가면 길이 있었지만 그 길이 어디로 통하는지는 짙은 안개에 가려 알 수 없었다.

'하지만 그래서는 결코 진짜 가야 할 곳에 도착할 수 없겠지. 알, 정말로 네가 미래를 살아갈 수 있게 하려면 힘들어도 바뀌지 않으면 안 돼. 이제는 나도 힘이 생겼으니 나아가 보자. 멀리 뻗어 있는 길이 안 보일 때에는 지금 당장 한 걸음씩 똑바르게 나갈 수밖에 없어.'

　자신이 더 이상 말 걸지 않자 그냥 컴퓨터 앞에 앉아서 놀기 시작하는 알을 보며 태인은 결심을 굳혔다.

●Chapter 12
안개의 길

Chapter 12

"이게 뭐야?"

알은 자신의 앞에 잔뜩 쌓인 문제집, 참고서, 기타 각종 서적을 보고 의문에 찬 눈길을 태인에게 던졌다. 태인은 무덤덤하게 대답했다.

"보면 모르냐. 퇴마사 자격 시험용 관련 서적이지."

"아니, 그러니까 내 말은 이걸 왜 내 앞에 갖다놓냐고."

알은 어이가 없어서 책자를 대충 훑어보았다. 태인의 말대로 하나같이 퇴마사들이 볼 책들이었다. 최신 게임 공략지라든지, 이 달의 단행본 소식이라면 몰라도 대체 이런 게 자신같이 놀기 바쁜 소년에게 무슨 소용이 있다는 건지 알은 상상할 수가 없었다.

"앞으로 한 달 동안 네가 공부할 분량이다. 모르는 거 있으면 내가 가르쳐 줄 테니까 물어봐."

"이걸 내가 왜 해야 하는데? 설마 나더러 퇴마사 자격증 따라는 건 아니겠지?"

알은 손가락으로 자신을 가리키며 태인의 의도를 확인했다. 물론 그렇게 물으면서도 설마 태인이 진짜로 그렇다고 대답할 거라고는 알은 결코 예상하지 못했다. 기껏해야 좀 더 제대로 조수 노릇 하려면 이런 걸 알아야 하니까라는 정도가 그가 예상한 태인의 대답이었다. 하지만 태인은 알의 기대를 무참히 즈려밟았다.

"따라는 거 맞아. 안심해. 최하급으로 골랐으니까, 어렵지 않을 거다. 한 달 뒤에 시험이 있으니까, 대비해."

'태인이 어디 가서 강해진다고 엄청 고생하더니 드디어 정신이 이상해졌구나. 이제 어쩌면 좋지? 대체 나한테 뭘 시키는 거야.'

딱.

알은 이마에 통증을 느끼고 눈을 감았다.

"제정신으로 하는 말이니까, 순순히 공부해."

"저기, 태인. 있잖아?"

알은 최대한 부드러운 인상을 유지하려고 노력하며 말을 골랐다.

"뱀파이어가 퇴마사 자격증을 딸 수 있는지는 모르겠지만, 딴다고 해도 내가 그걸로 먹고살긴 좀 힘들지 않을까?"

그렇게 말하면서 알은 눈동자를 슬그머니 움직여 태인의 양손을 주시했다. 또 때리려고 하면 이번에는 재빨리 피할 심산이었다. 하지만 태인은 피식 웃으며 대답해 줬다.

"그 말은 맞아."

'진짜 정신이 이상해진 거 아냐? 그렇게 순순히 맞라고 할 거면 시키긴 왜 시켜?'

따악.

태인의 태도에 방심하고 있던 알은 결국 또 이마를 부여잡아야 했다.

"안 미쳤다고 했지."

'으흑, 독심술 배워왔나?'

그보다는 생각이 다 드러나는 스스로의 얼굴을 탓해야 했겠지만 눈앞에 거울이 없었기에 알은 엉뚱한 추론을 할 수밖에 없었다.

"어차피 전에 나 자리 비운 동안 네가 나 대신 한 건 해결했잖아? 뭐가 문제냐."

"에, 그건."

허를 찔렸다는 표정을 짓는 알에게 태인은 손을 저었다.

"뭐, 그건 농담이고, 사실 나도 네가 퇴마사 자격증 딴다고 퇴마사 노릇 할 수 있을 거라는 기대는 안 해. 그래서 네 힘에 비하면 훨씬 아래쪽인 최하급을 따게 시키려는 거고."

'거봐. 역시 미친… 생각하지 말자.'

슬그머니 올라가던 태인의 손이 내려갔다.

"하지만 네가 그런 거 하나 따두면 그 자체로 좋은 제스처는 돼. 네가 인간 세상에서 훨씬 편하게 지낼 수 있는 일종의 신분증이 되어준다는 거지. 실제로 활동하고 안 하고를 떠나서 네 앞가림을 하는 데는 많은 도움이 될 거야. 그러니까, 군소리 말고 공부해."

'그런 거 있다고 대체 무슨 도움이 된다고. 한참 나이에 놀지도 못하고 공부나 하라는 거야? 하지만 저렇게 하라는데 안 할 수도 없고.'

마악 새로 받은 게임에 정신이 팔려 있던 알의 마음속에는 얼마 전 신부, 수녀 콤비와 싸울 때 내가 왜 그때 공부 안 했던고 했던 후회는 날아간 지 오래였다. 알은 속으로 한숨을 내쉬면서 책상 앞에 앉아서 맨 위에 있는 책을 집어서 첫 장을 넘겼다.

'뭐, 어차피 태인은 일하러 가면 거의 다 비우니까, 그 시간 동안 놀고서는 대충 본 척만 하고 이해 못했다고 우기지 뭐.'

"아, 시험일까지 계속 집에 있으면서 가르쳐 줄 테니까, 막히는 거 생기면 바로바로 물어봐."

"저기, 일하러 안 가? 돈 벌어야 하지 않아?"

알은 자신의 울상이 태인을 걱정해서 짓는 것처럼 보이기를 기도하며 최대한 염려하는 목소리를 내어 물었다. 태인은 걱정 말라는 듯 따뜻하게 웃어 보이며, 혹은 네 생각 따위는 이미 다 읽고 있다는 듯 잔인하게 비웃으며 대답했다.

"걱정 마. 한 달 논다고 굶어 죽을 만큼 저축해 둔 돈이 적지는 않으니까."

"저기 그래도, 태인은 유능한 퇴마사잖아. 전보다 더 강해졌잖아? 태인 같은 인재가 집에서 나 같은 뱀파이어 하나 가르치겠다고 놀면 범인류의 손실 아닐까?"

"걱정해 주는 거냐?"

'우웅, 왠지 놀리는 거 같아.'

'큭, 그만 놀릴까.'

태인은 알이 눈치 못 채게 작게 웃었다. 별로 좋은 습관은 아니라고 생각했지만 확실히 반응이 재밌어서 놀리게 되었다. 하기야 알 때문에 그가 받는 스트레스가 보통이 아니었으니 이 정도 보답이야 받아도 될 일이었다.

"나도 이번에 자격증 하나 새로 딸 예정이라서 말야. 공부 좀 해야

해. 그러니까 아무 걱정 말고 공부에만 집중해."

'……'

알은 무언가 욕을 떠올리고 싶었지만 또 맞을까 봐 두려워서 그냥 멍히 창밖의 하늘만 보았다. 반달은 예쁘게 걸려서 잠을 자고 있었고, 그 옆에는 구름 한 조각이 흘러가고 있었다. 그 주위에는 매연을 꿋꿋이 뚫어낸 별들이 색색의 빛을 뿌렸다. 잔혹하리만치 아름다운 밤하늘이었다.

혜련은 태인의 놀라운 활약상을 뒤늦게 전해 듣고 한숨만 내쉬고 있었다.

'하아, 그냥 바티칸 녀석들 조금 골려주려던 건데, 사태가 이렇게 커질 줄이야. 그냥 그 녀석이 바티칸을 망신시킬 때, 내가 나서서 쫓아내고 한껏 폼을 잡는다라는 원래 계획은 다 어디가고. 태인이랑 바티칸의 정면충돌에 가까운 결과가 되어버렸으니.'

"이게 다 그 망할 뱀파이어가 제대로 안 해서야."

애꿎은 알을 탓하며 인상을 찌푸리던 그녀는 곧 피부에 주름 생기면 안 되지라고 하면서 얼굴을 폈다.

'그나저나 태인, 더 멋있어졌어. 사실상 Rank S도 시간 문제지. 아아, 최고의 신랑감인데. 그 정열 부족의 허무주의적 눈만 빼면 말이야.'

그게 싫어서 차버렸었다. 입으로는 자신이 애인이라고 말하면서도 그 눈에서 손에서 어떤 뜨거움도 느껴지지 않아서, 저러다 어느 날 '사랑하는 척해 보려 했는데 그것도 안 되는군'이라고 말하며 일어서 버릴 거 같아서 먼저 차버렸었다.

'하긴 그래. 막상 계속 옆에서 있으면 그 냉랭함을 견딜 수가 없을 거라고 생각했지. 그런데 요즘은 그것도 아니란 말야. 여전히 둔하기는 해도 생기가 있어.'

지금이라면 뜨거운 사랑이 가능할지도 몰랐다. 자신의 매력을 발견하기만 하면 말이다.

'문제라면 어떻게 나한테 다시 반하게 하느냐인데, 그 성격에 한 번 찬 나한테 또 매달리는 일은 죽어도 안 할 거란 말이야. 그렇다고 내쪽에서 적극적으로 대쉬하자니 자존심 상하고. 하지만 이제 놓치기에는 너무 아깝게 큰 고기란 말야.'

사실상 Rank S가 예약되는 활약상을 보여준 태인을 노리는 여자가 어디 자신뿐일까, 어떻게 연결만 된다면 얼마든지 그 품에 안길 여자는 넘쳤다.

'그 점에서 난 나름대로 이점이 있잖아? 어설픈 파리가 꼬여들기 전에 먼저 쐐기를 박아야 하는데. 어떡한다. 뭔가 건수를 만들어야 하는데, 정작 태인은 집에 틀어박혀서 시험 공부만 하고 있으니. 하아, 그냥 다른 괜찮은 남자나 찾아봐야 하나? 그래도 이대로 포기하긴 아까운데. 이미 반쯤 새로 시작한 셈이잖아.'

그녀는 고민하다가 결국 살짝 찔러보기로 했다.

"그러니까 있잖아, 태인. 공부하는 것도 힘들어 죽겠는데 그 누나까지 봐야 해?"

"공부할 때 필요한 자료 가져다 주겠다는데, 고마워해야지. 무슨 말이냐."

"……."

알은 입이 잔뜩 튀어나와서 투덜거렸다. 그 마녀 때문에 만난 두 대천사장은 지금 생각해도 끔찍했는데, 설마 이렇게 또 얽힐 줄이야 누가 짐작이나 했겠는가. 대체 이 집에 무슨 볼 일이 있다고 자꾸 들락날락하려는 건지 알로서는 마녀가 끔찍할 뿐이었다.

'녀석, 맺힌 게 많나 보군. 하긴 어찌 되었든 그녀한테 끌려가는 바람에 결과적으로 바티칸과 만났으니 싫을 만도 하지.'

"호호, 그러니까 말이지. 사실은 말야. 알 군에게도 좀 사과할 게 있고 해서. 공항 입구에서 기다리라고 했는데 설마 바티칸 쪽 인사의 눈에 띄어서 그 고생을 당할 줄 누가 알았겠어? 어쨌든 내 책임도 작지 않으니 도움 될 자료도 좀 정리해 주고. 아무래도 이론 쪽은 내가 더 밝잖아? 야식도 사갈게."

"난 알에 맞춘다고 낮에 자고, 밤에 깨어 있는데 괜찮겠어?"

"괜찮아, 괜찮아."

그 말을 하면서 피부 미용에 해로운 짓을 한다는 생각에 혜련이 얼마나 쓰려 했는지는 모른 채 태인은 두 사람, 아니, 한 사람과 한 뱀파이어의 사이가 좀 좋아져서 나쁠 건 없겠지라고 결론 내리고 승낙했다. 거기다가 드뤼셀에 대한 조사 건에 있어서도 여차하면 혜련의 넓은 발을 빌릴 필요가 있을지도 몰랐다. 당장은 자신이 새로운 자격증을 딴 다음에 그걸 바탕으로 해볼 생각이었지만.

'너도 좀 이 사람 저 사람 겪어보면서 세상을 더 알아야 해. 하긴, 혜련 같은 여자는 쉽게 만날 타입은 아니다만.'

알은 마녀가 오다가 교통사고라도 나기를 기도하였으나, 어김없이 약속 시간이 되자 현관 벨은 울렸다.

"안녕. 알 군도 안녕? 잘 지냈니?"

"어서 와. 흠, 근데… 복장이 좀."

"왜? 좀 편한 걸로 골랐는데 이상해?"

"아냐. 뭐, 괜찮아. 들어가자."

'하긴 원래 혜련은 화려하게 입는 걸 좋아하니까. 새삼스러울 것도 없지. 복장 가지고 뭐라고 하면 안 되겠지.'

태인의 뒤에서 인사하며 알은 혜련의 위아래를 훑어보고 마녀의 저의에 대해 심각한 의문을 품지 않을 수 없었다.

'저 가슴과 어깨선을 강조한 패션이 '편한' 건가? 향수는 또 왜 뿌렸담. 아무리 공부할 때라도 기본은 버릴 수 없다라는 건가? 하지만 저건 공부하는 학생의 복장이라기보다 차라리 남자를 유혹하러 나온 마녀의 복장이라는 편이.'

'오호호, 역시 신경 쓰이나 보지? 좋아, 좋아. 1단계는 성공이다. 밤새도록 있으면서 간간히 서비스 신도 보여줄 테니까, 나의 매력을 새삼 발견하고 놀라워해 보라고.'

동상이몽의 진수를 보여주며 셋은 거실 중간에 놓여진 테이블 앞에 앉았다. 알은 나름대로 맛들인 책들을 열심히 읽었다.

'헤에, 재밌는 요괴들 많구나. 문제집 풀이는 재미없지만 이런 참고서는 생각보다 꽤 재밌네. 와아, 뱀파이어 편이다. 내 이야기네.'

시험을 쳐야 한다는 당면 과제는 잊고 쉬어가는 코너의 이야기를 더 열심히 읽는 것이 꼭 훌륭한 수험생의 자세라고 할 수는 없어도 알은 나름대로 열심이었다. 그런 알을 흘끔흘끔 쳐다보며 태인은 흐뭇해했다.

'녀석, 싫다고 반항하더니 막상 시키니까 잘하는군. 저 정도면 무난

히 합격하겠어. 어차피 실기 점수는 거의 맡아놓았다고 봐야 하고.'

애초에 알의 실력으로는 반 장난에 가까울 게 틀림없었다. 그래도 만일을 대비하자는 생각에 알을 닦달하고 있는 태인 자신은 정작 대강대강 공부하고 있었다. 어차피 필기 시험이라는 게 기본만 알고 나면 거의 요식 행위에 가까웠던 것이다.

'후, 하지만 별 다섯 개는 실적이 조금 필요하겠지. 힘이야 자신있고, 명성은 그 바티칸의 신부님 덕분에 좋든 싫든 유명해져 버렸으니.'

이 세계에서는 악명도 명성이었다.

혜련은 슬그머니 둘을 쳐다보고는 조금 기분이 상했다. 상관도 없는 알 쪽이 책 너머로 자신을 흘끔흘끔 볼 뿐 태인은 완벽하게 집중하고 있었던 것이다.

'자존심 상하네, 이거. 하긴 태인이 내 모습을 하루 이틀 봐온 건 아니니까, 평범한 걸로는 안 되겠지?'

그녀는 목이 마른 척하면서 물을 들이켰다. 그리고 조금 마시다가 실수를 가장해서 놓쳤다. 물이 좌르륵 쏟아지며 그녀의 옷을 적셨다.

"어머, 이를 어째."

물에 젖은 옷이 착 달라붙으면서 그녀의 몸매가 한층 더 드러났다. 태인은 잠깐 혜련을 쳐다보더니 다시 책으로 고개를 돌리고는 변함없는 어조로 말했다.

"옷 갈아입고 와. 위층에 얼마 전까지 네가 쓰던 방 있지? 거기 쓰면 될 거야."

태인의 어조는 무심했다. 정작 혜련의 그 드러난 몸매를 감탄의 눈길로 쳐다봐 준 건 알이었고, 혜련은 분노했다.

'꿀꺽, 정말 대단하다. 성격은 어쨌든 간에 정말 웬만한 미스 XX 같

은 대회 나가면 우승도 어렵잖을 거 같은 누나야. 가시 돋힌 장미라는 건 저런 걸까.'

'야이, 뱀파이어야. 누가 너보고 보라고 내가 이 비싼 옷 버려가면서 물 끼얹은 줄 알아? 이, 키도 나보다 작은 게. 하아, 작전 실패. 아무래도 이걸로는 안 되겠어.'

방문을 닫고 옷 갈아입고 나서 혜련은 곰곰이 생각에 빠졌다. 확실히 이대로는 문제가 있었다.

'근본적으로 좀 새로운 사건을 만들어야 해. 새삼 여자의 매력에 빠져들기에는 너무 둔해. 거기다가 당장은 다른 일에 신경이 쏠려 있으니. 좋아, 일단은 퇴각이다. 어차피 내 미모에 반응 안 할 거면 다른 여자가 들러붙어도 마찬가지야.'

자신감 넘치는 선언을 하고서 혜련은 자리에서 일어났다. 만약에 그녀를 훨씬 능가하는 미의 여신이 존재해서 태인을 유혹하는 데 성공한다면 그건 그거대로 그녀의 능력밖의 일이었으니 아주 잘못된 결론도 아니었다.

다음 날 알은 상쾌하고 유쾌하고 통쾌한 기분으로 자리에 앉아 펜을 빙빙 돌렸다. 싱글거리는 알을 보며 태인은 가볍게 한숨을 내쉬었다.

"혜련이 안 온다는 게 그렇게 좋냐?"

"그 누나, 무섭단 말야. 태인도 나만큼 당해봐. 무섭지."

'하긴, 뭐, 그렇게 당했으니. 하지만 지금 저 정도로 강해졌으면 그만 무서워할 만도 한데. 하기야, 강해진 뒤에도 혜련에게 끌려갔다가 바티칸의 대천사장과 마주쳤으니 무서울 만도 한가. 그나저나 어제 혜련 좀 급작스럽게 돌아가는 모습이 기분 나빠보였는데. 역시 그 때문

인가?'

겉으로 안 드러나게 조심한다고 했지만, 화려하게 차려입은 혜련을 보고 조금 흔들렸었다. 특히 물을 쏟았을 때는 자신도 모르게 향하려는 눈길을 책으로 돌린다고 잠시 마음을 가다듬어야 했다.

'절교당한 주제에 자기 몸에는 동물적 관심을 보인다고 기분 나빴던 거겠지. 역시 들켰었나?'

태인은 어깨를 가볍게 으쓱했다. 그렇다고 새삼 전화 걸어서 젖은 몸을 보고 순간적으로 야한 생각 해서 미안했다고 사과할 수도 없는 일이었다. 그리고 아직 젊은 남자인 그였다. 미안하긴 해도 그 모습 보고 아무 생각 안 들기는 힘들었다.

'뭐, 혼자만의 생각일지도 모르잖아? 그냥 다른 일이 생겨서 급히 간 건지도. 공부나 하자. 아무리 그래도 필기 시험에서 낙제받으면 그것도 망신이지.'

한 뱀파이어와 한 인간은 그렇게 책상에 앉아 밤을 지새가며―낮에는 다 자가며―공부했고, 마침내 시간이 되었을 때 알은 어렵지 않게 시험을 수행할 수 있었다. 주위의 호기심 어린 시선만 제외하면 말이다.

시험장에 그렇게 많은 사람이 있진 않았다. 애초에 아무나 응시하는 시험도 아니었고, 비공개로 비밀리에 진행되는 시험이었던 데다가 거의 합격 예정자들이 치르는 통과 의례에 가까웠기 때문이었다. 그나마 알이 응시한 최하급 Rank D 시험은 조금은 긴장감이 있는 편이었지만 말이다.

'태인은 잘하고 있겠지? 뭐, 당연하겠지. 아아, 어쨌든 이번에 합격하면 난 인류 역사상 최초의 빈 인간형 퇴마사가 되는 건가? 으음, 그건 아니구나. 드물긴 하지만 인간과 함께 산 구미호니 그런 쪽에서 딴 사례가 있으니. 그래도 보자. 뱀파이어 중에서는 최초네. 으하핫, 이것도 나름대로 기네스북 기록감이구나. 신난다.'

고생은 이미 과거의 일. 현재는 그 열매만이 달렸다. 알은 부지런히 마킹하고 글을 써 나갔다. 몇 문제만 빼면 막히지 않고 풀어 나갈 수 있었다. 그 시간 태인은 알이 생각하는 것처럼 종이에 글을 적어가고 있지 않았다. 대신에 협회의 다른 고위 간부들과 면담을 하고 있었다.

"후, 확실히 자네 능력이면 Rank S를 발급해 줘야 마땅하겠지. 그런데 알고 있나? Rank S라는 건 단순히 강하다로 끝날 선이 아니야. 이런 말하긴 뭐하지만, 흠흠, 사실 나도 그건 없다네. 현재 활동하는 멤버 중에서 자네가 이번에 합류한다고 쳐도 겨우 다섯 명이 가지고 있는 자격증이야."

자격증의 권위라는 게 그다지 절대적이지는 않았다. 사실 최소한의 참고 기준으로서 활용할 뿐 저마다 특징이 다르고, 전문 분야가 다른 이쪽 업계에서 Rank라는 건 실로 하나의 참고 기준일 뿐이었다. 그나마도 이런저런 이유로 꼭 높은 걸 안 따는 자도 있었고, 간신히 턱걸이하는 자도 있었고, 한 부분에서 걸리지만 능력 외적 부분에서 탁월한 자도 있고 해서 Rank의 의미가 그렇게 큰 건 아니었다.

하지만 Rank S는 예외였다. 그건 협회의 얼굴인 자들이었고, 정해진 기준이 있다기보다 협회 내에서 누구나 인정하는 강자에게만 주는 칭호에 가까웠다. 태인도 그 사실은 잘 알고 있었다.

"알고 있습니다. 그래서 A를 신청했습니다만?"

"그래 봐야 눈 가리고 아웅이니 문제지. 어차피 자네가 미하일 신부와 싸워 이겼다는 건 소문이 쫙악 다 났어. 사실 우리 협회가 멤버 수에서야 가장 많지만 최상위층의 질에 있어서는 '교계' 쪽에 밀리는 게 사실 아니었나?"

분명 비율로 따지면 협회가 가장 큰 단체였다. 그러나 퇴마사들의 세계에서 권위란 단순한 세력에서 나오지 않았다. 카톨릭, 불교, 이슬람 등으로 대표되는 종교 단체에 존재하는 무협지로 치면 '절대고수'들처럼 최상위 악마와도 싸워 이길 수 있는 존재가 협회에는 거의 없었다. 그건 정신력과 연계될 수밖에 없는 이 분야에서 애초에 속세에 속한 자들이 성직에 몸담은 자들을 당해낼 수 없는 게임이었다.

"그나마 우리가 내세우는 얼굴이 Rank S야. 그런데 자네를 빼놓고서야 어찌 이야기가 되겠나?"

'요는 협회가 바티칸에 밀리지 않는다는 걸 세계 만방에 떨치고 싶다는 거로군. 하지만 그 신부와 수녀, 정말로 대천사장의 화신으로서 완전히 힘을 쓸 수 있게 된다면 내가 상대가 될 리 없는데. 내가 늑대라면 그들은 어린 호랑이. 그래도 협회와 바티칸의 기 싸움에 이용되고 싶지는 않지만 Rank S를 따서 나쁠 것은 없나? 확실히 그만한 특권이 붙는 직위이기도 하니까 말야.'

"그리고 현실적으로 일정 이상의 악마에 대해서는 각 지역 교단에 부탁하는 형편일세. 얼마 전 이곳 수도 지하철에 이무기가 나타났을 때도 협회에서 '지장문'에 부탁해야 했잖나? 상급 능력자는 부족하고, 사건이 벌어지는 곳은 많으니. 자네도 그만한 힘이 있으면 그만한 책임은 떠맡아야 하지 않겠나?"

"글쎄요. 전 군이 영웅이 되고 싶은 생각은 없습니다만."

"그 뱀파이어, 바티칸에서 상당한 유언무언의 압박이 있더군. 솔직히 말하지. 협회로서도 자네가 이 정도 인물이 되어버린 이상 이쪽에서 이미 허가한 사항이니 바티칸에서도 양해를 바란다라는 식의 말을 하기가 쉽지 않아. 아, 오해 말게. 이쪽도 체면이 있지 이제 와서 어찌 말을 뒤집겠나? 하지만 자네가 협회에 부담 지우는 만큼 그에 걸맞는 활약을 보여주면 좋겠다는 거지. 자네로서도 나쁠 거 없지 않나? 그에 따르는 이익이 쏠쏠찮을 텐데?"

태인은 '그리고 바티칸과 사이가 나쁜 상황에서 다음 재선 여부가 위험한 당신 입지도 튼튼해지겠지요' 라고 빈정거리고 싶어지는 것을 참았다.

'과연 바티칸에서 진짜로 압력을 넣는 걸까. 가능성은 반반이지만. 그래, 바티칸이 아니더라도 어쨌든 시끄러운 자들을 입 다물게 하려면 그만한 실적을 쌓는 게 가장 좋겠지.'

강자의 사생활은 관심거리가 되는 동시에 이중적 의미에서 존중받기 마련이다. Rank S의 퇴마사란 단순한 인기 연예인과는 다를 수밖에 없었다.

'하기야 자율 선사님이 내게 가르침을 내려주신 뜻도 그만큼 세상을 위해 활약하라는 것일터. 후우, 그 보답은 해야겠지.'

"알겠습니다. 그렇게 알고 돌아가지요. 사건이 생기면 언제든지 연락주십시오."

"알겠네. 이제 의뢰는 그만 받아도 될 걸세. 흠, 아니 뭐, 절대 받지 말라는 건 아니고 협회에서 자네가 아니면 힘든 사건들을 우선적으로 고를 테니 가급적이면 자네가 아니라도 될 일들은 다른 자에게 주라는 거지."

"걱정하지 마십시오."

태인은 자리에서 일어나 공손하게 고개 숙여 보였다. 스스로의 자제력이 이렇게 컸었나 하며 태인은 조금 변한 자신에게 묘한 감상을 느꼈다.

밖에 나오자 태인을 기다리고 있던 알이 손을 흔들며 태인 앞에 자랑스럽게 합격이라는 도장이 찍힌 수험증을 내밀었다.

"이거 봐라. 이제 실기만 치르면 합격이지?"

"그래. 붙었군. 하기야 당연하지."

"그럼 합격 축하 선물 뭐 사줄 거야?"

따악.

알은 다시 머리를 감싸 매야 했다.

"아야얏, 왜 때려?"

"임마, 그럼 너도 나한테 합격 선물 사줄 거냐? 너 좋으라고 시킨 일인데 무슨 합격 선물이야."

알은 뭔가 말하려다가 쓰윽 하고 거리를 벌렸다. 그리고는 다시 불평을 늘어놓았다.

"쳇, 너무해. 한 달 동안 제대로 놀지도 못하고 공부만 했다고. 태인이야 자기가 치고 싶어서 친 거지만, 난 아니라구. 축하 선물 좀 사주면 어디가 덧나서. 돈도 많으면서."

"그래, 그래. 알았다. 이것만이 아니라 완전히 합격하고 나면 사줄게. 게임 하나 사주면 되지?"

"와, 정말? 약속했다."

태인이 거리를 좁혀오면서 때릴까 봐 경계하고 있던 알은 좋아서 팔짝거렸다. 하지만 그는 곧 뭔가 이상함을 느끼고 고개를 갸우뚱거렸다.

'잠깐. 그러고 보니 그때도 크리스마스 분위기 내게 해주겠다 해놓

고 루돌프로 분장시켜서 일시켰잖아? 이번에도 뭔가 함정이 있는 걸지 몰라.'

"아, 알. 그리고 네 실기 검사 기간 동안의 감독관은 내가 맡기로 했어. 원체 특이 케이스라 달리 맡을 사람도 없고 해서 말야."

"뭐?"

알은 입을 쩍 벌렸다. 그의 송곳니가 다 드러났지만 머리 속에는 당했다라는 한마디만 떠돌고 있었다.

"실기 내용은 어떤 건지 전에 말해 줬으니까 알고 있지? 네가 실전에서 얼마나 잘 활약하는지 옆에서 내가 보고, 조언도 하고, 채점도 할 테니까 열심히 해봐. 만족스럽게 해내면 그때 자격증 줄 테니까."

"저기, 웬만큼 해내면 자격증 줄 거지?"

"물론이지. 웬만큼만 해내면 합격시킬 거니까 걱정 안 해도 돼."

분명 글자 그대로 해석하면 안심시키는 태인의 말이었건만 알은 불안감이 점점 더 커지는 것을 느꼈다. 평생 합격증 못 받는 거 아닐까라고 중얼거리며 앞서 걸어가는 알을 보며 태인은 안 보이게 웃었다.

'그 자격증에다가 내가 이번에 새로 받게 될 자격증 자체가 네게 있어 최고의 선물이겠지만, 아직은 모르겠지? 너도 단순해서 편한 성격이군.'

정말로 걱정할 게 많은 어른인 그로서는 부러울 수밖에 없는 팔자였다.

●Chapter 13
나이트 오브
뱀파이어

"슬슬 우리도 시작해야겠는데. 바티칸 쪽에서 움직였으니, 첫 타는 그대가 맡아주겠나? 난 아직 나서면 곤란해서 말야."

드뤼셀은 오는 길에 슈퍼 있으면 마실 거나 좀 사 와주겠나라는 듯하게 평이한 어조로 말했다. 하지만 정작 그걸 들은 세리우스는 바로 대답하지 못했다. 표정에 변화는 없었지만 그 내부에서 상당한 감정의 소용돌이가 떠돌고 있었다.

가장 최근에 세리우스, 그가 인간 세상에 나간 일이라고 해봐야 200년도 더 전이었다. 그런 그에게 다시 한 번 드뤼셀이 검을 들어줄 것을 말했다는 것은 간단한 의미가 아니었다. 완벽하게 때가 온 것은 아니라고 해도, 분명 다가오고 있다는 것은 분명했다.

"알겠다. 정확히 내가 해야 할 것은?"

"뉴욕에서 가볍게 해줘. 자세한 건 여기 적힌 대로만 해주면 돼. 검은 한 자루, 아니, 두 자루 가지고 가는 게 좋겠군."

세리우스는 고개를 끄덕이며 서류를 받았다. 한 자루 내지 두 자루라는 말은 아직 본격적인 시작은 아니라는 뜻이었지만 그래도 간만의 일이었다. 어떤 일을 해야 하는가 해서 서류를 넘겨본 세리우스는 가볍게 인상을 찌푸렸다.

"어차피 우리 둘만 보고 말 서류를 암호로 만들어두는 이유는 뭐지?"

"저런, 기껏 분위기 잡았는데 아무런 장치도 없으면 섭섭하잖나? 별로 어려운 거 아니니까 금방 풀릴 거야."

세리우스는 뭔가 한마디 하려다가 그냥 조용히 사라졌다. 드뤼셀은 싱글싱글 웃으며 알과 태인의 모습을 '노려보았다'. 입가에 띤 미소와 달리 눈은 차갑기 그지없었다.

"자, 어떨까요? 잘될까요? 뭐, 아직은 장담하긴 이르지만, 그래도 인간들에게는 감사해야겠죠. 정말로 그들이 이렇게나 도와주지 않았다면 이렇게 할 엄두도 못 내었을 텐데."

오늘도 새로운 달이 뜨는구나라면서 편안한 마음으로 관에서 일어난 알에게 태인이 봉투 하나를 던졌다. 알이 봉투를 열어보자 그 안에는 비행기 표와 여권이 들어 있었다.

"이게 뭐야?"

"네가 첫 실습을 치를 곳으로 가게 해줄 표다."

"내 눈에는 뉴욕행 화물 비행기 표로 보이는데?"

"맞아. 뉴욕행이야."

"무슨 시험을 그렇게 국제적으로 치르는 거야?"

"그냥 일이 생긴 김에 겸사겸사 하면 되겠다고 생각되어서 데려가는 거뿐이야."

"싫어. 물 건너 너무 멀리 가는 거 여러모로 불편하단 말야. 관에 들어가서 짐짝 취급 받으면서 뉴욕행이라니. 그냥 국내에서 시험 치를래. 급할 거 없잖아? 천천히 딸래."

'아무리 태인이 밀어붙여도 이것만은 양보 못해. 태인은 1등석에서 편히 가겠지만 난 화물 취급이라구! 왜 갑자기 일을 국제적으로 맡아서 난리야.'

알은 주먹을 꽉 쥐어 보이며 위아래로 살짝 흔들었다. 굳게 다문 입술로 자신의 의지를 표명하는 알에게 태인은 순순히 고개를 끄덕여 보였다.

"흐음, 그렇단 말이지. 그래, 알았다. 그럼 그동안 집이나 봐라."

"정말? 무르기 없기다."

반색을 하는 알에게 태인은 마침 생각났다는 듯한 어조로 말을 덧붙였다.

"그리고 혜련이 하는 일이나 좀 도와주고. 말해 둘 테니까 가서 일하면 될 거야. 그렇게 오래 걸리지는 않을 테니까."

잠깐의 침묵이 흐르고 알은 방금 그거 농담이지? 농담이라고 해줘라는 애절한 눈빛으로 태인을 올려다보았다. 그러나 태인은 할 말 다했다는 듯 돌아서서 자신의 짐을 꾸릴 준비를 시작했다. 그런 태인의 모습을 보며 알의 머리 속에서 잠시 몇몇 아름다운 추억들이 스쳐 지나갔다. 몸을 부르르 떤 알은 순순히 투항했다. 그는 그대로 다가가서 웃는지 우는지 모를 표정으로 태인의 손을 덥석 잡았다.

"다시 생각해 보니까, 하루빨리 따는 게 좋을 것 같아. 거기다가 일이든 어쨌든 간에 해외 여행도 공짜로 하는데 좋지 뭐. 뉴욕 여행이다, 뉴욕 여행."

두 팔을 들었다 놓았다 하며 만세를 부르는 알에게 태인은 변함없는 표정으로 돌아섰다.

"일 끝나면 구경할 기회도 있긴 하겠지만 기본적으로 일이니까 너무 방심 안 하는 게 좋을 거야."

"응, 응. 알았어, 알았어."

'말은 그렇게 해도 태인한테 미뤄두면 알아서 다 하겠지. 그 힘 놔두고 어디 쓰겠어? 어차피 웬만한 녀석들은 상대도 안 될 텐데.'

건성으로 대답하며 알은 어떻게 하면 최대한 무사히 보낼 수 있을지 궁리했다. 역시 복지부동이 최고의 답이었다. 그런 알을 보며 태인은 말없이 미소 지었다.

'나한테 미루고 놀려고 들겠지만, 이건 내 데뷔전인 동시에 네 데뷔전이다. 알, 고생 좀 해야 할 거야.'

며칠 뒤 뉴욕 공항에 비행기가 내리고 거기서 여러 개의 화물이 쏟아져 나오며 차로 옮겨졌다. 지게차들이 옮겨놓은 짐 중에는 사람이 들어가고도 남을 커다란 짐도 있었다. 그 짐이 조용히 누군가에 의해 따로 빼내지고 잠시 뒤 인적없는 곳에서 포장이 뜯기고 안에서 머리가 불쑥 솟아 나왔다.

상자 위로 사람의 머리만 튀어나와 있는 광경은 어딘지 모르게 좀 괴기스러웠다. 마침 구름이 걷히면서 달빛이 그 얼굴을 비추자 거기에는 창백한 소년의 모습이 드러났다. 소년은 조용히 눈을 떴다. 어두움을 밝히는 두 개의 별이 더 생겨났다. 밤임에도 두 개의 별은 푸른 하늘에 떠올랐다.

소년은 인간의 의지를 꺾어버리고 자신에게 종속시키는 마성의 눈동자로 주위를 가볍게 둘러보았다. 그의 눈길이 태산처럼 장중하면서도 번개처럼 찔러가는 기세가 담긴 청년의 눈과 마주쳤다. 백 마디 말을 담은 침묵이 사이에서 아슬하게 줄타기를 했다. 마침내 소년의 입이 열렸다. 거기서 달빛을 받아 반짝이는 날카로운 송곳니가 드러났다. 소리없이 인간의 혈관에 꽂혀 생명을 빨아가는 위험한 야수의 송곳니였다.

그렇게 소년은 자신의 정체를 드러냈다. 그리고… 하품을 했다.

"우하암, 겨우 도착했네. 지겨워 죽을 뻔했어."

태인은 피식 웃으면서 포장을 마저 뜯어주었다.

"실컷 잠만 잤을 거면서 뭐가 지겨워 죽을 뻔이냐?"

"비행기가 흔들려서 중간에 깼다고. 거기다가 익숙하지 않은 잠자리라는 게 얼마나 불편한 건지 알아? 집이 최고라고!"

알은 놔두고 온 컴퓨터와 오락기, 만화책, 비디오 테이프를 차례대로 떠올리며 슬퍼했다. 이제 얼마의 시간이 흘러야 다시 그의 취미 생활을 재개할 수 있을 것인가?

"그래? 일급호텔 잡아놓았는데, 별 소용 없겠군. 그냥 싼 여관으로 옮……."

태인이 무슨 말을 하는지 알아들은 알은 말이 끝나기도 전에 재빨리 자신의 짐을 들쳐 매며 앞장섰다.

"아하하하, 태인도 참. 최고가 안 되면 차선이라도 해야지. 빨리 가자!"

자존심 내세우면서 버티다가는 진짜로 바꿔 버리는 게 태인이라는 것은 오랜 생활 경험에서 예전에 깨달은 알이었다.

　"나가는 문은 반대쪽인데."

　태인은 마지막 한마디를 날려주고 앞장서서 걸었다. 짐을 몽땅 자신에게 떠넘긴 태인에게 알은 투덜거리면서도 순순히 따라갔다. 태인의 힘이 약하다면 거짓말이겠지만, 그래도 역시 이런 힘은 그가 강한 것이다.

　'흑, 좋게 생각하자. 어떻게 알아. 나중에 돈 필요해서 아르바이트 자리 찾으면 이런 게 짐 나르기 업종 경력으로 인정받을지.'

　호텔은 멀지 않았고, 태인의 말대로 정말로 일급이었다. 꼭대기까지 쳐다보려니 목이 아플 정도로 커다란 호텔은 1층에서부터 찬란한 장식과 제복을 입은 종업원을 앞세워 알의 기대감을 만족시켜 주었다.

　그 호텔 안에서도 비싼 객실은 알을 더욱 즐겁게 했다.

　퉁. 퉁. 퉁. 퉁.

　알은 침대 위에서 폴짝거리며 뛰어올랐다 내렸다 했다. 아래층 손님을 배려하지 않는 그 모습에 태인은 약간 눈살을 찌푸렸으나 굳이 한마디 하지는 않았다.

　"와아, 좋다. 이런 데서 자보았으면. 언제 돈 좀 벌면 암실 하나 만들고 거기에다가 이런 침대를 갖다놓을 거야!"

　태인은 잠시 각종 가구가 갖춰진 암실을 머리 속에 떠올렸다.

　피가 뚝뚝 흘러내리는 벽에는 뾰족한 못이 튀어나와 있는 철처녀가 있고, 그 옆에는 쇠사슬과 인두가 걸려 있다. 가시가 촘촘히 박힌 채찍과 해골 위에서 음산하게 타오르는 촛불, 그 가운데에는 기묘한 문양이 새겨진 검은 관. 잔혹하고 기괴하면서도 어딘지 모를 위험한 매혹이 숨은 광경.

'그건 아니겠지. 그보다는.'

태인은 머리 속의 장면을 싹 지워 버리고 새로 상상했다.

냉장고에는 피가 담긴 봉지가 가득 들어 있고, 관 모양의 푹신한 침대가 한쪽 벽에 붙어 있었다. 안 들어오는 햇빛을 대신해서 밝은 형광등이 천장에서 빛나고 텔레비전과 게임기가 다른 쪽에 있었다. 거기다가 최신 게임 CD와 만화책이 가나다라순으로 정렬되어 있는 찬장.

'뭔가 암담하게 평화스럽군.'

상상의 나래를 펼치는 태인을 알의 목소리가 현실로 이끌었다.

"그런데 대체 여기서 우리가 맡을 일이라는 게 뭐야? 이제 뉴욕 왔으니까 좀 더 자세히 말해 줘."

알의 질문에 태인은 묘한 웃음을 띠었다. 그 웃음에 알은 약간 불길한 느낌이 들었다. 폭풍 전의 고요라고 해야 할지, 혹한이 오기 직전의 훈풍이라고 해야 할지, 그런 느낌이었다.

'물론, 이런 식으로 바다 건너까지 와서 할 일이 간단하지야 않겠지만 뭔가 상상을 초월하는 건 아니겠지?'

"아, 경호다. 높으신 분을 암살하려고 하는 자가 있다는 정보가 입수되어서 말야. 평소라면 상관없지만 이번에 안전한 결계 안을 나와서 행사를 좀 치르셔야 되거든? 그동안만 경호하면 돼."

아직 경호 대상과 시간이 정확히 밝혀진 건 아니었지만, 알은 약간은 안도했다. 그런 알을 더욱 안심시켜 주려는 듯 태인이 말을 덧붙였다.

"우리 말고 다른 실력자들도 함께하니까, 너무 걱정 안 해도 될 거야. 일 다 끝나면 놀게 해줄게."

"그럼, 디즈니랜드 데려다줘!"

"그래, 알았다. 일만 끝나면."

알은 좋아서 웃으려다가 슬그머니 태인의 얼굴을 살폈다. 태인은 밝게 웃고 있었다.

'뭐, 뭐지. 너무 순순히 대답해 주잖아. 분명 좋은 소식인데, 뭔가 있는 거 아냐?'

"저기… 그런데 정확히 누구를 언제 어디서 경호하는 거야? 그리고 같이하는 다른 실력자들은 누구야?"

태인은 대답하지 않고 살짝 뜸을 들였는데 그건 숨이 가빠서가 아니라 과연 이 사실을 미리 알았다면 알이 순순히 뉴욕을 따라왔을까라는 생각에 웃음이 나왔기 때문이었다.

'팔짝 뛰겠지만 지금 와서 돌아가지는 못할 거고, 슬슬 말해 줄까?'

"루버트 추기경 예하야. 정확히 지금부터 보름 뒤 대성당을 나와서 300마일 떨어진 주의 작은 대학에서 강의를 하신 후 근처의 작은 성당에서 하룻밤을 머물고 돌아가실 건데, 이때 추기경 예하가 암살될 거라는 정보가 들어와 있어."

"우웅? 좀 이상하다? 확실히 대성당에서 나온 시점이 노리기 좋은 시점이기야 하겠지만, 그 암살될 거라는 정보는 대체 어떻게 얻은 거야? 설마, 나, 당신 암살할 거니 기다리세요 같은 예고장을 누가 보내기라도 한 거야?"

질문을 던져 오는 알을 태인은 기특한 눈빛으로 쳐다보며 고개를 끄덕였다.

'제법 전보다 머리를 돌리는구나. 하지만 아직 멀었어.'

"예고장. 대체 어느 녀석인지 모르겠지만 당당하게 예고장을 보냈어. 무시하고 넘어가기도 곤란하고 그렇다고 일정을 취소하고 틀어박히거나 압도적인 대군으로 호위하는 것도 체면 상하는 일이니까, 결국 최정예 몇 명이서 조용히 보호하기로 결정한 거지. 그리고 바티칸에서 예지 능력을 지닌 자들이 이 예고장이 엉터리 장난은 아니라고 결론 내렸다더군. 그래서 일단 바티칸 본산에서 두 남매를 보내고, 거기에 협회에 협조 요청해서 나까지 붙이기로 한거야."

"으응, 그렇구나. 난 또, 그래서 바티칸에서는 남매가… 잠깐, 남매?"

남매라는 단어가 알의 기억 속에 잠들어 있던 과거를 자극했다. 아름답고 찬란한 추억을 떠올리며 알은 부르르 떨었다. 지상에 강림한 천사장의 힘. 기적의 현장을 보여주던 성스러운 노래와 찬란히 타오르며 마을 사르는 거룩한 불꽃. 한마디로 '공포' 그 자체. 지금껏 알이 본 어떤 호러 영화에도 그렇게 공포스러운 장면은 달리 없었다.

"태이인? 설마, 그 남매는 아니지? 응?"

"'그 남매'라는 대명사가 미하일 신부와 헬레나 수녀를 가리키는 거라면 맞는데."

알은 바로 반응하지 않았다. 1초, 2초, 3초… 10초의 뜸을 들인 후 알은 폭발했다.

"말도 안 돼! 누구 죽일 참이야? 대체 무슨 생각으로 이번 일 맡은 거야? 물론 태인이 강하다는 건 알지만 그 둘, 대천사장의 화신으로서 임하는 몸이라고! 잠깐 사이에도 어떻게 변했을지 모르는 데다가 둘이 정식으로 힘 합치면 그때처럼 운 좋게 된다는 자신있어?"

상대의 의지를 꺾어버리기 위해 빛나는 맹수의 눈빛을 알의 몸 주위로 어둠의 기운이 움직였다. 보통 인간들에게는 초월적인 공포를 주고, 힘을 다룰 줄 아는 자들에게는 실제적인 공포가 될 그 기운을 태인은 말없이 자신의 기운을 움직여 중화시켰다. 옆방이나 윗방의 손님들에게 악몽을 선사할 수야 없었으니까.

'이래서 더욱 이 일을 맡은 거다. 알, 지금 네 상태 스스로 자각하지 못하고 있지?'

본심을 들키지 않기 위해 놀리는 표정을 가장한 태인의 눈빛 사이로 씁쓸함이 스쳐 지나갔다. 자신이 해 나가기로 한 길은 생각보다 멀지 몰랐다.

"진정해, 알. 우린 그 둘이랑 싸우러 가는 게 아냐. 그 둘이 너를 좋아할 거라고 생각하지는 않지만, 공식적으로 협조하기로 한 상황에서 약속을 깰 자들도 아니야. 설령 그 둘이 마음속으로 널 죽일 생각을 하고 있다 해도 이번 일 동안은 오히려 더 안전해."

서서히 어둠이 잦아들고 맹수가 사라진 자리에 소년이 돌아왔다. 알은 잠시 머리를 감싸 매고 고민했다. 태인의 말이 무슨 뜻인지 머리로는 조금씩 이해되기 시작했다. 하지만 그래도 그때는 너무 무서웠다. 머리 위로 쏟아지던 물과 불이 떠올랐다. 마지막 순간 어떻게 해야 할지 몰라서 그만 눈을 감아버렸던 그때는 정말로 무서웠었다.

"후우, 그래. 지금도 겁나는 건 당연하겠지. 하지만 정말로 걱정 안 해도 돼. 이런 식으로라도 그들의 일을 도와서 공식적인 관계라도 좀 좋게 해두는 게 차라리 나아. 그들도 인간이니까, 널 자꾸 보면 조금 생각이 바뀔 테고. 정말로 무슨 일이 있으면 내가 책임질 테니까. 알았지?"

알은 고개를 들었다. 그랬었다. 그때도 엄청 무서웠지만, 금방 회복해서 다시 팔팔하게 날뛰었었다. 따지고 보면 벌써 몇 번이나 죽을 뻔했지만 기억 속에서 반쯤 잊어버리고 편하게 지냈었다. 그건 안 좋은 기억은 묻어버리고 즐겁게 살고 싶기 때문이긴 했지만, 그렇게 할 수 있었던 건, 이제는 괜찮다는 믿음이 불안한 마음을 지탱해 주었기 때문이었다.

"정말로 괜찮은 거지?"

"너 혼자 보낸 것도 아니고, 나도 같이하는데, 안 괜찮으면 내가 맡았겠냐."

그리고 그렇게 지탱해 준 '말'이 다시 한 번 실체가 되어 움직였다. 아무런 힘이 실려 있지 않아서 어떤 주문도 아닌데도, 더 강하게 마음을 움직여 온다. 알은 고개를 끄덕였다.

"할 수 없지, 뭐. 그래도 제발 다음에는 좀 편한 사람들이랑 일하게 해줘. 그리고 디즈니랜드 데려가서 밤새 놀게 해줄 거지? 설마, 입구만 보고 돌아가는 거 아니지?"

태인은 피식 웃고는 자리에 앉았다.

"뭔가 다 죽을 거 같더니, 벌써 협상 모드냐? 능숙하군."

"쳇, 할 수 없으니까 그런 거지. 그럼 난 태인의 조수로서 가는 거야?"

그 말에 태인은 고개를 저었다.

"아니. 넌 아직 자격증도 없고, 사실 미묘한 문제라서. 아무래도 바티칸의 기록에 뱀파이어의 도움을 받았다고 남길 수는 없으니까. 공식적으로 넌 지금 그냥 내가 제압해서 부리는 부하 마물로 기록되어 있어. 식신 같은 건 동양 쪽에서는 흔한 일이니까, 언제 봐도 자연스럽게."

"부하라… 그런가?"

'그런 건가?'

안전의 대가로 내놓은 것은 자유. 평화의 대가로 바친 것은 복종. 그러나 기회가 있을 때 도망치지 않았던 것은 무엇 때문?

"널 부하라고 생각한 적은 없으니까, 그렇게 침울해하지 마."

"에, 별로 신경 쓰지 않는다고. 근데 뭐라고 생각했는데?"

말과는 다르게 알의 눈빛은 기대로 부풀었다. 하지만 태인의 대답은 매정했다.

"군식구."

강렬한 일격에 알은 잠시 비틀거렸다.

"내 식사는 내 스스로 해결한다고. 너무해."

다시 투덜거리는 알을 태인은 무시하며 잠깐 눈을 감았다. 이미 불평할 만큼 원기 회복했으면 더는 알 바 아니었다. 곧 이어질 바티칸의 두 요원과의 만남에 대비하는 것만 해도 골치 아팠다.

"다시 뵙게 되어 반갑습니다. 그동안 잘 지내셨는지?"

"덕분에 잘 지냈습니다."

간략하게 오고 가는 사교상의 인사. 하지만 태인과 미하일의 사이에서 흐르는 기류는 조금도 따뜻하지 않았기에 알은 슬그머니 한 걸음 옮겨서 태인의 뒤로 물러났다. 호의를 표시하는 말의 내용과 달리 미하일은 딱딱하게 군은 표정으로 자신들 쪽을 쏘아보고 있었다.

'저렇게 노골적으로 불쾌해하는데, 태인은 속도 없나. 뭐가 아쉬워서 여기 돕겠다고 한 거야? 하여간, 무신경한 건 알아줘야 한다니까.'

숨는다고 숨었지만 알은 그만 미하일과 눈이 마주쳤고, 미하일의 안

색은 더욱 굳었다. 적대감을 굳이 숨기지 않는 어투로 미하일이 알에게 인사했다.

"그쪽의 뱀파이어 씨도 잘 지내셨는지?"

"네. 뭐, 그렇죠. 헤헤."

'당신들과 다시 마주치기 전까지는요.'

알은 침을 꼴깍 삼켰다. 지금 당장 그를 잡으려고 들지야 않았지만, 충분히 두려웠다. 적대감을 숨기지 않는 고양이 앞에서 마음 편할 쥐란 없었다.

'읍, 갑갑해.'

뭔가 한두 마디 더 말하고 구석에 가 박혀 있으려던 알은 가슴을 짓누르는 압박에 눈을 동그랗게 떴다. 팽팽하게 쏘아오는 살기와 그에 실린 신성력을 미하일이 내보내고 있었다. 그에 반응해서 일어나려는 자신의 마력을 알은 간신히 눌렀다. 미하일이 어떤 생각인지는 알 수 없어도 여기서 문제를 일으켜 봐야 자신만 다칠 거라는 걸 눈치로 알았다.

'하지만 이대로 있기도 괴로운데. 어쩌지? 태인, 거짓말쟁이. 괜찮을 거라더니, 뭐가 괜찮아! 엇? 이건 뭐지? 갑갑한 정도가 아니라.'

보이지 않는 기운이 알의 몸을 자극했다. 폭발하기 직전에 멈추어 있지만 어느 순간 일어나며 주위를 다 태워 버릴 듯한 미하일의 신성력에 알은 울상 지었다. 그때 태인이 부드럽게 미소 지으며 한 걸음 내딛어 알과 미하일의 사이에 섰다. 부드러운 기운이 일어나고 알은 몸이 편해짐을 느꼈다.

'와아! 고마워, 태인. 근데 이러다 싸움나는 거 아냐?'

태인의 미소는 더욱 부드러워졌지만, 미하일의 얼굴은 더욱 딱딱하게 굳었다. 미하일은 그대로 몸을 홱 돌렸다.

"오늘 하룻밤 동안 저와 헬레나가 추기경 예하의 곁을 지킬 겁니다. 당신들은 밖에서 경계를 서주시죠. 가급적이면 신성한 성당에 들어오는 일은 없도록 해주십시오. 가자, 헬레나."

헬레나 수녀는 조금은 더 부드러운 미소를 띤 채 고개 숙여 보였다. 우호라고까지 하기는 일렀지만 아주 적대적이지는 않은 눈빛에 알은 기분이 좋아졌다.

"그러면 오늘 밤 동안 부탁드리겠습니다."

두 사람이 방에서 나가고 알은 한숨을 푸욱 내쉬었다.

"하아! 이제 좀 살 거 같네. 아까는 조금 무서웠어. 태인, 제발 다음부터는 이쪽과 얽힐 일은 좀 맡지 말아줘. 아니면 난 놔두고 가거나."

"많이 힘들었나?"

"당연하지! 잡아먹을 듯이 노려보는데, 어떻게 편히 있겠어? 태인은 대체 뭐가 좋아 이 일을 맡은 거야? 저 두 사람, 나만이 아니라 태인도 싫어하는 게 훤히 보이던데. 나야 밖으로 내쫓아줘서 더 고맙지만, 따지고 보면 자기들 일이고 우린 도와주러 온 건데 푸대접이 너무 심하잖아. 우리 그냥 가버리면 안 돼? 그렇게 잘나면 자기들끼리 하라고 하고."

"하하!"

태인이 갑자기 웃자 알은 입을 내밀었다.

"웃음으로 얼버무리지 마."

태인은 웃음을 그치고는 품에서 부적을 꺼냈다. 그리고 알의 머리를 한 손으로 쓰다듬었다.

"아니, 그냥 지금 상황이 약간 우스워서 웃은 것뿐이야. 그런다고 진짜로 갈 수 없다는 것은 너도 잘 알지? 자, 밖에서 잠입하지 못하도록 결계를 칠 거니까, 결계 바깥쪽으로 서 있어."

알은 그 말에 화들짝 놀라 물러섰고, 태인은 조용히 주문을 외웠다. 알에게 보이지 않는 그 얼굴에는 조금은 씁쓸한 웃음이 머물러 있었다.

'얼버무리지 말라고? 후후, 그런 게 아냐, 알. 네가 없었다면 내가 했을 일들을 네가 말하는 게 아이러니해서. 예전의 내가 이런 대접을 받았다면.'

독설을 한마디 뱉어주고 가버렸을 것이었다. 그럼, 그동안 자신의 성격이 변했는가? 그 질문에 태인은 대답이 애매해졌다. 분명 마음 한 구석에는 예전과 변함없는 자신이 있어서, 결계고 뭐고 치지 말고 가만 히 있다가 저 건방진 신부가 곤란을 겪으면 그때서나 도와주러 가자고 말하고 있었다. 하지만 이미 그걸 포함하도록 자라 버린 지금의 자신 은 묵묵히 최선을 다하고 있었다.

'책임져야 할 게 있어서겠지.'

그 이유가 된 존재는 반짝이며 흩어지는 오색의 광휘를 넋을 잃고 바라보고 있었다. 방금 전까지 투덜거려 놓고 그새 다 잊고는 지금의 아름다운 빛을 구경하는 걸로 즐거워하는 자. 정말로 '현재'를 살아가 는 자.

'뭐, 어쩔 수 없지.'

'현재'를 마음 놓고 즐길 수 있으려면 누군가는 미래를 대비하고 과 거를 정리할 수밖에 없었다.

적, 황, 청, 녹, 백. 오색의 빛이 제각기의 위치에 자리 잡고는 다시 갈래의 다리를 뻗어 서로 이어졌다. 이어진 빛들은 점점 더 상대에게 퍼져 나가 마침내 원래 어디에 있었는지 알 수 없게 균일하게 분포하며 고리를 이루었다.

'그러고 보면 옛날이 자유로웠는데 말이지.'

오색의 고리는 부드럽게 돌며 작은 성당의 담벼락을 감쌌다. 고리는 한순간 넓게 펼쳐지며 돔을 이루어 막을 씌웠다. 그리고 다섯 겹의 돔은 서로 합쳐지더니 서서히 빛이 꺼지며 무색 투명해졌다.

"자, 다되었다."

알은 감탄하며 허공을 따라 눈길을 이리저리 던졌다. 보통의 사람들은 아무 생각 없이 드나들겠지만 그의 눈에는 물샐틈은 고사하고 원자 하나 빠져나갈 틈이 없게 촘촘하게 펴진 막이 잘 보였다.

"근데 조금 약한 것 같아? 부수려고 들면 부서질 것 같은데?"

사실은 조금이 아니라 많이 약해 보였지만 알은 태인의 입장을 고려해서 단어를 골랐다. 하지만 태인은 알이 걱정한 것처럼 기분 나빠하지 않았다.

"당연히 그렇겠지. 너 정도가 아예 들어올 엄두도 못 내는 방어막을 어떻게 임시로 설치하냐? 저건 그냥 경보용이야."

"그렇구나. 어, 사라져 간다? 지속 시간이 너무 짧은 것 아냐?"

"흐음, 네 눈에도 이제 안 보인다면 완전히 성공했군. 건드리지 마. 그대로 있으니까. 자, 이제는 그냥 편하게 근무하면 돼. 어떤 녀석이 오는지나 지켜보자고."

"응."

'하긴 태인이 주문 외우는 사이에 안쪽에서도 강한 신성력이 흘러넘쳤어. 그 둘도 나름대로 결계를 친 걸 테니까, 안심해도 되겠지.'

이제는 맘이 편해져서 알은 느긋하게 밤 경치를 구경했다. 숲길 사이로 고요히 달빛이 비추고, 자러 간 새들을 대신해서 벌레들이 울어주는 밤. 따분할 정도로 평화로운 광경의 어디에서도 곧 닥쳐올 거라고 하는 거대한 위협의 징조는 없었다.

'하긴 온다는 보장도 없잖아? 이렇게 와 있는 거 보면 나라도 계획 변경하겠다. 나한테 무서운 그 쌍둥이 남매는 다른 자들한테도 무섭기는 마찬가지일 테니까. 으음, 그래도 한편으로는 든든하기도 한가? 히익, 내가 무슨 생각을.'

혼자서 웃었다 말았다 놀랐다가 다시 고개를 절레절레 흔들었다가 하는 알을 보고 태인은 피식 웃었지만 긴장은 풀지 않았다. 알은 자신을 믿고 놀아도 될지 모르지만, 그 자신은 믿고 맡길 대상이 없었다.

부려먹으려고 데려온 알이라지만 얼마나 소용이 될지라고 물으면 대답은 글쎄였다. 아니, 알이 아니었다면 애초에 이런 일을 맡질 않았을 테니, 알은 존재 자체로 그에게 일종의 족쇄였다.

'그래, 족쇄지. 옛날이 그립지 않은 거 보면 나도 자유인은 못 되나 보군.'

시간이 계속 흘러 달이 중간을 넘어갔다. 알은 혼자 노는 것도 지겨웠는지 나뭇가지 위에 걸터앉아서는 꾸벅꾸벅 졸았다.

"어이, 알. 깨어 있어."

"응? 으응."

알은 화들짝 놀라 고개를 들고는 입가로 흐르는 침을 닦았다. 기지개를 한번 켠 알은 그러나 다시 심심해졌다.

"아웅, 그냥 좀 멀리 가서 놀다오면 안 돼? 이 시간까지 아무 일 없잖아? 나라도 태인에 저 두 남매까지 와 있는 거 알면 하려다가도 계획 그만뒀겠다. 계속 이렇게 앉아서 누가 안 오나 멍히 지켜보는 것도 지겹단 말야."

"안 돼, 알. 일이란 재미로 하는 게 아냐. 지겹거나 힘들어도 할 때는 해야 하는 거야. 몇 시간 안 남았으니까, 꾹 참고 있어."

"우웅, 이럴 줄 알았으면 만화책이나 잔뜩 빌려올 걸. 아니면 휴대용 게임기라도 들고 오든지. 누군지 올 거면 빨리 오지."

알의 투덜거림을 무시하고 태인은 다시 신경을 곤두세우며 주위의 권역 안을 탐지했다. 여전히 위험한 존재는 느껴지지 않았다. 느껴지는 것이라면 두 개의 강력한 빛과 하나의 강력한 어둠. 셋 사이에서 웬만한 기운은 들어온다 해도 놓쳐 버릴 것 같았기에 태인은 약간 쓴웃음을 지었다.

'확실히 이 정도 멤버를 상대로 웬만한 자라면 계획 자체를 취소하겠지만.'

그럼에도 불구하고 온다면 그만큼 거물이라고 봐야 했다.

달은 이제 조금만 더 부지런히 가면 쉬러 갈 수 있음을 깨닫고 마지막 기력을 다해 서쪽을 향해 가고 있었다. 그 아래에서 무언가 하면서 왔다 갔다 하던 알은 결국 다시 졸기 시작했다. 알을 깨우려던 태인은 잠깐 멈칫하다가 그냥 놔두었다.

'어차피 이제 해 뜰 때까지 남은 시간은 한 시간 정도. 좀 있다가 그냥 관에 들어가라고 해야겠군. 애초에 바티칸 쪽에서 예지한 일일 거라는 것 자체도 내 추측일 뿐이니. 오늘은 허탕인가?'

태인은 긴장을 늦추지 않으려고 했지만 역시 약간 늘어지는 건 어쩔 수 없었다. 다시 자세를 바로잡은 그는 가볍게 미소를 띠었다. 생각해 보면 허탕은 아니었다. 누구도 나타나지 않았든 어쨌든 간에 무사히 지나간다면 그걸로 경호는 완료니까. 처음부터 바티칸에 점수 하나 따 두겠다고 맡은 일이었다.

'그래도 이왕이면 적당한 적이 와서 같이 싸우면 좋았을걸. 어찌 되었든 그러다 보면 미운 정이라도 들기 마련이니까.'

아주 조금은 느긋한 마음이 되어 태인도 한 번 기지개를 켰다.

두 사람. 정확히는 한 사람과 한 마물을 밖으로 쫓아보내 놓고 미하일과 헬레나는 추기경 예하의 잠자리 옆에 섰다. 헬레나 쪽이 먼저 입을 열었다.

"그 둘, 무례하게 대하지 말라고 하셨는데 쫓아내도 될까?"

"바깥 경비를 맡긴 것뿐이다. 필요하지도 않겠지만. 헬레나, 결계를 부탁해."

헬레나는 고개를 끄덕였다. 아무래도 미하일은 자신과 달리 직접 그 태인이라는 남자에게 한 번 패했으니까, 자존심상의 문제도 걸려 있을 거라고 조심스럽게 추측하는 그녀였다.

'하긴, 그 위험한 힘을 지니고 있는 뱀파이어는 늦기 전에 처리해 버리는 게 옳다고 생각하지만. 당장 사고를 치지 않았다 해도 그 정도 힘이 문제를 일으킨 후는 늦는데. 그 남자는 역시 이단이라서 뱀파이어가 나중에 문제를 일으킬 때 죽게 될 많은 사람의 목숨을 신경 쓰지 않는 걸까? 하지만 그런 이단이라도 사랑으로 회개시키는 게 주님의 뜻이니까, 미하일도 좀 마음을 풀었으면 좋겠는데.'

"헬레나?"

"아, 지금 할게. 성스럽고 영광된 분의 앞에 서서 그 뜻 널리 펴는 존엄한 수호자들 있으니 내 여기서 기도하며 간구하노라. 동방에 서서 따뜻한 온기로 세상을 데우고, 거룩한 불길로써 사악함을 사르는 불의 천사 미카엘이여. 서방을 돌아보며 생명과 축복을 지상에 전하고 준엄한 삭풍으로 부정함을 쫓아내는 바람의 천사 라파엘이여."

맑은 노래가 방 안을 메우며 울려 퍼졌다. 결코 작은 소리가 아니었지만 잠들어 있는 추기경의 얼굴은 오히려 더 편안해졌다. 지친 몸을 달래고 아픈 영혼을 치유하며 부정한 것을 쫓아내는 힘이 깃든 성녀의 찬가. 어떤 주문을 쓴다 해도 기본적으로 그녀의 바탕은 '가브리엘'이었다.

붉은 빛이 불꽃의 형상으로 퍼지며 번져 나갔다. 그러나 바닥을 다 채운 불길 아래에서 타는 것은 없었다. 녹색의 빛이 방을 맴돌며 허공에 원을 그렸다. 방향제도 없건만 그보다 상큼한 자연의 향이 퍼져 나갔다.

"남방에 앉아서 다친 몸을 치유하는 손길을 내밀고 길 잃은 양을 인도하여 성스러운 물로써 만물을 감싸 안는 물의 천사 가브리엘이여. 북방에 자리하여 모든 태어남과 거두어짐을 굽어보며 장대한 대지의 힘으로 그릇됨을 파하는 대지의 천사 우리엘이여. 주님의 이름 아래 기도하여 청원하나니, 그대들 나의 말을 들어 이곳을 지키는 수호의 기둥을 세우라. 주께서 나온 네 근원의 힘이 이 땅에 임하여 그분의 양들을 보호하리니, 어떤 어둠의 힘이 거기에 미치리오. 테트라 앤젤릭 생츄어리(Tetra Angelic Sanctuary)."

넘실대는 푸른 빛이 녹색과 붉은 빛의 사이에 자리 잡더니 아래로 흘러내렸다. 부드럽고 잔잔하게 흐르는 물결과 맹렬히 타오르는 불꽃이 서로의 자리를 바꾸는 가운데 푸른 빛을 받아들이며 조용히, 그러나 가장 굳건한 기세로 노란색의 빛이 가장 아래에 막을 펼쳤다. 서로 연결된 네 빛은 서서히 투명해졌다. 하지만 아주 사라진 건 아니었다. 미세하게 공기 중에 작은 보석이 떠다니는 것처럼 반짝반짝 빛이 나는 결계가 방을 완전히 감싸며 완성되었다.

이제 여기는 결계가 깨어지기 전엔 '주술적 밀실'이었다. 헬레나는 심호흡을 한 후 무릎을 꿇고 두 손을 잡아 기도하는 자세를 취했다. 남들이 보기에는 어떨지 몰라도 그녀에게는 가장 힘이 빠르게 회복되는 편한 자세였다.

"수고했어. 좀 쉬지? 적이 언제 올지 모르니까, 그때까지 최대한 힘을 회복해 놔. 내가 경계 서고 있을 테니까."

"고마워. 부탁할게."

두 눈을 감고 기도에 들어간 헬레나의 옆에 서서 미하일은 가만히 그의 목에 걸린 십자가를 만지작거렸다. 헬레나가 쓴 '테트라 엔젤릭 생츄어리'는 사대 천사장의 힘을 빌려 영적 차원이나 물질 차원에서의 접근을 불허하는 완전한 벽으로써 일정 공간을 폐쇄해 버리는 주문이었다. 그러니 누구도 쉽게 접근하지는 못하겠지만, 방심할 수는 없었다.

'만에 하나 아예 다른 차원에서 들어올 가능성도 있긴 하니까. 그 경우는 그 경우대로 막대한 힘을 이용해서 차원 간의 문을 열어야 할 테니, 상관없긴 하지만.'

조금이라도 공간의 벽을 허무려는 힘의 조짐이 보이면 바로 반응하도록 미하일은 십자가를 꾹 쥐고 있었다. 헬레나 역시 조용히 기도하면서 자신이 친 결계의 힘을 계속 유지했다.

하지만 역시 적은 나타나지 않았고 슬슬 새벽이 되어 비행기 타러 갈 시간이 다가오자 추기경이 깨어났다. 미하일은 자세를 공손히 하며 인사 올렸다.

"예하. 아직 시간이 남았으니 조금 더 주무셔도 됩니다."

"되었네. 늙으니 잠이 줄어서 말이야. 자네들이 밤새 수고가 많았군."

추기경은 손을 가볍게 저어보였다. 비록 두 사람이 나이가 어리다 하나 주의 권능을 직접 지상에 실현하는 자들이었다. 그가 형식상 직책이 높다고 해서 함부로 대할 수 없는 상대였다.

"아닙니다. 무사히 모실 수 있어서 영광이었습니다."

신의 권능을 행사하는 천사의 화신인 몸으로서 직책만 높을 뿐, 평범한 인간인 추기경에게 위세 부릴 만도 하건만 미하일은 끝까지 공손했다. 그 모습에 추기경은 흐뭇하게 미소 지었다. 능력도 대단하지만 성품도 좋은 젊은이들이었다. 하기야, 천사장의 화신이니 당연한 것이기도 했다.

"그래. 그 온다는 적은 오지 않은 건가? 하기야, 자네 둘이 와 있으니. 주님의 권세 앞에 사탄의 무리 따위 꼬리를 말 만도 하지. 새벽 기도를 마치고 공항으로 가도록 하지."

"알겠습니다. 그때까지 경호하겠습니다."

미하일은 조심스럽게 추기경의 옆으로 자리를 옮겼다. 같이 기도를 할까 했지만 아직은 방심할 때가 아니라는 생각에 그는 경건하게 서 있기만 했다. 불쾌하지만 실력은 인정해야 할 남자도 밖에 있고, 이쪽도 헬레나가 친 결계에 자신까지 있으니 문제가 생길 것 같지는 않았지만 그래도 99.99%는 100%가 아니었다.

그렇다고 해도 그는 그 다음 순간 벌어질 사태만은 전혀 예측하지 못했다. 99.99%라고 해도 조금은 생겨 있었던 방심. 그리고 그 틈을 타고 나타난 투명한 유리검은 너무나 자연스럽게 허공에서 나타나며 그어져서, 미하일이 보고 막았을 때는 이미 추기경의 목에서 검이 빠져나오는 순간이었다.

"예하! 네놈은 누구냐!"

미하일의 외침이 끝남과 동시에 검의 끝에서부터 팔과 몸이 빠져나왔다. 어떻게 했는지는 몰라도 그냥 너무도 자연스럽게 나타나서 아무런 힘의 요동이 없었다. 나타난 자는 검끝을 곧게 뻗어 미하일 쪽을 가리키며 대답했다.

"세리우스. '나이트 오브 뱀파이어'. 그쪽에 '예고' 한 대로 추기경의 목숨을 받았다."

검의 주인은 스스로의 검만큼이나 차가운 인상의 소유자였다. 서늘한 느낌이 드는 은발과 짙디짙은 다크 블루의 눈동자를 지닌 뱀파이어의 얼굴에는 상대에 대한 두려움도, 싸움을 앞둔 긴장감도, 심지어는 막 사람을 하나 죽였다는 꺼림칙함이나 흥분조차 없었다. 인형같이 죽어 있는 무표정이 아닌, 살아 있기에 더욱 생생하게 느껴지는 차가움을 지닌 얼굴이었다.

하지만 검을 쥐고 있는 그에게서 풍기는 기도는 단순한 암살자가 아니었다. 검과 뱀파이어가 둘이 아닌 하나로 느껴질 만큼 그의 기세는 날이 서 있었다.

"죽어라!"

미하일은 상대의 급소만을 노리고 날카로운 공격을 쏟아 부었다. 갑자기 나타나 추기경의 목을 잘라 버린 상대는 그런 미하일의 공격을 느긋하게 걷어냈다. 분명 미하일의 검이 더 빠르고 쾌속했지만 상대의 검은 느린 듯하면서도 궤도를 먼저 잘라왔다. 미하일의 눈이 커졌다.

처음에 나타날 때만 해도 검과 상대가 하나로 느껴지는 '신검합일'의 경지였다. 하지만 지금 이 순간 검과 상대는 다시 분리되어 있었다. 자신을 잊고 검에 몰입됨을 넘어서 다시 자신을 찾아 검을 뜻으로 움직이는 경지였다. 그제야 상대가 '적당한 고수'의 풍모로서 자신의 방심을 유도했다는 걸 미하일은 눈치 챘지만 이미 때는 늦어 있었다.

단 몇 합이었지만 미하일은 순식간에 수세로 몰렸다. 미하일의 자세를 흩뜨린 유리검이 심장을 찔러왔다. 그 미하일의 몸을 헬레나의 주문이 감쌌다.

"미하일! 상대는 어떤 식으로든 이 결계를 몰래 잠입한 거물이야. 최선을 다해야 해."

"그렇군. 흥분했어."

둘이 말을 주고받는 사이에도 조용히 검을 그어가던 세리우스는 갑자기 둘에게서 뿜어나오는 신성력에 한 걸음 뒤로 물러섰다. 그런 세리우스를 향해 미소 지어 보이며 미하일이 이제 타오르는 불꽃의 형태로 변한 그의 검을 들어 가리켰다. 미하일의 등 뒤에는 여섯 장의 날개가 찬연히 빛나고 있었다.

"전세 역전인가? 나의 부족함을 느끼고 한층 진보하게 해주었으니 이번만은 그 남자에게 감사해야겠군. 심판하겠다. 세리우스여."

태인에게 패하고 돌아간 후, 그들이 매달린 것은 위기 상황에서의 각성 같은 것이 아닌 자신의 의지로 화신의 힘을 끌어내는 것이었다. 그리고 지금 그 성과를 실전에 처음 보일 차례였다.

불꽃의 검을 휘두르며 미하일은 달려들었고, 그 뒤에서 역시 여섯 장의 날개를 빛내며 헬레나가 성가를 부르기 시작했다. 하지만 세리우스는 변함없는 무표정으로 다시 검을 움직였다.

파바박.

미하일이 찔러 들어가는 검끝을 흔들자 어느 순간 검의 끝이 네 개로 갈라져 세리우스를 찔러 들어갔다. 하나하나가 징벌의 화염으로 타오르는 그 검을 세리우스는 가볍게 한 번 원을 그림으로써 받아냈다. 그리고는 곧바로 들어오는 역습에 미하일은 뒤로 물러나야 했다.

어떻게 한갓 검으로써 대천사장의 권능이 깃든 화염검을 막아낼 수 있는지는 바로 밝혀졌다. 세리우스의 검도 차디찬 느낌의 새하얀 빛이 감싸고 있었다. 그게 극한의 성질을 지닌 검강이라는 걸 미하일은 알아볼 수 있었다. 빠르지 않은 듯하면서도 빠른 검이 미하일의 방어를 뚫고 그의 심장을 노려갔다. 간신히 피하는 그를 구한 건 때맞춘 헬레나의 외침이었다.

"신의 말씀 받들어 여기에 명하도다. 멸하라. 어둠의 권세여. 홀리 디크리(Holy Decree)."

그 주문의 끝에 어떤 인간의 언어도 아닌, 그러나 그 뜻이 너무나도 명백하여 뭇 동물이나 식물, 심지어는 무생물에게조차 전달되는 한마디 소리가 터져 나왔다. 어둠이 멸할 것을 명하는 그 외침에는 분명 강대한 신성력이 깃들어 있었으나, 세리우스는 눈 하나 꿈쩍하지 않고 오만하게 서서 그 소리를 들었다. 그 모습에 헬레나는 다소 충격받았다. 테트라 엔젤릭 생츄어리를 아무렇지도 않게 뚫고 들어와 미하일을 몰아붙이는 상대가 약할 거라고는 생각하지 않았지만 이 주문 앞에 아무런 영향도 받지 않는 것은 상상 이상이었다.

'아냐. 내색을 안 하는 것이지, 전혀 타격이 없었을 리는 없어.'

그리고 놀라고만 있을 틈은 없었다. 방금의 공격을 버텨낸 세리우스가 한순간 몸을 돌려 미하일을 내버려 두고 그녀를 향해 몸을 날려왔다. 한순간 그녀는 긴장했지만 두려워하지 않고 성가를 다시 영창했다. 이런 경우를 대비해 위기의 순간 자동으로 발동되도록 되어 있는 방어 주문에 항상 그녀의 신성력 일부를 할당해 두고 있었으니 걱정

없었다.

파앗.

푸른 빛 광막이 헬레나의 반경 2m 부분을 둘러싸며 세리우스의 접근을 가로막았다. 자신을 무시하고 뒤를 노출한 세리우스에게 미하일은 분노에 찬 공격을 날렸다. 헬레나 또한 무리하게 자신을 공격하다가 허점을 노출한 세리우스에게 다시 한 번 제대로 된 공격을 가할 준비를 했다.

그 순간. 세리우스가 그대로 막을 '통과해' 들어왔다. 방어막이 그대로 작동하고 있는 데도 자신의 바로 앞에 다가온 세리우스를 보며 헬레나는 한순간 경악에 찬 눈길을 던졌다. 그리고 세리우스는 말없이 그의 검을 사선으로 그었다.

조금은 느긋하게 있던 태인의 감각에 강대한 물의 기운을 띤 신성력이 잡혔다. 뒤이어 잡힌 것은 격렬한 불의 기운. 그 둘이 무얼 상대로 이런 기운을 방출했는지는 잡히지 않았으나, 준비 운동으로 방출하기에는 너무나 격렬한 기운이었다. 사고가 생겼음을 태인은 직감했다.

'하지만 대체 언제?'

그가 쳐둔 결계는 아직도 유효했다. 땅속으로 파고들거나 한 것일 수도 없었다. 결계는 완전한 구를 이루어 감싸고 있었으니까. 그는 졸고 있는 알에게 소리치며 몸을 날렸다.

"알! 사고다! 뒤따라 들어와! 마음 단단히 먹어."

"우웅?"

아직 좀 멍한 정신으로 알은 반사적으로 몸을 일으켜 태인의 뒤를 따랐다. 인간인 태인보다도 느린 동작은 아직 잠이 덜 깬 때문이었다.

콰지직.

그때 알의 정신을 완전히 들게 해주는 충격이 덮쳤다. 오색으로 빛나는 막에 걸려 허우적거리며 알은 놀라 물었다.

"이거 멀쩡한데?"

"찢고 들어와. 따질 겨를이 없어."

그 말을 끝으로 태인은 건물 안으로 들어가 버렸고, 알은 몸을 털며 일단 한발 물러났다. 온몸에 입은 화상이 빠르게 아물었다.

'막상 부수려고 드니 그렇게 간단치는 않네. 우웅, 이거 핑계 대고 그냥 늦게나 들어갈까? 어차피 그 두 사람에 태인까지 들어갔으니 뭐가 왔든 상관없을 텐데.'

그렇게 생각을 하면서도 막상 알의 손과 입은 부지런히 움직였다.

"좋아. 일격에 부순다! 지옥의 넷째 군주. 파괴를 다스리는 바알의 이름을 빌려 명하노라. 짙디짙은 암흑의 심연에서 암흑조차 지우며 움직이는 태초의 파괴자여. 창세 이전에 존재하여 창세 이전으로 되돌리는 힘을 간직한 군주의 기사여. 지상에 내려와 네 앞길을 막는 것들을 멸하라. 홀 오브 디스트럭션(Hall of Destruction)."

존재하는 것만으로도 주위의 작은 사물들을 빨아들이며 분쇄해 버리는 검은 구가 알의 앞에 나타났다. 마지막 수인이 맺어지고 알이 앞쪽으로 손을 뻗자, 구는 고요히 회전하며 앞으로 쏘아져 나갔다. 다시 모습을 드러낸 오색의 막과 검은 구가 부딪쳤다.

파지직. 파지직.

주위의 공간으로 충격파가 튀면서 오색의 막에서 붉은 빛이 구체에 직선으로 와 부딪쳤다. 뒤이어 푸른 빛이 곡선을 그리며 검은 구체의 왼쪽을 찔렀고, 노란 빛이 오른쪽으로 굽어지며 구체를 붙잡았다. 그래도 검은 구체가 변함없는 속도로 파고들자 녹색의 빛이 비누 거품처럼 일어나며 수십 개의 작은 알갱이가 되어 구체에 와 부딪쳤다.

이제는 힘이 부치는지 파괴의 구는 회전이 눈에 띄게 느려졌다. 그러나 멈추지 않은 채 나아가 마지막으로 제자리를 지키고 있던 백색의 막을 깨기 시작했다. 다섯 개의 빛과 하나의 어둠이 마지막 힘겨루기를 하며 주위로 작은 번개가 튀었다.

파직. 파직.

구도 서서히 줄기 시작했고 백색 막에도 금이 늘어났다. 그리고 마침내 막이 깨어지며 사방으로 빛과 어둠이 얽힌 파편이 튀었다.

"웃!"

쌍소멸의 여파에 잠깐 눈을 가렸다 뜬 알은 결계가 사라졌음을 깨닫고 건물 안을 향해 뛰다가 들려오는 노랫소리에 귀를 막았다.

'이건 셀레스티얼 아리아? 어떻게 된 거야? 셋이나 있으면서 상황이 끝나기는커녕 더 강한 기운을 끌어내고 있어?'

문을 열 필요는 없었다. 막 다가가는 순간 날아온 불덩어리가 문을 박살 내 버렸으니까. 안으로 들어선 알에게 가장 먼저 보인 것은······.

"안 돼!"

미하일의 외침도 헛되이 차가운 느낌으로 반짝이는 반투명한 검이 헬레나를 가르고 지나가는 광경이었다. 등 뒤에서 반짝이던 날개가 몸과 함께 잘려 나갔다. 피에 의해 붉게 물든 날개 깃털이 사방에 흩날렸다.

'대체 누구길래?

알은 긴장하며 침을 삼켰다. 미하일과 헬레나의 등 뒤에는 아름다운 날개가 빛나고 있었다. 막강 바티칸의 2인조가 초장부터 비장의 카드를 꺼내 들고 거기에다가 태인까지 가세한 상황이었다. 그런데 이기기는커녕 거꾸로 방금 헬레나가 당했다. 한마디로 이 막대한 힘으로도 밀리고 있다는 의미였다.

'괜히 온 거 아닐까. 호랑이 싸움에 고양이가 끼어든 격 아냐?'

사실 그 정도까지 그가 약한 것은 아니었지만, 호되게 당한 적이 있는 두 사람조차 밀어붙이는 미지의 상대에게 알은 위축될 수밖에 없었다.

미하일의 눈에서는 정말로 불길이 일었다. 악에 대한 분노가 한층 더 그의 힘을 끌어냈다. 헬레나가 상대의 공격에 노출되었지만, 위기라고 생각하지는 않았었다. 앞질러서 막지는 못해도 뒤에서 들어가는 자신의 공격을 받아내려면 헬레나를 공격할 틈이 없었다. 그러나 상대는 자신을 무시한 채 헬레나를 그어버렸다.

'하지만 어떻게?'

헬레나도 무방비로 노출된 채 주문을 쓴 게 아니었다. 이런 경우를 대비해 하나의 방어 주문이 자동으로 발동되도록 헬레나는 늘 일정량의 신성력을 돌려놓고 있었다. 그리고 분명히 홀리 쉴드는 이번에도 발동했었다. 하지만 상대는 홀리 쉴드를 그대로 통과해 들어가 헬레나를 그어버렸다.

'어떤 사악한 술수를 부린 것인지 모르나 용서하지 않겠다!'

미하일은 온 힘을 끌어올려 검에 불어넣으며 마악 헬레나를 그어내리는 상대를 향해 자신의 검을 찔러넣었다. 추기경 예하를 죽이고, 헬레나를 해친 마물에게 내리는 그의 심판이었다.

쏟아져 들어오는 미하일의 불꽃검 앞에서 세리우스는 무방비 상태로 등을 노출시켰다. 당황하지 않고 뒤늦게라도 자세를 바로잡으며 검을 돌리는 건 검사로서 칭찬해 줄 만했지만 미하일의 검이 훨씬 빨랐다.

'죽인다!'

확신에 차서 미하일은 화염의 검을 세리우스의 가슴께로 찔러넣었다. 검은 그대로 등을 관통해 지나가며 가슴으로 나왔다. '그냥' 나왔다.

'이건?'

미하일은 순간 무언가가 잘못되었다는 것을 느꼈다. 아무리 날카롭고 빠르고 강력한 일격이었다 해도 상대의 몸을 꿰뚫었으면 느낌이 와야 했다. 하지만 그의 화염검은 세리우스의 몸을 그냥 통과해 버렸다. 거기다가 세리우스의 검은 조금도 위세가 줄지 않고 돌면서 그의 몸을 베어왔다. 이상함을 느끼고 미하일은 바로 검을 빼낸 후 돌려 막으려고 했으나 한 박자 늦어서 그대로 옆구리를 내어주고 말았다. 그나마 직전에 몸을 틀어서 일검에 양단되는 사태만을 피한 것이 다행이었다.

쾅.

제 이격을 날리려는 세리우스의 검을 막아선 것은 날아온 태인의 부적이었다. 그 틈에 미하일은 간신히 뒤로 몸을 뺐다.

"어… 떻게?"

미하일은 의문에 찬 눈길로 세리우스를 쳐다보았지만 세리우스는 대답해 주는 대신에 태인이 날린 부적이 변해 만들어진 방패를 그대로 그어버리고는 다시 미하일에게로 간격을 좁혔다. 그런 그에게 태인이 쏜 부적이 푸른 번개로 된 새로 변해 몇 장이 동시에 날아들어 작렬했으나 세리우스는 아무런 영향을 받지 않았다.

'이건 대체 뭐지? 혹시 검만이 실체인가?'

미하일은 태인의 공격을 그대로 흘러보내 버리고 자신에게 덤벼들어 오는 세리우스의 검을 향해 이번에는 자신의 검을 부딪쳐 갔다.

카앙.

그의 예상대로 이번에는 검과 검이 부딪치는 소리가 나며 세리우스가 그 자리에 멈춰 섰다. 둘 사이에 잠시 밀고 당기는 힘겨루기가 벌어졌다. 그 틈을 타 미하일이 외쳤다.

"검을 공격하시오!"

미하일의 외침에 태인은 저 신부도 제법이군이라고 중얼거리며 다시 부적을 날렸다. 허공에서 한번 돈 부적은 그대로 뇌조로 변했고, 그걸 보고 세리우스가 뒤로 한 발짝 뛰어 물러났다.

"어딜 감히."

미하일은 자신감을 얻어 옆구리의 상처를 무시한 채 덤벼들었다. 태인의 공격과 타이밍을 맞추어 검을 박살 내 버릴 심산이었다. 있는 힘껏 내지른 그의 일격이 타이밍을 맞춘 태인의 뇌조와 시간 차를 두고 검에 작렬했다. 하지만 화염검은 통과해 지나갔고, 뇌조는 이번에도 허무하게 사라졌다.

'이 무슨?'

자신의 가설이 빗나간 것에 대해 의문을 품기도 전에 세리우스의 검이 그가 보인 허점을 파고 그대로 들어왔다.

"커헉."

이번에는 심장을 가르고 들어왔기에 치명상이었다. 대천사장의 힘이 몸에 머물고 있지 않았다면 목숨을 앗아갔을 일격에 미하일은 비틀거리며 무너졌다. 그런 그의 심장을 노리고 세리우스의 검이 다시 찔러 들어왔다.

"다크 크리스탈 스피어(Dark Crystal Sphere)!"

알의 외침 소리와 함께 검은 수정의 막이 두텁게 미하일의 곁을 감싸고 세리우스의 검은 팅 하는 소리와 함께 그 앞에 와 멈췄다.

'어둠의 힘에 목숨을 구함받다니 이런 치욕이!'

다행히 목숨을 잃는 것은 면했으나 검기가 몸의 내부를 완전히 망가뜨렸기에 미하일의 몸은 쉽게 재생되지 않았다. 적어도 몇 분은 전투 불능이었다.

알은 들어오자마자 준비한 주문을 엉겁결에 풀어놓고 당황해서 적을 쳐다보았다. 어떻게 목숨은 건졌는지 모르지만 미하일의 상태도 결코 좋아 보이지 않았다. 두려운 만큼 같이 싸울 때만큼은 든든했는데, 그 미하일이 저렇게 간단히 무너지다니 무서웠다.

'어… 어쩌지? 지금이라도 태인이랑 같이 도망쳐야 하나? 하지만 태인은 도망칠 기색이 아닌데.'

전처럼 혼자 도망친다는 생각은 나지 않았다.

태인은 손바닥에 땀이 흐르는 것을 느끼며 이제 자신 쪽을 쳐다보는 세리우스란 뱀파이어를 마주 보았다. 그의 손과 품에는 여전히 부적이 잔뜩 있었지만 그는 과연 이게 저자에게 먹힐지 자신이 없었다.

'나도 검이 실체라고 순간 판단했다. 하지만 그것도 아니었어. 어떻게 이쪽의 공격은 흘러가 버리는데 저쪽은 실체로서 이쪽에 타격을 입히는 거지?'

태인의 고민을 눈치 챘는지 세리우스는 여유로운 모습으로 느긋하게 걸어 다가왔다. 태인은 작전을 바꾸기로 했다.

"광연소마탄."

그의 주위에 백색의 광구 수십 개가 떠올랐다. 하나하나가 축구공만 한 그것은 시간 차를 두고 세리우스를 향해 날아들었다. 세리우스는 미소를 지으며 검을 움직였다. 그의 검끝이 부드럽게 이어지는 자연스러운 원을 그려내며 광구를 모두 막아냈다.

'지금은 또 실체인가? 아니면 실체인 척하는 건가? 어느 쪽이지?'

한 발짝, 두 발짝, 거리를 어느 정도 선까지 줄인 세리우스는 한순간 빠른 속도로 태인에게 돌격했고, 태인은 맞받아칠 엄두를 내지 못하고 방어막을 펼쳤다.

"부동금강인."

하지만 펼쳐진 빛의 장막을 세리우스는 애초에 존재하지 않았다는 듯이 그대로 통과해 들어왔다. 태인은 방어 주문도 무시하는 건가라고 경악하며 새로운 결계를 준비했으나 시간이 부족했다. 하지만 다행히 알의 주문이 타이밍을 맞추었다.

"다크 크리스탈 스피어!"

미하일을 지켜준 바로 그 방어막이었다. 과연 이번에도 세리우스는 알의 방어막은 무시하지 못한 채 검을 들어 베어왔다. 검과 수정막이 부딪쳤지만 깨어지는 소리는 나지 않았다. 세리우스의 손에 들린 검은 강물이 흐르듯 도도하게 움직이며 애초에 아무것도 없다는 듯이 방어막을 베어갔다. 하지만 방어막이 갈라지는 사이에 태인의 결계도 완성되었다.

"제마연화결."

느릿하고 고요하지만 그 안에 태산 같은 기세가 잠든 세리우스의 검을 이번에는 부드럽게 흔들리는 봄바람 같은 기운이 붙잡았다. 검을 조용히 움직이던 세리우스는 재미없다고 느꼈는지 뒤로 빠지려고 했다. 하지만 부동금강인을 통과할 때처럼 무시하고 지나가지는 않았다. 검기를 날려 결계를 흩어뜨리면서 물러나는 세리우스를 보고 태인은 무언가 답을 알 것 같았다.

'지금 뭔가 순간 보였는데. 공통점이 있어. 무시하는 것과 영향받는 것 중에 공통점이 있어.'

쓰러져 있던 헬레나가 뒤늦게 말했다. 외치려는 듯했으나 목소리에 힘이 없어서 작게 속삭이는 것 같기도 했다.

"스스로를 나이트 오브 뱀파이어라 한 그는 홀리 쉴드도 통과했어요. 벽 성질의 방어막은 소용없어요."

'좀 빨리 말해 주지. 나이트 오브 뱀파이어(Knight of Vampire)? 제길, 이게 어디가 일개 기사야.'

검에 대해 기본 정도만 아는 태인의 눈에도 상대의 검법은 경지를 넘어갔다는 게 한눈에 보였다. 하지만 태인 그의 힘도 범인의 경지를 넘어선 상태였다.

'이쪽의 힘을 때때로 무시해 버리는 저 능력의 비밀만 밝혀낸다면.'

세리우스의 검이 비록 절도있으면서도 강맹해서 단순한 뱀파이어의 힘을 훨씬 뛰어넘는 절정고수의 품격을 보여주고 있었지만 이쪽의 힘을 때때로 무시해 버리는 특수 능력만 아니라면 충분히 상대할 수 있었다. 태인이 제마연화결을 한층 강화하며 그 답을 알아내기 위한 시간을 버는 사이 알도 새로운 주문을 준비했다.

"혼돈의 감옥에서 몰아치며 공간을 찢는 날카로운 발톱이여. 자유로이 뻗으며 지옥의 징벌을 표시하는 어둠의 창이여. 케이어틱 라이트닝(Chaotic Lightning)!"

꽈꽈과광!

어두운 밤하늘을 더 짙은 어둠이 가로지르며 쏟아져 내렸다. 검은 번개는 짧은 시간에 10여 번을 연이어 지상을 가격했다. 제1격은 지붕을 뚫어버렸고, 제2격부터는 바닥에 깊은 구덩이를 파냈다. 그러나 그 한가운데에 서 있는 세리우스는 내리치는 번개가 환상에 불과하다는 듯 당당히 서 있었다.

그 모습을 태인은 냉철한 눈길로 관찰했다. 아니, 눈이 아니라 영감으로 느끼고 있었다.

'없다. 짧은 순간이지만 존재감이 완전히 사라졌어.'

다시 달려오는 지금의 세리우스에게서는 다시 존재감이 온전히 느껴지고 있었다. 하지만 공격을 흘리던 순간의 세리우스는 어땠는지를 떠올리며 태인은 수수께끼의 단서를 잡아 나갔다.

"내쳐진 영혼들을 사르며 분노와 증오 속에 맺어진 염화의 보석이여. 유황과 인 속에서 단련되어 태어난 불길의 결정체여. 여기서 내 손에 잡히어 나의 적을 치는 무기가 될지어라. 블레이징 에메랄드(Blazing Emerald)!"

알의 주문이 또 이어 작렬하며 세리우스를 불길로 휩쌌지만 세리우스는 무시해 버렸다. 애꿎은 바닥과 대기의 산소만 다 타버렸다. 하지만 태인은 이번에는 분명히 확인할 수 있었다.

'공격을 흘리는 그 순간은 모습은 남아 있지만 그건 일종의 환영. 완전히 존재감이 사라진다. 하지만 어떻게? 존재감을 지운다고 해서 공격을 흘릴 수 있는 것은 아냐. 아예 이 세상에서 사라져 버린다면 몰라도.'

불길이 자신의 움직임을 그대로 쫓아오고 있었음에도 세리우스는 아무렇지도 않게 태인의 가까이로 다가왔다. 태인은 반사적으로 방어 결계를 쳤다. 한번 낭패를 본 부동금강인이 아닌 겹겹이 펼쳐지는 부드러운 기운으로 된 결계인 제마연화결이었다.

이번에도 세리우스는 쉽게 뚫지 못했다. 그는 한 걸음 뒤로 물러서서 조용히 검으로 원을 그렸다. 한군데도 이지러진 곳이 없는 그 완벽한 원을 따라 은빛 섬광이 궤적을 이루며 겹쳐 가기 시작했다. 심상치 않음을 직감한 태인도 새로이 주문을 준비했다. 그의 손을 떠난 부적들이 불이 되어 타오르며 허공에 아름다운 불새를 만들어갔다.

찬란하게 타오르며 넓게 펼쳐진 날개, 어떤 보석과 황금으로 만들어진 관보다도 화려하게 빛나는 머리의 벼슬, 끝이 살짝 구부러지며 힘있게 닫혀 바위도 찍어낼 것 같은 굳셈이 느껴지는 부리, 날카롭고 세차게 뻗어 바다 속에 숨은 이무기도 잡아 올려낼 힘이 느껴지는 발톱. 완전한 형태를 갖추어가는 주작은 그 강맹한 위엄을 사방에 뿌리며 허공을 선회했다.

그 맞은편에서 새하얀 은색의 원들이 겹쳐지고 있었다. 바라보는 것만으로도 서늘해지는 은색의 원들이 하나의 중심을 공유하며 주작의 열기가 다가오지 못하게 밀어냈다. 어느 순간 그 원을 그리던 세리우스의 검은 이미 보이지 않았다. 보이는 것은 하나씩하나씩 늘어나는 원들. 넓은 바깥쪽에서 안쪽을 향해 점점 반지름이 줄어들며 더 빽빽하게 원들이 생겨나고 있었다.

두 강대한 힘이 허공에 맺히며 팽팽한 긴장감이 사이에 흘렀다. 그 두 힘의 대치를 바라보며 알은 침을 꼴깍 삼켰다. 어째서인지 모르지만 세리우스는 자신에게는 전혀 공격을 가하지 않았다. 덕분에 몇 번이고 위기에서 일행을 구해내고 세리우스에게 공격을 가할 수도 있었지만.

'내 공격은 하나도 먹히지 않았어. 다른 사람의 공격도 그다지 먹힌 것은 없었지만. 그렇다면 차라리.'

알은 세리우스가 자신에게 신경 끄기를 바라며 또 다른 주문을 준비했다. 어느 쪽이 우세한지 그의 느낌으로는 알 수가 없기에 만일을 대비하려는 것이었다.

태인은 완성된 주술을 날려 그대로 세리우스를 밀어버리고 싶은 충동을 눌렀다. 먹히기만 한다면 세리우스를 그대로 날려 보낼 힘이 만들어졌지만 실패하면 자신이 역으로 당할 게 뻔했다.

'사라진다고? 부동금강인은 그대로 지나쳐 오면서 제마연화결을 상대로는 물러났어. 부동금강인은 한곳에 펼쳐지는 강력한 막이라면, 제마연화결은 공간 전체를 메우고 잡히는 대로 감싸가는 부드러운 기운. 그렇다면 설마!'

헬레나가 상대는 '나이트 오브 뱀파이어' 라고 말했다. 그건 단순히 그가 검을 다루기 때문에 바쳐진 칭호일 수도 있었지만, 자신이 본 기록에서 그건 뱀파이어 최고위 삼자 중 하나를 일컫는 칭호였다.

'비샵, 퀸, 그리고 나이트. 직설적으로 체스 그대로에 비유한다면 나이트의 특수 능력은 뛰어넘기다. 설마?'

한 가지 가정을 떠올리고 태인은 자신도 모르게 손에 힘을 주었다. 그렇다면 모든 것이 설명되었다.

태인이 생각하는 사이 세리우스가 만들어낸 원이 점점 더 모여들어 이제 거의 점이라 해야 할 수준이 되어갔다. 그리고 마침내 가느다란 은색의 선이 한순간 뻗어가 불새의 몸 한가운데에 작렬했다. 내부로부터 사방으로 폭발하려는 은색의 기운과 그걸 내리누르는 주작의 기운이 맞부딪쳤다. 주작의 몸이 여기저기 조금씩 갈라지며 거기서 은빛 섬광이 새어 나왔다가 다시 아물기를 반복했다.

그러다 한순간 주작의 몸이 마구 갈라지며 은색의 섬광이 뻗어 나갔다. 주작의 몸 또한 붉은 섬광이 되어 갈라지며 둘이 어울려 소멸했다. 한순간의 빛의 폭풍이 사라지고 그 자리에는 텅 빈 허공이 남았다. 알은 침을 꿀꺽 삼켰다.

'무승부?'

하지만 아니었다. 완전히 깨끗해졌다고 느낀 그 순간 다시 붉은 섬광이 모여들며 주작이 생겨났다. 태인은 미소 지었다. 주작은 죽음에서 다시 일어나는 새였다.

'하긴 그래 봐야 통하진 않겠지만.'

다시 완전한 형상을 갖춘 불새가 날아들었지만 역시 이번에도 태인의 예상대로 세리우스의 옆에서 주작은 헛되이 맴돌 뿐 세리우스는 조금도 타격 입지 않았다. 하지만 태인은 상관없다는 듯 새로이 수인을 맺었다.

"파사비천익."

그러자 주작은 무수한 날개깃털로 바뀌어 흩날렸다. 아래로 내려갔다, 위로 올라갔다 하며 불규칙한 곡선을 자아내는 그 깃털의 춤 사이에서 세리우스는 검으로 자신에게 날아오는 깃털을 쳐내며 물러섰다. 자신의 공격을 상대가 완벽히 막아냈음에도 태인의 얼굴은 오히려 밝아졌다.

"이제 알겠군. '나이트' 라고 했나? 대단하군. 어떻게 그럴 수 있는지는 모르겠지만, 수수께끼는 풀렸어! 광연소마탄!"

태인이 확신을 위해 던진 몇 개의 광구가 다시 세리우스를 통과해 지나갔다. 알은 완성시킨 주문을 풀어놓은 타이밍을 엿보면서 태인에게 물었다.

"대체 뭘 알아냈다는 거야?"

"순간적으로 환영만 남겨둔 채 다른 차원으로 빠져 버리는 것. 통상적인 차원 이동이라면 당연히 일어나야 할 다른 현상들이 하나도 없어서, 미처 눈치 채지 못했지만, 비밀을 알아낸 이상 예전처럼 당하지 않는다!"

싸움을 시작한 이래 처음으로 세리우스가 입을 열었다.

"인정하지. 하지만 지금 이건 수수께끼 놀이가 아니다. 답을 알아낸다고 문제가 해결되지 않아."

그가 휘두르는 검만큼이나 차갑고 변함없는 그 어조에 알은 상대가 순순하게 인정하면서 자신들의 오산을 지적해 주는 건지, 아니면 조소하는 건지 헷갈렸다. 하지만 그 말에서 알은 무언가가 희미하게 떠오르기 시작했다. 세리우스의 말이 어느 쪽에서 나온 것이든 간에 그 기반이 되는 건 그의 자부심이었다. 하지만 그 자부심을 지탱해 주는 것은 무엇인가? 무언가가 알의 희미한 기억을 간질이듯 자극하고 있었다.

세리우스의 움직임이 갑자기 빨라졌다. 지금까지처럼 여유롭고 절도있게 움직이다가 한순간 공격에 나서는 것이 아니라 어디에 있는지 인간인 태인의 반사 신경으로는 쫓기가 힘들 정도로 빠르게 움직였다.

"조심해!"

"걱정 마라. 이제 나 혼자서 상대한다."

한가롭게 일일이 대답까지 해주는 태인의 주위로 부드러운 금빛이 어른거렸다. 그 금빛의 영역을 세리우스의 검이 잔상이 남는 빠르기로 수십 번을 찌르고 베어갔다. 빠르면서도 강했다. 아니, 빠름 자체가 강함을 만들어냈다. 방어진을 펼쳤음에도 몸이 찌릿찌릿하게 전해오는 그 충격에 태인은 웃음 지었다. 확실히 비밀을 알아냈어도 상대는 강했다.

'장중한 힘으로 눌러오던 만검일 때만큼의 파괴력은 없다 해도 충분히 위력적이군. 거기다가 빠르게 움직이는 것만이라면 모르지만, 특수능력 때문에 공격이 여전히 까다로운 것도 사실이지.'

하지만 지금 그가 펼치는 것도 '제마연화결'이 아니었다.

'아직 미완성이라 후유증을 겁내서 쓰지 않으려고 했지만, 이거라면 확실히 이길 수 있다.'

"무상반야광."

찬연한 금빛이 찰나지간에 주위를 메웠다. 금빛의 물결 속에서 세리우스의 움직임이 느려졌다. 완전히 멈춘 것은 아니었으나, 좁혀오는 그물 사이에서 날뛰나 빠져나가지 못하는 물고기처럼 그의 검은 이제 주위를 빠르게 움직이며 금빛에 맞서는 검막을 만들기 바빴다. 일순간 그 금빛의 물결에 영향받지 않는 듯이 물러나도 이미 그 자리에도 금빛이 있어서 연속되는 움직임을 방해했고, 세리우스의 움직임에 반응해 빠르게 움직이는 빛의 호수는 그만을 위한 감옥이었다.

'와아, 태인, 큰소리치더니 저런 게 있었구나! 대단하다.'

알은 좋아서 손뼉을 치려고 했다.

두근.

그러나 순간 알에게 들린 소리는 손뼉 소리가 아니라, 높게 뛴 심장 소리였다.

'뭐지?'

알은 스스로의 육체가 보이는 반응을 순간 이해할 수 없었다.

태인은 확신에 차서 주문의 고삐를 놓치지 않고 그의 주력을 아낌없이 부어넣었다. 완전히 이해하지도 못했고, 완벽하게 구사하지도 못하는 주문이었으나, 충분한 위력을 보여주고 있었다.

'다른 변수가 생기기 전에 이대로 끝낸다.'

상대는 기회가 생겼을 때 전력을 다해 숨통을 끊어놓아야 할 강력한 적이었다. 세리우스가 그래도 꾸준히 뒤로 물러나면서 금빛의 중심이 점차 움직이고, 그에 따라 태인 자신을 감싸는 빛은 엷어졌으나 개의치 않고 태인은 새로이 수인을 맺었다. 괜히 따라 움직였다가 주문이 깨지기라도 하면 전세 역전이었다. 그의 몸에 기본적으로 있는 방어 주문만 해도 세리우스 정도의 자가 또 있어 기습한다면 몰라도, 웬만한 건 막아내 줄 테니 문제없었다. 걱정이라면 세리우스를 무너뜨리기 전에 스스로의 주술이 먼저 깨지는 것뿐이었다. 온 힘을 다하는 그의 이마로 땀방울이 흘렀다.

알은 주문이 흩어지는 것도 신경 쓰지 못한 채 머리를 부여잡았다. 희미하게 떠오를락 말락 하는 기억 사이로 무언가가 그에게 경고 신호를 보내고 있었다. 태인은 세리우스를 밀어붙여서 코너로 몰아넣고 있었지만 알은 점점 더 큰 위험을 느꼈다.

'순간적으로 다른 차원으로 사라진다고? 그래서 긴 지속 시간의 주문과 전체적인 범위를 유지하는 결계형 공격으로 서서히 조여가고 있잖아?'

태인이 약간 힘들어하고는 있었지만 문제 될 수준은 아니었다. 하지만 알은 자신의 불안을 이제 주체할 수가 없었다. 무언가 거대한 늪이 숨어 있는 바닥을 생각없이 딛는 기분이었다.

'뭐지? 뭐지? 뭐지? 생각해 내야 해. 안 그러면……'

태인의 입가로 다시 미소가 번졌다. 세리우스의 방어가 마침내 무너지고 있었다. 비록 여전히 차갑고 고고한 표정으로 버티고 있었으나, 그는 자신을 지키고 있는 힘까지 끌어들이며 최후의 일격을 준비했다.

'이걸로 끝내주마.'

"대일여래. 십이불광……."

스스로도 의식하지 못하는 사이에 필사적인 심정이 되어 그 광경을 지켜보던 알은 그 순간 보았다. 지금까지 계속 변함없었던 세리우스의 표정에 아주 미세한 변화가 있었다. 남들은 몰라도 그는 알아볼 수 있었다. 그건 미소였다. 하지만 결코 체념이 아닌 승리의 미소였다.

그 순간 알의 머리 속으로 기억의 한 조각이 폭류처럼 흘러들어 왔다.

"세리우스, 괜찮은 건가? 드뤼셀, 자네가 조금 돕는 것은?"

"걱정 마시지요. 그의 진짜 카드는……."

최후의 일격에 온 정신을 쏟고 있는 태인의 등 뒤에서 한줄기 빛이 폭사해 들어왔다. 그게 무엇인지 아는 알은 주저없이 몸을 날렸다.

쩌엉. 푹. 사악. 퍽.

한순간 미약한 방어막이 깨지는 소리. 살이 찔리는 소리. 뼈가 부러지는 소리. 그리고 무언가가 안에서부터 터지는 소리가 연이어 들렸다.

등 뒤에서 갑자기 느껴지는 강대한 기운에 뒤돌아보던 태인은 엄청난 힘으로 찔러 들어오는 세리우스의 검을 보았다.

'어떻게!'

의문은 짧았으나 검은 너무 빠르고 강력했다. 새로이 거기에 맞설 방어막을 칠 여유 따위는 전혀 없었다. 하지만 그 순간 태인의 눈앞을 익숙한 등이 가렸다.

"알!"

세리우스의 검은 태인의 심장을 뚫지 못했다. 바로 그 앞을 막아선 알의 심장에 가로막혀 버렸으니까. 다급하게 자신의 이름을 부르는 태인에게 내출혈로 입가에 피를 흘리면서 알은 뒤돌아서서 미소 지어 보였다.

"세리우스… 는 프리 플레인 워커(Free Plane Walker)야. 그는 태인이 생각한 것보다 훨씬 더 자유롭게 차원 사이를 걸어다녀. 그리고, 그의 검은 한 자루가 아냐. 보통 그의 정체를 파악한 자들이 가장 쉽게 당하는 함정은……."

알은 거기까지 말하고 고개를 떨궜다.

'그를 코너에 몰아붙이는 데 힘을 다 쓰거나, 그가 공격하는 순간을 노려 전력을 다한 반격을 하려고 하다가, 예상치 못한 순간에 서서히 축적되었던 그의 힘을 실어서 들어오는 전혀 다른 곳에서의 공격.'

머리 속으로 생각만 할 뿐, 알은 더 이상 말을 하지 못했다. 그리고 생각도 곧 끊겼다. 폭발한 검기는 심장만이 아니라 신체 내부를 완전히 조각내 놓았다.

태인은 다급한 마음으로 새로이 결계를 쳤다. 이미 무상반야광은 알이 그의 눈앞에서 무너지는 순간에 깨어졌다.

"제마연화결!"

분명 이 잠깐 동안의 순간 태인에게서 완벽한 허점이 드러났지만 세리우스 또한 잠시 동안 예상외의 결과에 당혹해 주의력이 흩어진 것일까. 아니면 그동안 태인의 공격에 당한 피해가 누적되어 일시적으로 움직일 수 없었던 것일까. 태인의 결계가 완성된 후에야 그는 다급하게 손을 움직였고, 알의 심장에 박힌 검이 뽑혀서 사라졌다. 그리고 그는 검을 거둔 채 그 자리에 멍히 서 있었다.

"이 자식. 죽여 버리겠어!"

태인의 눈은 분노로 타오르고 있었다. 지금까지가 임무로써 싸웠다면, 지금은 그 자신의 마음이 세리우스를 죽이고 싶다고 외치고 있었다. 그때 헬레나가 다시 일어섰다. 그녀의 등 뒤로 다시 한 번 찬란한 날개가 빛나기 시작했다. 그것을 보고 세리우스는 뒤로 물러서며 말했다.

"시간을 너무 끌었군. 오늘은 물러나겠다."

그 목소리에 미세한 떨림이 있었지만 태인은 눈치 채지 못했다.

"누구 마음대로! 화조비천상!"

이렇게 흥분한 상태에서 무리하게 주술을 펼치는 것은 스스로에게도 부담이었으나 태인은 자제하지 못했다. 하지만 세리우스가 그 공격을 그대로 무시해 버리면서 던진 한마디가 그의 이성을 되돌렸다.

"나도 부상을 입은 것은 사실이나 그쪽도 서두르지 않으면 동료가 다 죽을 텐데. 서로 기회가 좋지 않군."

동료. 그중에서도 알. 지금 이 순간에도 죽어가는… 아니, 이미 죽었을지도 모를 알의 모습에 태인은 멈칫했고, 세리우스는 그대로 사라졌다. 그 순간 헬레나의 등에서도 날개가 다시 사라졌다. 그녀가 힘겹게 입을 열었다.

"다… 행… 사실은 나도 허세……."

풀썩.

거기까지 말하고 헬레나도 다시 쓰러졌다. 태인은 숨을 골랐다. 온몸의 신경을 뜨거운 무언가가 상처 입히며 가로지르고 있었다. 분노? 안타까움? 자괴감? 아니면 또 다른 무엇? 뭐라고 이름해야 할지 모를 감정이 그의 심장을 끓이고 있었다. 하지만 그는 어떤 상황에서도 침착하도록 교육받았고, 그렇게 살아온 자였다. 어딘가에 대고 뭔지도 모를 어떤 말을 크게 외치고 싶은 스스로를 억누르며 그는 스스로에게 속삭였다.

'침착해라. 침착해라. 지금 가장 중요한 것부터 해야 해. 지금 그나마 멀쩡한 건 나뿐이다.'

그는 한번 심호흡을 했다. 신경은 여전히 팽팽하게 당겨져 낯선 신호를 실어 옮겼지만 그의 얼굴에는 다시 침착함이 돌아왔다. 결계를 풀지 않은 채 그는 셋의 상처를 확인했다. 셋 모두 치명상이었다. 태인은 바로 구급차를 부르고 주술을 썼다.

"제세 관음 감로 구명 연안."

태인의 앞에 물방울이 생겨나더니 서서히 미하일과 헬레나의 몸에 스며들었다. 그에 따라 눈에 띄게 상처 자리가 아물어갔다. 치유술이 그의 전문이 아니라 해도 이 정도 응급 처치라면 대천사장의 힘을 지닌 둘인 이상 죽음의 걱정은 없었다.

'하지만……'

심장에 그대로 구멍이 뚫린 채 쓰러져 있는 알을 태인은 안타까움, 슬픔, 괴로움, 분노 등이 섞인 복잡한 눈길로 바라보았다.

"알, 정신 차려! 정신 차리라고!"

보통의 뱀파이어는 심장에 나무 말뚝이 박히면 죽는다. 알이 마력을 지니고 있다 해도 세리우스의 검은 나무 말뚝보다 훨씬 더 치명적이었다. 지금 알은 분명히 죽어가고 있었다.

'하지만 어떻게 해야 하지? 어떻게?'

알이 보통의 인간이었다면, 아니, 보통의 생명이기만 했다면 태인은 남은 주술력 전부를 쏟아서라도 구했을 것이었다. 하지만 그는 뱀파이어를 죽일 수 있는 주술은 너무나도 많이 알고 있었지만, 정작 구할 수 있는 주술은 하나도 알지 못했다.

아무리 부르고 흔들어도 대답없이 마지막으로 지었던 미소를 띤 채 죽어가는 알을 보고 태인은 스스로를 다그쳤다.

'생각해 내. 생각해 내. 무엇 때문에 지금의 주술들을 익힌 거지? 왜 그 고행을 한 거지? 지켜주겠다고 하지 않았나? 그런데 정작 정말로 필요한 건 하나도 없는 거냐? 생각해 내. 뱀파이어를 살려내려면 무엇을 해야 하지?'

태인은 뚫린 구멍으로 지금도 피가 흘러내리는 알의 심장을 보며 그 대답을 곧 깨달았다. 피였다. 신선하고 생명력이 넘치는 피. 그것만이 죽어가는 뱀파이어에게 다시 생명을 불어넣어 줄 수 있었다. 태인은 부적 한 장을 들고 그대로 자신의 반대쪽 팔을 길게 찢었다. 부적이 날카로운 칼날이 되어 지나간 자리로 피가 그대로 흘러내렸다. 알의 입을 벌리고 그 흘러내리는 피를 부어넣으며 태인은 간절하게 기도했다.

"죽지 마라! 제발 살아나! 이렇게 떠나 보낼 수는 없어!"

한 방울, 두 방울을 넘어 줄을 이루고 태인의 피가 알의 입으로 들어가 목을 타고 넘어갔다. 강한 생명력을 가진 피의 효과일까? 알의 가슴에 난 상처가 아물기 시작했다. 막대한 주술력을 쓴 직후에 이어진 갑작스러운 출혈로 약간의 어지럼증을 느꼈지만 그 모습을 보고 태인의 얼굴에 웃음이 돌아왔다.

"하아, 된 건가?"

피의 효력이 태인의 예상을 훨씬 뛰어넘은 걸까? 상처가 아무는 수준을 넘어서 알은 바로 눈을 떴다. 분노와 증오만이 남아 있는 차갑기 그지없는 눈을.

"알?"

반가움에 가득 차 자신을 부르는 태인에게 알렉시안은 묘한 미소를 띠어 보였다. 차디차고 냉랭하면서도 위험을 동반한 긴장을 불러일으키는 그 미소에 태인도 비로소 이상함을 눈치 챘다. 자신을 바라보는 상대는 이미 알이 아니었다. 본 적이 있는 자였다. 그때 이무기와의 싸움에서 흐릿한 환상 속에 본 자신과 비슷한 나이로 보이는 청년이었다.

'대체 어느 사이에? 그러면 알은?'

혼란에 빠진 태인의 귓가로 알렉시안은 달콤하게 그러나 독이 숨어 있는 목소리로 속삭였다.

"안심해도 좋아. 내 손으로 네 심장을 파내어 으깨 씹는 그때까지, 복수의 그때까지는 죽지 않아. 네가 시시한 녀석들에게 죽도록 놔두지도 않을 거고."

"알?"

태인은 몸을 잠시 떨었다. 이건 절대로 알이 아니었다. 알은 순진한 눈으로 어둠보다 짙은 악을 마음속에 숨긴 인간을 이해하지 못해 고민하는 뱀파이어야 했다. 하지만 상대에게 더 물어볼 수 없었다. 어느 순간 그의 앞에 쓰러져 있는 자는 익숙한 소년 뱀파이어 알로 돌아가 있었다.

태인이 무슨 일이 벌어진 건지 차분히 생각해 보기도 전에 사이렌 소리와 함께 구급대원이 몰려왔다. 미하일과 헬레나를 옮겨 실은 구급대원이 알 또한 옮겨 싣기 위해 다가오자 태인은 손을 저었다.

"이 친구는 조금 특수한 주술에 당한지라 제가 직접 돌보는 편이 낫습니다. 그 두 사람만 부탁드립니다."

"알겠습니다. 하지만 지금 퇴마사님께서도 팔에 상처가 있으시니 소독한 후 붕대라도 감으시는 편이?"

"괜찮습니다. 이 정도는 제가 직접 할 수 있습니다."

태인은 상대를 안심시키기 위해서 짤막한 주술을 외어 팔의 상처를 지혈했다. 그리고는 알을 들쳐 메었다. 해 뜰 시간이 다가오고 있었다. 세리우스가 물러간 것도 그 때문일 것이라고 태인은 생각했다.

'자신의 비밀을 눈치 챈 나와 헬레나가 버티면 시간 안에 이길 수 없다고 판단한 것이겠지.'

"일단 두 사람을 부탁드립니다. 현재 제가 묵고 있는 숙소는 여기이니, 나중에 두 사람이 깨어나면 연락주십시오. 그럼, 전 이만."

별로 빨리 걷는 것 같지도 않은데 순식간에 멀어져 시야에서 사라지는 태인을 보고 구급대원은 어깨를 으쓱했다. 퇴마사들이란 알 수 없는 존재였다.

편안한 표정으로 잠들어 있는 알을 관에 넣은 후 뚜껑을 닫아주고 그 옆의 침대에 주저앉아 태인은 중얼거렸다.

"알, 그건 대체 누구인 거냐? 그것도 너냐? 내가 들은 말 환상이 아니었지?"

비밀을 알았다고 해도 다시 만났을 때 상대할 자신이 없는 강대한 뱀파이어 세리우스의 존재도 작은 일은 아니었지만, 지금 당장은 그것까지 생각할 여유가 없었다.

많은 힘을 쓰고 피를 흘린 데다가 어디까지가 실제이고 어디까지가 환상인지 알 수 없는 일을 겪은 탓일까. 태인은 피곤함이 몰려오는 걸 느끼고 그대로 침대에 쓰러졌다.

'그래. 일단은 자자. 자고 내일 명료한 정신으로 생각하자. 그러면 좀 더 많은 것이 뚜렷해지겠지.'

깊고 아늑한 의식의 저 너머로 스스로를 맡긴 채 태인은 잠들었다. 자고 일어나면 모든 것이 나아져 있기를 바라면서. 그러나 어쩌면 그 자신도 이미 알고 있었기에 그 자리에서 결론 내리기 싫어서 잠들었을지 몰랐다. 이미 인연의 실은 얽히기 시작했다는 것을.

평화로운 방. 침대 위에는 태인이 잠들어 있었고, 그 아래의 관 속에는 알이 잠들어 있었다. 따사로이 햇빛이 비치는 가운데, 온도와 습도 조절기가 가동 중인 방은 쾌적한 환경을 유지했다. 그리고 일반인은 느낄 수 없었지만 영적으로 처진 결계가 다른 부분의 문제 또한 막고 있는 이 방은 작은 '안식의 성역'이었다.

이 작은 성역에 불청객이 들어왔다. 분명 허락되지 않은 손님이건만 그는 '문'이 아닌 '벽' 조차도 무시하고 들어왔다. 차가운 눈빛으로 투명한 검을 휘두르는 뱀파이어의 기사였다.

세리우스는 잠시 허리 숙여 침대 밑의 관을 소리없이 움직였다. 그리고 그는 조용히 관 뚜껑을 열었다. 따사로운 햇빛 아래에 알의 모습이 드러났다. 알을 태양에 태워 죽이려는 것일까? 그러나 태양 아래에서 알은 약간 몸을 뒤척였을 뿐 더 이상의 반응을 보이지 않았다.

세리우스는 슬픈 눈길로 아직 잠들어 있는 알을 보았다. 햇빛 아래에서 눈을 감고 두 팔을 가슴에 올린 채 잠들어 있는 알의 얼굴에는 미래에 대한 불안이나 과거에 대한 후회, 현재의 불안 같은 것이 하나도 서려 있지 않았다. 부드럽게 감긴 눈 아래에 살짝 있는 듯 없는 듯 지어진 미소는 내리쬐는 햇살 아래에서 더욱 고요하고 평화로운 공기를 자아냈다.

세리우스는 어느 누구에게도 보여준 적이 없는, 심지어는 오랜 세월을 함께해 온 드뤼셀에게도 보여줄 수 없었던 그의 마음 깊숙한 곳에 자리 잡아 있는 가장 내밀하고 약한 자신을 꺼내어 그 앞에 바치며 그리움이 가득 담긴 목소리로 잠들어 있는 자의 이름을 불렀다.

"알렉시안."

그 이름을 괜히 불렀다고 세리우스는 후회했다. 그리움을 덜기 위해서 한 행동이었으나 더 큰 그리움만이 몰려왔다. 사막에서 길을 잃어버리고 마지막 낙타조차 죽어버린 대상이 마지막으로 떠나온 오아시스를 그리워하며 마지막 남은 한 방울의 물을 마시듯, 세리우스는 자신이 찾는 존재의 마지막 희미한 흔적을 만졌다.

"당신께서 다시 돌아오기 위한 그릇은 언제나 완성되겠습니까. 당신께서 존재했던 흔적은 이제 여기에 이름으로밖에 남아 있지 않은데, 그릇이 당신과 같은 이름을 씀을 저는 기뻐해야 할까요, 슬퍼해야 할까요."

그 이름조차 달랐다면 어디에서 당신의 흔적을 찾아야 할까요, 그러나 결코 당신의 대답이 돌아오지 않는 가운데 이 흔적만의 존재가 지닌 당신의 이름은 더욱 괴롭기만 한데.

세리우스는 한쪽 무릎을 꿇은 후 조용히 알의 손등에 입을 맞추었다. 실제로 비껴진 공간에서 걸어나와 입을 맞춘 것은 아니었으나 그는 그 자세 그대로 있었다. 그건 '나이트'가 바치는 최고의 존중 표시였다.

"제 검이 당신의 심장을 찔렀을 때 차라리 그게 나의 심장이기를 얼마나 소원했던지. 당신의 그릇을 완성시키기 위해 필요한 게 나의 피와 나의 영혼이라면 마지막 하나까지도 남김없이 바쳤을 텐데. 그런데 이렇게 무력하게 지켜보는 것 이외에는 할 수 없다니. 드뤼셀은 자신을 믿고 기다리라고 하고, 그 또한 최선을 다하고 있으리라고 생각하지만, 그래도 무력하게 기다리기만 해야 하는 시간은 얼마나 길었는지. 그리고 앞으로 얼마나 길어질지."

그는 자리에서 다시 일어났다. 서서히 그의 눈에서 서글픔이 사라지고 날카롭고 차가운 원래의 빛이 돌아왔다. 슬픈 추억을 떠올리던 감상은 사라지고 순수한 조심스러운 손길로 그는 공간의 결에서 빠져나와 관 뚜껑을 다시 닫았다. 그리고 그는 자리에서 일어나 빠져나오며 말했다.

"당신께서 다시 깨어날 때 행해질 복수를 기다리며 저의 검은 더욱 날카로워질 것입니다."

●Chapter 14
유리구두를 버린
신데렐라

"우웅, 디즈니랜드 데려다 준다고 해놓고 이게 뭐야."

"미안하다. 나도 이렇게 될 줄은 몰랐다."

투덜대는 알 옆에서 태인은 완전히 탈력해서 뻗어 있었다. 침대에 드러누워 이불을 목까지 올린 채 덮고는 열이 나서 벌겋게 된 얼굴로 숨을 몰아쉬는 태인의 모습은 누가 봐도 환자였다.

"약속 위반이라고. 정말 가보고 싶었는데."

"그보다 알. 하나 물어보자. 세리우스가 '프리 플레인 워커(Free Plane Walker)' 라고 했지? 대체 어느 정도로 차원 이동이 자유롭다는 거지?"

멀어져 가는 디즈니랜드에 정신이 팔려서 알은 건성으로 대답했다.

"몰라. 그걸 내가 어떻게 알아. 어제 처음 본 상대인걸."

"스스로를 '나이트 오브 뱀파이어' 라고 하던데, 너희들 사이에서 엄청 유명한 존재 아냐?"

알이 삐쳤다는 걸 느꼈지만 태인은 좋게 달래며 물었다. 앞으로 또 적으로 만나게 된다면 세리우스의 능력이 어느 정도인지 명확히 파악해 놓아야 했다.

"우웅, 유명하긴 하지. 하지만 '나이트' 의 이름이 세리우스라는 것도 처음 알았는데, 그 자세한 능력까지 내가 알 게 뭐야."

태인은 머리가 지끈거리는 와중에도 조금 이상함을 느꼈다. 이건 어쩌면 알이 종종 보여주는 그것과 같은 현상일지 몰랐다.

"네가 그랬잖아? 세리우스는 내가 생각하는 것보다 훨씬 더 자유롭게 차원 간을 걷는다고. 뭔가 아는 게 있을 거 아냐?"

"내가 그랬나?"

멍하게 되묻는 알을 보며 태인은 느꼈다. 지금의 알은 정말로 모르고 있었다.

'이건 대체?

"아니면 너 어떻게 알고 그 순간 내 앞을 막아선 거냐?"

알은 대답할 말을 찾지 못해 말문이 막혔다. 분명 태인의 지적대로 자신은 그 순간 무언가 알고 앞을 막아섰었다. 그런데 대체 무엇을 알고 막아섰단 말인가? 더 생각하려던 알은 머리가 지끈거려 손을 저었다.

"몰라, 몰라. 까먹었어. 그보다 디즈니랜드 정말 안 데려다 줄 거야? 히잉, 너무해. 기대했는데."

'역시 그런가.'

뭔가 좀 더 생각하고 싶었지만 불행히도 태인 본인도 머리가 너무 아팠다.

'하아, 지금 뭔가 하려고 해봐야 움직일 힘도 없으니. 저 녀석한테 더 묻는다고 뭐가 나오지도 않을 테고.'

"미안하다. 하지만 지금 너도 내 상태 보면 알 거 아냐. 조용히 해주거나 아니면 좀 나가 놀래? 지금 나도 아파서 신경이 좀 날카롭거든?"

"칫."

말 내용은 어쨌든 간에 지금 태인의 목소리에는 아무런 힘이 없어서 별로 위협이 되지는 않았다. 실제로도 지금은 주술을 쓰는 건 커녕 일어나서 알의 머리를 쥐어박을 힘조차 태인에게 없었다. 온몸의 기운이 한점도 남김없이 흩어져서, 숨 쉴 힘이 남아 있는 것이 다행일 정도인 상황이었다.

'무상반야광'은 아직 태인의 힘으로 무리가 있는 수법이었고, 무리해서 쓴 대가는 며칠 뒤에 찾아와서 지금 태인을 강력한 주술사에서 무기력한 환자로 만들어놓았다.

그러니까 지금만큼은 알도 태인이 별로 무섭지는 않았지만, 힘없이 드러누워 있는 태인의 모습이 불쌍했기에 그냥 밖으로 나왔다.

"태인, 멍청이. 무리하게 아직 완성도 못한 주술을 써대니까, 저렇게 되지. 반동 효과가 있을 걸 뻔히 알면서 막 쓰다니. 그나마 목숨은 건진 게 다행이다. 그나저나 이제 뭐 하지? 우웅, 그냥 여기서 놀아야 해?"

창밖으로 사방에 불이 켜진 뉴욕의 거리가 환히 보였다. 그걸 보며 알은 한숨을 내쉬었다. 어디 가서 뭔가 해보려고 해도 뉴욕에 대해서 그가 제대로 아는 게 없었던 것이다.

'그렇다고 환자인 태인 옆에서 소리 낼까 봐 조심하면서 멍하게 앉아 있는 건 더 답답할 거고. 무작정 쏘다니다 보면 뭔가 재밌는 거 볼 수도 있지 않을까? 최소한 뉴욕 구경 했다고 어디에 자랑이라도 할 수 있겠지.'

알은 결심을 굳히고 엘리베이터 버튼을 눌렀다.

뉴욕의 밤거리는 서울의 밤거리보다는 한산했다. 위에서 야경만을 볼 때는 고층빌딩에 불이 좍악 켜 있는 게 큰 차이 없어 보였으나 막상 내려오자, 거리에 오고 가는 차도 사람도 훨씬 적었다.

'어디로 가지.'

뭔가 PC방이라도 있으면 가서 게임이라도 하겠는데, 여기선 뭘 하고 놀아야 할지 아는 게 너무 없었다. 알은 그냥 걷다보면 뭔가 눈에 띄겠지라는 심정으로 이리저리 걸었다. 한참을 걷던 알은 점점 더 거리가 어두컴컴해진다는 걸 깨달았다. 가로등도 드물어지고 주위의 사람은 더 없었다. 거기다가 집들도 허름해지는 게 아무래도 조금 안 좋은 거리로 온 듯했다.

"우웅, 뭐, 괜찮아. 만나 봐야 강도에, 재수없어야 마피아겠지. 별거 있겠어?"

사람이 없는 이유가 바로 그런 존재 때문이었지만 알은 당당했다. 그는 이래 뵈도 꿈 많고, 놀기 좋아하고, 잠 많고, 세상 물정 스스로는 잘 안다고 생각하지만 사실은 좀 어두운 '뱀파이어'인 것이다. 추론에 아무 도움 안 되는 수식어들은 떼어버리고 생각하면 평범한 총과 칼이 두렵지는 않은 몸이었다.

'하아, 디즈니랜드 가고 싶어. 디즈니랜드. 디즈니랜드.'

놓친 고기는 더 커보였고, 못 가게 된 디즈니랜드는 어느덧 지상 낙원이 되어갔다. 나올 때만 해도 반쯤 체념 상태였던 알의 기분은 점점 더

저하되어서 원망의 화살이 약속을 깬 태인에게 다시 날아가려고 했다.

그때 그 화살을 대신 받으려는 희생 정신 충만한 존재들이 등장했다.

"헤이, 보이. 여기는 우리 길인데 그냥 통과하려고 들면 안 되지?"

"사실은 말야. 요즘 우리가 좀 궁핍해서. 자아, 좋은 말할 때 가진 돈 다 기부하지?"

알은 이게 뭐 하는 자들이야 하며 말소리가 들려온 쪽을 쳐다보았다. 어둠 속에서 두 명의 인간이 서 있었다. 한 명은 총을, 다른 한 명은 칼을 들고 있었다. 인상이 그렇게 험상궂지 않다는 건 약간 마이너스 요소였지만 그 정체는 알아줄 만했다.

'그럼, 이게 말로만 듣던 갱? 잘 걸렸다.'

평소라면 그냥 최면술로 간단히 때워 버린 후 지나갔을 상대였다. 하지만 갱들에게는 불행히도 지금 알의 기분은 '평상시'와 거리가 매우 멀었다. 알의 눈빛이 순간 맹수의 그것이 되어 반짝였지만, 불량배들은 미처 보지 못했다.

"헤이, 길게 말할 거 없고 지폐만 털어내. 동전까지는 안 가져갈 테니까. 아, 그 시계도 벗어줘야겠어."

"저… 저… 그러니까."

'나 지금 겁에 질린 것처럼 보이게 잘하고 있는 걸까? 우후후훗.'

바들바들 떨면서도 입가로 언뜻언뜻 웃음이 지나가는 알의 연기는 별로 높은 점수를 줄 수는 없었다. 하지만 갱들 쪽도 주의 깊게 알을 보지 않고 있어서 탄로나지 않았다. 알은 이 갱들을 어떻게 혼내줄까를 놓고 행복한 고민을 시작했다.

'입 안에 마늘을 한 봉지씩 집어넣은 후 못 뱉어내게 입을 테이프로

막아놓고 발가벗겨서 빌딩 옥상에 매달아둘까?

푹.

총구가 다시 한 번 알의 옆구리를 찔렀다.

"어이, 존은 인내심이 부족해. 빨리 하지 않으면 진짜 옆구리에 구멍 나 버릴지 몰라?"

상대의 협박에 알은 일단 시계를 풀기 시작했다. 아직 어떤 식으로 할지 결정을 못 내렸기 때문에 시간을 좀 끌 필요가 있었다.

'아, 방법이 너무 많아서 오히려 문제다. 뭔가 그럴듯한 마법 없나? 악몽의 늪에 빠뜨려서 한 시간쯤 놔둘까? 아냐, 그건 그래도 너무 심해. 잘못하다가는 미쳐 버릴 거야. 그냥 몇 대 두들겨 패고 말아?'

상대를 바티칸의 남매라고 생각하고 두들기면 무척 상쾌해질 것 같았다. 그때 갑자기 한 송이 장미가 날아와 바닥에 내려앉았다.

"뭐야?"

제각기 다른 이유에서지만 결코 우호적이지 않은 세 개의 시선이 갑자기 나타난 상대에게 가 꽂혔다. 달빛 아래에서 긴 머리를 늘어뜨린 그녀는 아쉽게도 신비로운 분위기의 미녀는 못 되었다. 추하다고 할 정도는 아니었지만, 알은 재빨리 결론은 내렸다.

'저 정도면 화장발로 잘 가리면 그럭저럭 점수 딸 거고, 아니면 힘들 거 같은데. 숨겼지만, 기미도 좀 있는 거 같고. 머리카락은 길어도 조금 손질을 게을리 했는지 약간 상해 있고. 근데… 뭔가 좀 냄새가 묘하다?'

"뭐야? 죽고 싶나? 여자?"

"후, 그냥 지나가려고 했는데 두 불량배에게 걸려든 불쌍한 소년이 너무 내 취향이라서 말이지. 자아, 그 위험한 건 저리 치우시고 그 아이는 놓아주실까?"

"이 여자가!"

총을 들어 위협하면서도 막상 정말로 총을 쏘지는 않았다. 그 순간 여인은 갑자기 달려들어 연약까지는 아니어도 그렇게 힘있어 보이지도 않는 주먹으로 남자의 배를 쳤다. 그리고 예상을 뒤엎고 큰 소리가 울렸다.

"커헉."

입가로 거품을 뿜어내며 총을 든 쪽은 그대로 쓰러졌다. 칼을 든 쪽이 놀라며 휘둘렀지만 여인은 살짝 틀어 피하더니 강도의 팔을 잡아서 그대로 돌려 메쳐서는 바닥에 꽂아버렸다.

두 명의 기절한 '샌드백'을 보고 알은 어안이 벙벙했다. 겨우 분위기가 무르익어 간다 싶었는데 이 웬 장애물이란 말인가! 알의 표정을 어떻게 오해했는지 '정의의 사도'는 싱긋 웃으면서 알의 어깨에 턱하고 손을 올려놓았다.

"자자, 겁먹지 말라고. 나쁜 놈들은 이 누나가 다 처리했으니까. 그 대신에 말이야. 생명과 재산의 은인에게 작은 답례는 해야겠지?"

"답례요?"

여전히 속이 부글거리는 알에게 여인은 사람 좋은 미소를 지어 보이며 정면으로 알의 눈을 마주 보았다.

"걱정 마. 잠시 뒤면 기억도 안 날 거야. 한입, 아니, 몇 입만 먹……."

반짝.

두 개의 눈빛이 서로 부딪치고 정신이 멍해진 건 여자 쪽이었다. 잠시 뒤 고개를 흔들며 여인은 뒤로 물러섰다. 하지만 알은 알대로 아까 느낀 묘한 냄새의 정체를 깨닫고 경악했다.

"누나… 동족이에요?"

"너… 뱀파이어냐? 이런 망할. 따악 내 취향이라고 좋아했더니, 완전 헛다리 짚었잖아."

알은 머리를 긁적이며 웃어 보였다. 방금 '샌드백' 을 날려먹은 여자였지만, 동족이라서일까 갑자기 부글거리던 속은 가라앉고 오히려 기분이 약간 좋아졌다. 처음 보는 상대였지만 갑자기 친숙하게 느껴졌다.

여인도 비슷한 입장이었는지 피식 하고 웃더니 그 막강한 손으로 알의 등을 한 대 퍽 하고 두들겼다.

"할 수 없지. 피는 틀렸고, 커피나 한 잔할래? 여기 잘 하는 테이크아웃용 커피 전문점 알거든."

"네. 좋아요. 헤에, 그런데 이런 곳에서 나 같은 뱀파이어와 또 마주칠 줄은 몰랐네요."

싱글싱글 웃는 알의 양 볼을 여인이 잡아당겼다.

"윽, 이게 무슨……."

"아아, 보는 눈은 정확했네. 너 정말 귀엽다. 너무 아까워. 이 황량한 거리에서 웬 미소년이냐고 감격했더니. 그런데 넌 완전 뱀파이어니? 그러면 나이는 나보다도 많은 거 아냐? 아니, 하는 짓 보니 그렇게 나이 많지는 않겠구나."

한 대 맞은 등이 좀 아리긴 했지만 그래도 마녀나 수녀보다는 낫지라는 생각에 알은 계속 웃기로 했다.

"나보고 완전한 뱀파이어냐고 묻다니. 그러면 누나는 완전한 뱀파이어는 아닌가 봐요?"

"응. 난 반쪽짜리야. 덕분에 큰 무리 없이 인간 사이에서 살고 있지.

태양빛 아래에서는 컨디션이 좀 저하되기는 해도 목숨에 지장받을 정도는 아니고, 성수나 그런 것에 약하긴 해도 역시 치명적이지는 않고. 힘은 뱀파이어 수준은 아니어도 보다시피 깡패 몇은 문제없고, 상처도 그 자리에서 아물어 버리는 수준은 아니지만 총 한두 방 맞고 목숨의 위협 느끼지 않을 정도는 되고. 부럽지?"

들다보니 '정말로' 조금 부러웠기에 알은 괜히 뻗대었다.

"하나도 안 부러워요. 뱀파이어는 뱀파이어대로 살 만하다구요. 요즘이 뭐 밤이라고 생활하기 불편한 시대도 아니고."

"호호, 그런가? 하긴, 요즘은 야행성 인간도 많으니까. 아참, 내 이름은 프레시아야. 네 이름은 뭐니?"

"알요."

"이름 한 번 간단해서 좋구나. 아, 저기 다 왔네. 난 카푸치노. 넌 뭘로 할래?"

'뭘로 하지?'

수십 가지가 넘는 메뉴가 있었지만 그중 몇 개도 제대로 먹어본 적이 없는 알은 가장 손쉬운 선택을 했다.

"같은 걸로요."

잠시 뒤 두 잔의 커피가 나왔다.

"잘 먹겠습니다."

"뭘. 내가 고맙지. 그럼 걸으면서 얘기하자."

그러면서 걸어가 버리는 프레시아를 알은 당황해서 불렀다.

"누… 누나가 사는 거 아니에요?"

"어머? 두 갱으로부터 생명을 구해줬으면 은혜는 갚아야지. 안 그래?"

'…내 샌드백 돌려줘.'

하지만 어쩌겠는가. 커피 판 주인은 노려보고 있고, 여인은 이미 앞서 걸어가고 있으니. 알은 눈물을 머금고 얼마 되지도 않는 달러를 꺼냈다. 그나마 만일의 경우에 쓰라고 태인이 준 돈이 있기에 다행이었다.

계산을 치르고 뒤따라오는 알을 이상하다는 눈초리로 프레시아가 쳐다봤다.

"제 얼굴에 커피 묻었어요?"

"묻긴 했지만 그것 때문은 아니고, 돈을 줬네?"

"누나가 안 주고 가서 그런 거잖아요."

이 여자가 무슨 소리 하는 거야라며 알은 투덜거렸다. 안 그래도 얼마 없는 돈이 나가서 즐거웠던 기분이 조금씩 사라지던 참이었는데 이건 아픈 상처에 소금 뿌리는 격이 아닌가.

"아니, 내 말은. 흠, 너도 나처럼 피 빨리는 전후의 기억을 잊게 만드는 최면밖에 못 거는 거야?"

"네? 아뇨. 그건 아닌데."

"그러면 그냥 최면으로 때우면 되잖아? 흐음, 너 돈 많나 보다? 하긴 순혈 뱀파이어니까, 저런 푼돈까지 최면 동원할 건 없겠지. 부럽네. 하아, 난 지금 빚더미인데."

"저 돈 없어요. 저도 얻어 쓰는 처지라고요. 그런데 빚더미라뇨? 무슨 빚을 얼마나 졌길래?"

알은 곧바로 쏟아지는 프레시아의 한숨과 수다에 괜히 물어봤다고 후회했지만 이미 때는 늦어 있었다.

"하아, 말도 마. 현대에서 여성으로서 살아가기 위한 기초 생활 용품

몇 가지를 마련하기 위해 카드로 조금 긁었는데, 그만 수중에 돈이 좀 떨어져서 결제를 못했기로서니 카드 회사들마다 독촉이잖아. 고객님 고객님 하면서 발급해 줄 때는 언제고 이제 안면 싹 바꾸고 신용 불량자니 뭐니 하면서 쪼는 거 있지? 나쁜 것들. 자기들 한 해 순익이 얼마야! 그런 주제에 나같이 가난한 여인이 기초 생활 용품을 위해 쓴 돈 좀 당장 못 갚는다고 그럴 수 있어? 하여간 소비자를 착취하는 악덕 기업들이라니까. 흥, 뭐, 그것도 이제 며칠 안 가지. 도망가서 신분 바꾸고 새로 살 거니까. 오호호홋."

맞장구쳐 줄 수도 없고, 아니라고 할 수도 없어서 알은 그냥 애매하게 고개를 살짝만 흔들었다. 그런 그의 눈에 프레시아가 신고 있는 구두가 들어왔다. 순간 스쳐 지나가는 생각에 알은 설마 아니겠지 하면서 물었다.

"저… 누나, 혹시 그 기초 생활 명품이라는 게 유명한 구두, 화장품, 가방 같은 것은… 아니죠?"

타악.

프레시아가 다시 그의 등을 한대 두들겼다.

"어머? 당연히 그게 맞지. 현대 여성의 필수품이 따로 뭐가 있단 말야?"

너무나 당당한 프레시아의 말에 알은 잠시 자신의 상식이 틀린 게 아닐까 의심했다. 하지만 그녀가 틀렸다는 증거는 다행히 멀지 않은 곳에 있었다.

"그런 게 어딨어요! 없으면 없는 대로 아껴 살아야지."

내가 왜 새 게임 나오면 태인에게 하나만 사 달라고 살살 꼬리를 흔들었는데라며 알은 투덜거렸다. 하긴 그는 신분이 불확실해서 신용카드 발급받을래도 받기도 힘들었지만 말이다.

　"하아, 남자랑 여자랑 같니. 거기다가 너처럼 타고난 외모만으로 충분히 승부를 볼 수 있는 녀석에게 그런 말 듣고 싶지 않아. 내가 언제 나의 몸에 흐르는 이 뱀파이어의 피를 저주했는지 알아? 성형수술이 불가능했을 때야!"

　갑자기 프레시아의 목소리가 높아져서 알은 화들짝 놀랐다.

　"그… 그게 뭐 중요한 거라고요."

　"너같이 가진 녀석들은 몰라. 현대 사회에서 아름다움이야말로 여성이 살아가기 위해 갖추어야 할 가장 첫 번째 능력이라고. 타고나지 못했으면 얻기라도 해야 하는데 노력하는 것조차 금지된 인생이라니. 흑, 이건 너무나 불공평해! 어째서 기껏 수술해 봐야 금세 원래대로 돌아오냐고! 재생 능력이라는 거 상처 같은 것에만 적용되면 좋잖아!"

　누가 들으면 어쩌려고 소리치는 프레시아 때문에 알은 순순히 수긍하는 척 열심히 고개를 끄덕였다. 하지만 속으로는 그게 아닌데라며 고개를 저었다. 그러니까 자신만 해도 피가 먹고 싶을 때 어떤 여자를 찾느냐면 이왕이면 다홍치마라고 예쁜 누나로…….

　뭔가 자기 무덤 파는 생각을 하고 있다는 것을 깨달으며 알은 생각의 방향을 돌리기 위해 애썼다.

　'맞아. 그러니까, 일단 아름다운 누나가 대체로 피 맛이 좋지만 꼭 그렇지도 않을걸. 가끔은 그 아름다움만큼이나 강한 독기가 서려 있는 피도 있어서, 그런 건 처음 먹을 때는 맛있지만 막상 목으로 넘어갈 때는 식도가 타는 느낌이 나고 속이 거북해져서, 금방 질리는걸. 오히려 배고파서 되는대로 집은 피가 처음에는 별 맛 없이 시시하게 느껴져도 점차 먹다보면 그 담백하면서도 소박한 맛이 편안하게 해주면서 계속

마셔도 안 질리게 하는 피도 있고. 그래도 일단은 먼저 눈길이 가는 건 예쁜 누나들이니까.'

알은 외모가 중요하다는 걸까, 안 중요하다는 걸까 스스로도 갈팡질 팡했다.

'에잇! 일단 최고의 피는 '성스럽고 맑은' 피라고. 오래 수도한 스 님이나, 장애인 마을에서 봉사 생활을 해온 수녀님 같은 사람 피는 차 원이 틀린걸.'

꿀꺽.

알은 군침이 돌아서 침을 삼켰다. 그런 피들은 정말로 맛있다. 먹지 않아도 깨무는 순간 느껴지는 향부터가 입 안을 싸하게 돌면서 곧 이 어 벌어질 향연에 대한 기대로 온몸을 떨리게 만든다.

'훌쩍. 생각하지 말자. 괜히 배만 고파지지. 그런 피는 위험해서 함 부로 건드리지도 못하는데 그림의 떡이지.'

그런 피의 소유자들은 강한 수호령들이 버티고 있어서, 건드리면 알 게 모르게 반작용이 돌아온다. 그게 아니라도 그런 사람들은 최면도 잘 안 걸리고, 여러모로 나중에 사고가 날 가능성이 많아서 말 그대로 '전시용 미주'였다.

서로 자신만의 세계에 빠져 있던 둘은 프레시아의 집이 보이는 골목 에 도달해서야 현실로 돌아왔다. 알을 인도하던 프레시아가 무의식 중 에 평소 다니던 길을 따라 자신의 집으로 왔던 것이다.

"어머? 어느새 여기로 왔네. 저기가 내 집이야. 호호, 아까는 내가 너무 흥분했지? 하아, 하지만 정말 어쩔 수 없다고. 외모를 바꿀 수 없 으면 화장과 장신구, 복장에 돈을 좀 더 쓸 수밖에."

'그게 빚을 질 만큼이면 역시나 바보라고 생각하지만, 말하지 말자.

또 무슨 소리를 들으려고.'

프레시아는 품에서 열쇠를 꺼내더니 알을 돌아보며 말했다.

"어때? 여기까지 온 김에 잠간 내 방이나 구경할래? 순수 뱀파이어
는 어떻게 살았는지 얘기나 좀 해줘."

"으음, 네. 좋아요."

딱히 달리 할 것도 없었던 알은 프레시아의 제안을 수용해서 집에
따라 들어갔다. 그리고 어둠 속으로 보이는 쓰레기 더미에 감탄했다.

'몸만 꾸미지 말고 집도 좀 꾸미지.'

툭툭.

발로 차서 대강 길을 낸 프레시아가 실내화로 갈아 신고는 알에게
자리를 권했다. 옷에 이상한 게 안 묻도록 신경 쓰면서 알은 조심스럽
게 앉았다.

"어두워도 이해해 줘. 전기세를 좀 미뤘더니 전기가 끊어져 버려서
말야."

'새삼 이제 와서 더 놀라면 바보겠지?'

알은 뭐라고 대꾸하지 않고 가만히 마력을 움직였다. 밤눈이 어두운
건 아니었지만, 그래도 역시 어두컴컴한 건 별로 그의 취향이 아니었
다. 그의 손가락 끝으로 작은 원이 팽그르 돌더니 곧 커다란 빛덩어리
로 변해 천장으로 둥실 떠올랐다. 순식간에 환해진 방을 보고 프레시
아가 동그랗게 눈을 뜨더니 알을 잡고 마구 흔들며 물었다.

"어머, 신기해라. 이거 마법이니? 정말로 마법이야? 너 마법도 쓸 줄
알아?"

"에켁, 어지러워요. 아, 네. 마법 맞아요. 그냥 간단한 빛 마법인데?"

바로 얼마 전에 있었던 태인, 미하일, 세리우스, 헬레나 등 쟁쟁한

자들의 화려한 힘들의 부딪침을 바로 옆에서 지켜보고 당한 당사자인 알은 이 정도에 호들갑 떠는 프레시아가 처음에는 신기했지만 곧 이해했다. 그러니까 이런 건 상대적인 것이었다. 누군가에게는 하룻밤 술값에 불과한 돈이 그에게는 몇 달은 뼈 빠지게 일해야 되는 돈인 것처럼 말이다.

"그럼, 또 다른 마법도 쓸 줄 알아? 신기해. 나 마법이라는 거 TV에서 말고 바로 옆에서 보는 건 처음이야. 뭐 좀 보여줘. 응?"

"우웅."

알은 뭘 보여줘야 하는지를 놓고 고민했다. 홀 오브 디스트럭션? 무난하게 강력한 마법이었지만 이 작은 집이 날아갈 가능성이 컸다. 헬 댄서즈 스트링? 자신의 마법에 감탄하다가 프레시아의 목이 댕경 잘려 나갈 게 훤했다.

'에, 그러니까 이런 거 말고 조금 무난하게 보여줄 수 있는 것 중에서… 아, 이게 좋겠네.'

"얼음의 아이들. 그 작은 숨결로 여기에 꽃을 만들라. 아이스 플라워(Ice Flower)."

휘이잉.

차디찬 바람이 몰아치며 공기 중에 수증기가 얼어붙더니 후두두둑 내려앉았다. 방 안에 따라져 있던 물들도 그대로 얼어붙어 버렸다. 예상보다 조금 더 과도한 상태에 알은 당황해서 주문을 멈췄다.

'으윽, 작은 주문인데. 하도 오랫만에 써서 그만 마력이 왕창 들어갔나?'

"대단해. 그런데 좀 춥다."

프레시아는 몸을 으슬으슬 떨면서 감탄했다. 사실은 폭주해 버린 주문이었지만 알은 원래 이런 거인 척 내색하지 않으면서 슬그머니 반대 주문을 썼다.

"불꽃의 악사들. 그 노래로서 여기를 데우라. 송 오브 파이어(Song of Fire)."

뜨거운 열풍이 주위를 지나가며 방의 상태를 원래대로 되돌렸다. 그 와중에 다소 과도하게 열풍을 쪼인 종이 몇 개가 타버렸지만, 바로 껐기에 화재는 발생하지 않았다.

'우웅, 또 마력을 많이 넣었나? 이번에는 잘한 거 같은데.'

자신의 주문이 예상외의 위력으로 폭주한 이유를 알은 곰곰이 생각해 보려 했으나 프레시아가 틈을 주지 않았다.

"정말 대단하다. 마법이라니. 아아, 나도 그런 힘 조금만 물려받았어도 훨씬 더 잘 살았을 텐데. 하긴, 그런 건 귀족 뱀파이어나 가지는 힘이지? 애초에 아버지한테도 없었으니 물려받고 말고 할 것도 없지. 넌 정말 좋겠다."

"그, 그거야. 뭐, 이왕이면 마력 많아서 나쁠 것은 없지만."

'아니, 좀 있을지도.'

태인이 최근 들어 자신을 데리고 이런다 저런다고 난리치는 이유를 이제는 알도 무의식적으로 어렴풋이 느끼고는 있었다. 다른 일상사에 정신이 팔려서 새삼 깊게 생각하지는 않고 있었지만 말이다. 알의 사정을 아는지 모르는지 프레시아가 갑자기 바싹 당겨 앉더니 알의 손을 잡고 애절한 표정을 지으며 사정했다.

"너 그렇게 마법 쓸 줄 알면 나 소원 하나만 들어줄래? 응?"

원래 방에 들어온 건 서로 살아온 이야기나 좀 나누자는 목적이었지만, 지금 와서 화제를 되돌리기도 뭣해서 알은 순순히 따랐다.

"뭔데요?"

"아름다운 모습으로 바꿔줘! 변신 마법이라는 거 있지? 응? 길게 가지는 않아도 좋으니까 하룻밤이면 돼. 가능해?"

프레시아의 묻는 기세가 워낙 거셌기에 알은 바로 대답하지 않고 잠깐 고민했다. 사실 일종의 저주 형태로 걸면 평생도 불가능하지는 않았지만 그건 알 자신에게도 부담가는 일이었고, 동족으로서 호감을 느꼈다 해도 그렇게까지 해줄 의리는 없었다. 하지만 하루 정도라면 뭐에 하려는지는 모르지만 소원 들어줘서 안 될 것도 없어보였다.

"하루 정도라면 가능할 것 같네요. 그런데 대체 어떤 모습으로 변하시려고 그래요? 그냥 막연하게 아름답게라고 하면 곤란하다고요. 구체적인 모습을 정확히 하지 않으면 힘들어요."

"걱정 마. 그거라면 벌써 구해놨어. 성형수술이 불가능하다는 걸 모르던 시절, 내가 얼마나 열심히 연구했었는데. 내 방으로 가자. 보여줄게."

잠시 뒤 알을 앉혀두고 프레시아는 머리부터 발끝까지 세세하게 설명에 들어갔다. 그녀는 처음에 말로 설명하다가 알이 바로 못 알아듣자 아예 다른 여인들의 사진까지 꺼내 들며 이 부위는 이렇게 저 부위는 저렇게 하며 지정했다. 손톱 모양에 다리 굴곡까지 다 지정해 오는 프레시아 때문에 알은 이번에도 괜히 할 줄 안다고 말했다고 후회했지만 이미 엎질러진 물이었다.

"자아, 알겠지? 그렇게 해줄 수 있어?"

"그런데 대체 무엇 때문에 이 모습으로 바꾸려는 거예요? 어차피 며칠 뒤에 야반도주해서 신분 바꾸고 새로 살 거라고 하지 않으셨던가요?"

그 질문에 프레시아는 잠시 얼굴을 붉히며 당황했다. 이 누나에게 이런 부분이 있었나 하며 알은 조금 의외라는 심정으로 쳐다보았다. 빤히 쳐다보는 알의 눈길이 부담스러웠는지 프레시아는 고개를 숙이더니 약간 떠듬거리며 털어놓았다.

"사실은… 에, 그러니까. 내가 일하는 꽃집 옆의 서점에 마리오라고 있는데 말야. 음음, 그러니까. 아하하, 어차피 마지막으로 보는 거니까 그전에 추억 하나 만들어두고 싶다는 거지. 해줄 수 있어?"

끝날 때는 이미 활기 찬 원래의 말투로 돌아왔지만 알은 핵심을 파악했다.

"그러니까 짝사랑이라는 거죠."

퍼억.

이번에는 좀 세게 맞았기에 알은 앞뒤로 약간 휘청거렸다.

"너도 참. 그런 걸 핵심을 찔러 버리면 어떡하니? 아무튼 부탁할게. 응? 하룻밤의 꿈이라도 좋아. 나도 한번쯤은 아름다운 여자가 되어서, 길 가는 남자들의 시선을 받으면서, 좋아하는 남자의 넋을 미소 한번으로 빼놓아보고 싶어. 부탁해. 응?"

두 손을 잡고 눈을 반짝이며 프레시아는 기도하는 듯한 자세로 알에게 말했다.

"에, 뭐 그런 거라면."

해드릴게요라고 말하려던 알은 순간 멈칫했다. 예전에 은하와의 사건이 떠올랐다. 그때 생각없이 쉽게 일을 처리하려다가 나중에 얼마나 고생했던가. 이번에도 쉽게 생각해서 소원을 들어준다고 했다가 예상치 못한 문제가 생기면 뒷감당을 결국 자기가 다 해야 했다. 그나마 그때는 태인이라도 있었지만 지금 태인은 아파서 드러누워 있었다.

대답을 머뭇거리는 알에게서 무언가를 읽었는지 프레시아는 고개를 푸욱 숙이고는 과장되이 한숨을 내쉬었다. 그리고는 앞말이 사라지기 전에 뒷말이 따라잡았다라고 해야 할 정도로 말을 쏟아 부었다.

"아아, 그래. 안 된다는 거야? 하긴 그렇겠지? 고귀한 순종 귀족 뱀파이어의 혈통을 지닌 몸으로서 그 증거인 강력한 마력을 나같이 미천한 몸의 간절한 소원 같은 데에 써줄 수는 없겠지? 자존심과 명예의 문제일 테니. 어쩌겠어. 나처럼 아름답지도 못하고 재산도 없는 여자에게 하룻밤의 추억이라니 애초부터 과분한 꿈이었지."

"아니. 저, 그게 아니고……."

두 사람이 말한 내용의 길이는 엄청 차이났지만 말하는 데 걸린 시간은 거의 같았다.

"하아, 괜찮아요. 어차피 조금도 불쌍하게 여기지 않으면서 뭘 위로의 말 같은 걸 하려고 하시나이까. 처음부터 제가 주제넘었지요. 그 잘나신 마력, 높으신 뜻에 쓰시옵소서."

"해… 해드린다니까요. 누가 안 해드린다고 했어요."

'으헉, 사고 쳤다.'

알은 급한 불을 끄기 위해 끌어다 뿌린 게 기름이라는 사실을 깨닫고 속으로 절규했다.

"어머, 정말? 고마워. 역시 귀엽게 생긴 애가 마음씨도 좋다니까. 고마워. 정말 고마워."

프레시아는 방금 전에 독설을 퍼부었다고는 절대 믿을 수 없게 화사한 얼굴로 알의 손을 흔들며 감사 인사를 표했다. 그 이중성에 감탄하며 알은 일단 이 위기를 벗어날 방안을 강구했다.

"저, 그런데 변신 마법 준비하려면 시간이 좀 걸리거든요? 변신하는 방식에 맞추어서 세세하게 설정해야 하기 때문에. 그러니 조금 연구할 시간을 주시겠어요?"

그러면서 알은 슬그머니 손을 뺐다.

"그래, 알았어. 걱정 마. 그럼 부탁할게. 중간에 야식이라도 필요하면 말해. 뛰어가서라도 사 올 테니까."

알이 편하게 생각할 수 있게 자리를 살짝 비켜주는 프레시아의 발걸음은 반쯤 춤추듯이 가벼웠다. 그 모습을 보며 알은 한숨을 내쉬고 마법을 연구하는 척하며 고민했다.

'으, 어쩌지? 사실 그렇게 어려운 마법은 아닌데. 저렇게 좋아하는데 그냥 해줄까? 아냐. 그렇게 쉽게 생각했다가 예전에 얼마나 고생했어? 거기다가 지금은 태인도 앓아 누워 있잖아? 내가 저 누나랑 언제부터 알았다고, 그렇게 위험을 무릅쓰고 해줘야 할 의리는 없잖아?'

물론 해주겠다고 말하긴 했고, 지금도 그 연이어지는 수다는 공포스럽지만 그가 도망쳐 버린다면 프레시아가 어디 있는지 알고 쫓아오겠는가? 알의 머리 속으로 프레시아가 커피 값을 덮어씌우던 장면이 스쳐 지나가면서 결심이 굳어졌다.

'좋아. 도망쳐 버리자. 강요에 의한 약속이었으니까 약속은 무효야. 따지고 보면 그 샌드백 둘도 저 누나 때문에 놓쳤고, 커피 값도 저 누나 때문에 나갔고, 아까부터 한 대씩 맞은 등도 쑤시고.'

도망칠 기회를 엿보는 알의 눈길도 느끼지 못한 채 프레시아는 자신의 세계에 빠져서 마리오의 사진에 입을 맞췄다.

"기다려. 나의 마리오. 내일 밤 아름다운 모습이 되어 내가 찾아갈 테니, 짧은 하룻밤이지만, 비할 데 없는 즐거운 추억 속에 잠기게 해줄게. 너는 내가 누구인지 모른 채 잊어버리겠지만, 나는 그래도 행복해."

한 존재에 대해 나아가는 마음. 보답받지 못함에도 그대로 나아가는 감정.

쩌엉.

알은 자신도 모르게 몸을 약간 휘청거렸다. 프레시아의 말이 어떤 주문보다도 강력한 힘이 되어 깊디깊은 알의 무의식 속에 잠들어 있는 조각의 하나를 건져 올렸다. 짙은 안개 너머에 자리 잡은 과거의 잔영이 벽을 넘어 나타났다.

"크하핫, 네가 날 배신할 줄이야. 그래, 무엇을 받았나? 아니면 받기로 한 건가? 그게 너와 나 사이의 신의를 버릴 만큼 대단한 것이었나?"

그때 자신은 얼마나 절망하였던가. 다른 누구도 아닌 가장 믿었던 상대가 자신을 배신했다는 사실을 알았을 때. 처음에 그것이 적의 환상 마법일 거라고, 아니면 지금 내가 가장 무서운 악몽을 꾸고 있는 것이라고 생각하지 않았던가.

"미안하다."

그러나 자신의 눈을 마주 바라본 채 담담히 배신을 시인하는 상대가 '진짜'라는 것을 확신했을 때 절망과 아픔은 그를 너무나 괴롭게 해서, 그 뒤에 이어진 마법보다 먼저 자신의 영혼을 죽였었다. 그래서 좋아했던 것만큼의 무게로, 아니, 그 이상의 무게로 저주했었지.

"그로써 네가 얻을 것이 무엇인지 모르겠지만 영원히 갈 거라고 생각하지 마라! 기필코 다시 돌아와 네 소중한 것을 모두 부숴놓겠다."

떠오르는 것보다 더 빠르게 사라져 가는 머나먼 옛날의 기억. 온전히 자신의 것이라고 하기도 힘든 추억이지만 알의 눈에는 어느 사이에 눈물이 맺혀 있었다. 자신은 마음을 주었는데, 상대에게 버림받을 때의 아픔이 어떤 것인지 그는 누구 못지않게 잘 알았다. 그래서 그는 같다고는 할 수 없어도 비슷한 아픔을 가진 프레시아를 그냥 버려두지 않기로 했다.

'에? 나 울었나? 우웅, 눈에 먼지 들어갔나 보다.'

알은 눈을 껌벅이며 눈물 방울을 닦아내었다.

'생각에 빠졌어도 눈에 뭐가 들어가서 눈물이 나오는 것도 몰랐나? 혹시, 나 조금 아픈가?'

거기다가 가슴에 뭐가 없는 것처럼 이상하게 답답해서 알은 태인이 드러눕더니 나도 덩달아 아픈 거 아닌가 하고 순간 걱정했다. 생각해 보면 그도 죽을 뻔하다가 살아난 몸인 것이다. 심장이 완전 박살났었으니까. 아무리 재생력 좋은 뱀파이어라 해도 그 정도면 후유증이 있을지 몰랐다.

'우웅, 저 누나 불쌍하니까, 해주자. 몰래 따라가서 사고 안 나는지 감시하면 되겠지.'

의식하지 못하는 사이에 감정의 방향은 완전히 바뀌어 있었으나 스스로의 변화를 알은 눈치 채지 못했다. 계속 가슴이 답답하고 정신까지 조금 멍해져 와서 알은 오늘은 대강 말하고 돌아가기로 했다.

마리오와의 뜨거운 하룻밤을 생각하다가 너무 야해 하면서 프레시아는 제풀에 얼굴 붉히며 웃음 지었다. 그때 우연히 만난 '기적의 소년'이 그녀에게 말을 걸었다.

"소원을 들어줄게요. 하지만 제 마력은 하룻밤 동안 만이에요. 태양이 뜨면 꿈은 물거품처럼 깨어져 사라질 테니까. 알았죠? 내일 밤 동안 이 모습으로 변하게 해드릴 테니, 마음껏 즐기세요."

"고마워. 그럼 내일 내 집으로 또 와줄 거야? 아니, 아니. 내가 마중 나가야지. 어디로 가면 되니?"

그 말에 소년은 묘한 미소를 띠어보였다.

"아니, 제가 다시 찾아올게요. 지금 전 누나의 잔혹한 현실에 위안이 될 하룻밤의 꿈을 선물하는 나그네이니까. 제가 실재하는 것을 알아서는 꿈이 반으로 줄어들잖아요? 현실에서 원하는 것을 가지는 행운은 축복받은 소수에게만 있고, 누나는 그 소수가 되지 못하였으니, 위로가 될 꿈이라도 완벽한 게 좋겠죠."

프레시아는 소년의 얼굴이 갑자기 낯설어 보여서 다시 쳐다보았다. 자신의 소원을 들어주겠다는 소년의 말에 기뻐서 들뜬 상황이었지만, 그 와중에도 뭔가 조금 이상했다. 변한 것이 없는 얼굴이었지만 어딘지 느낌이 달라져 있었다. 그녀의 의아함을 눈치 챘는지 소년은 놀라울 만치 매혹적인 미소를 지어 보이며 갑자기 옆으로 다가와 귓가로 속삭였다. 달콤하게 속삭이는 목소리와 부드럽게 귀를 자극하는 입김이 순간 소년을 '남자'로 느끼게 만들어 그녀는 당황했다.

"아니면 더욱 짙은 위로를 원한다면 내가 하룻밤의 꿈이 되어줄까요? 그 뒤의 지친 일상으로 다시 돌아가지 않아도 되는 영원토록 계속되는 깊디깊은 꿈속으로 가고 싶나요?"

온몸의 기운이 다 흩어지는 듯 노곤하게 만들면서도 거부하기 힘들게 만드는 거미줄이 그녀의 정신을 죄어왔다. 그녀는 멍한 상태에서 반사적으로 고개를 끄덕이려다가 곧 소년의 정체를 떠올리고 화들짝 놀라며 물러섰다.

"너… 너?"

다행히 그녀가 물러서는 순간 소년의 얼굴은 장난기 서린 처음으로 돌아와 있었다.

"헤헤, 그건 싫겠죠? 꿈만이라도 원하는 상대와 해피엔드인 게 좋을 테니까. 그럼 오늘은 전 물러갈게요. 시간이 다 되어서 말이죠."

"뭐야, 놀랐잖아."

"그러면 내일 봐요. 준비 잘해 두세요."

그녀는 안심했다. 아마 뱀파이어의 눈과 마주치면서 그녀 스스로 빠져든 최면에 따른 착각인가 보다라고 그녀는 납득했다. 소년은 자신보다 훨씬 강한 뱀파이어니까, 아무래도 자기 기준에서 생각해서는 무리가 있는 것이었을 뿐이었다. 소년은 싱긋 웃어 보이고는 창문으로 홀쩍 뛰어내리더니 밤거리로 사라졌다. 그녀는 정말로 무슨 꿈을 꾸는 것 같아서 잠깐 멍히 있다가 곧 몸을 돌려 안으로 들어갔다. 멍히 있을 게 아니라 변한 모습으로 어떻게 마리오와 멋진 밤을 만들지 계획을 짜야 할 시간이었다.

탈칵.

조심스럽게 문을 열고 들어와 알은 태인의 밑으로 누웠다. 태인은 정신없이 자고 있어서 알이 들어와도 깨어나지 않았다. 그 아래에 누워서 알도 머리를 짚었다.

'우웅, 내일 다시 찾아가서 해주겠다고 약속한 거 같은데. 정확히 뭐라고 했더라. 아우, 지끈거려. 이렇게 아프니 제대로 생각이 안 나는 것도 무리가 아니지. 일단 푹 자자. 태인한테 아파 드러누웠다고 불평할 게 아니라 내 건강부터 챙겨야지.'

　다음 날 밖으로 나가려는 알을 태인이 불렀다.
　"또 나가 놀 거냐?"
　"응. 가만히 있기는 심심한데 뭔가 하려고 해도… 태인, 아프잖아."
　"후. 그래, 갔다 와라. 너무 멀리 가지는 말고."
　그렇게 말하는 태인의 목소리가 어제보다는 기운이 있어 보여서 알은 안심하고 밖으로 나갔다. 알을 보내놓고 태인은 자세를 고쳐 잡으며 아주 약간 돌아온 주력으로 몸을 치유했다. 어차피 제대로 된 주력이 돌아오려면 얼마가 더 걸릴지 알 수 없었다. 그렇다면 몸이라도 빨리 회복해 두는 것이 차라리 나았다.

　알이 다시 찾아가자 프레시아는 반색을 하며 맞았다. 그녀는 이미 그동안 모은 장신구와 화장품, 옷, 가방 등을 전부 꺼내놓고 기다리고 있었다. 이미 소원을 들어주기로 결정했지만 그 모습을 보니 다시 궁금해져서 알은 결국 물었다.
　"그런데 대체 이렇게까지 하려고 하는 그 상대방 남자는 어떤 자예요? 그 남자 쪽은 누나가 이렇게 좋아하는 거 알기나 해요?"
　"얘는 참. 뭘 그런 걸 다 묻니."
　프레시아가 얼굴을 또 붉혔기에 알은 역시 이런 걸 묻는 건 실례인가 보다 했다. 더 묻지 않고 순순히 주문을 써주려고 할 때 뜻밖에 프레시아가 먼저 입을 열었다.

"마리오는 말이야. 멋진 남자야."

"아, 네."

'사랑에 빠진 여자 입에서 나오는 상대가 멋지다는 말의 신뢰도는 얼마나 되는 걸까?'

이런 걸 다 생각해 내다니 나도 참 똑똑해라고 알이 딴생각으로 접어들 무렵 프레시아는 전부터 누군가한테 말하고 싶었는지, 제멋에 다 털어놓았다.

"아침에 항상 7시에서 7시 10분 사이에 나와서 책방 문을 열어. 보통 커피 한 잔에 토스트 하나로 아침 식사를 하지. 그리고는 어느 손님이든 웃음을 잃지 않고 상대하면서 친절하게 대해. 하지만 장삿속에서만 그러는 것은 아냐. 정말로 좋은 책을 권하고 아낄 줄 알거든. 물론 먹고살기 위해 팔리는 책들을 다 가져다 두기는 하지만 그래도 안쪽의 잘 안 팔리는 책까지 소중하게 관리해 주는 그 모습을 보면 그가 얼마나 책을 좋아하는지 알 수 있어."

"아… 네."

알은 괜히 물었다고 후회하면서 적당히 맞장구만 쳐주었다. 그러나 이미 물꼬가 트인 프레시아의 마리오 자랑은 계속되었다.

"옆의 꽃집에서 아르바이트하면서 그 모습을 눈여겨보고 있으면, 마리오는 점심 먹고 나서 사실 가끔 존다? 그럴 때는 귀여워 보여. 후훗, 성실한 데다가 잘생기고, 친절하고. 하아, 그래서 들러붙는 여자도 많아. 하아, 그 옆에 나란히 서 있을 만큼 나도 아름다웠다면 얼마나 좋을까. 예전에는 얼굴 마주치면 마주 웃어주기도 하더니 요즘은 안 그런단 말야. 틀림없이 다른 여자가 생긴 거야. 크흑, 하지만 괜찮아. 오늘 밤만은 그딴 여자들보다 내가 훨씬 아름다울 테니까. 알, 해

줄 거지?"

"네. 물론이죠!"

프레시아의 수다가 더 길어지기 전에 입 막으려고 알은 냉큼 주문을 외웠다. 주문이 완성되고 서서히 어둠이 내려앉으면서 프레시아의 모습이 바뀌었다. 어둠이 바닥까지 내려앉아 사라지고 나자 거기에는 아름다운 금발의 미녀가 서 있었다. 프레시아는 거울을 보고 감탄했다. 정말로 그녀가 꿈꿔오던 그 모습 그대로의 여인이 서 있었다.

"와아, 정말 고마워!"

"에켁, 숨 막혀요."

전보다 훨씬 풍만해진 가슴으로 머리를 짓누르며 프레시아가 자신을 껴안자 알은 슬그머니 뒤로 물러났다. 프레시아는 그런 알에게 빙긋 웃어 보이고는 준비한 것들로 갈아입고 화장을 했다. 그 모습이 불쌍하기도 하고, 뭔가 알 수 없기도 해서 알은 묵묵히 바라보았다. 하지만 프레시아가 무척이나 기뻐하는 모습을 보니 한 번쯤 소원을 들어주길 잘했다고 그는 생각했다.

슬슬 가게문을 닫고 집으로 돌아가야겠다고 생각하며 마리오는 그날의 매상을 정리했다. 이젠 더 이상 손님도 없을 시간이었다. 그때 딸랑 하고 벨이 울리며 문을 열고 한 인영이 나타났다.

'흐음, 마지막 손님이군. 너무 오래 고르지만 않았으면 좋겠는데.'

"어서 오십… 시오."

마리오는 순간 벌어진 입에서 침이 떨어지는 것을 막기 위해 말을 잠시 끊어야 했다. 상대는 어디의 모델인가 싶게 저무는 밤거리를 뒷배경으로 둔 채 환히 빛나고 있었다. 아니, 그냥 모델이라고 하기에도 부족했다. 그보다는 마치 잡지 속이나 TV 속에서 튀어나온 느낌이 드는 이상적인 미녀였다.

"찾으시는 책이 있습니까?"

마리오는 정신 차리자를 속으로 되뇌며 접대용 미소로써 상대를 대했다. 하지만 자꾸 엉뚱한 쪽으로 신경이 쏠리는 것은 어쩔 수가 없었다. 도저히 현실에서 만나지 못할 것 같은 여인이었다. 아름답기만 한 것이 아니라 묘한 분위기가 머물러 있었다. 마치 꿈의 거품 같은 아련한 그 무엇이.

"잘되려나."

멀리 떨어져서 시력과 청력을 한껏 돋우고 알은 주의 깊게 둘을 바라보았다. 프레시아에게 말은 안 했지만, 모습만 바꿔준 게 아니라 약하게긴 하지만 매혹의 주문까지 걸어놓았다. 무슨 이야기에서처럼 보자마자 넋이 나가서 달려들 수준은 아니지만, 별다른 저항력이 없는 보통 인간인 이상 맑은 정신을 유지하기도 힘들 정도였다.

'으음, 본격적으로 작업 들어가는구나. 그런데 프레시아 누나에게야 괜찮지만, 저 남자에게는 잘못하는 거 아닌가 몰라?'

알은 조금 찜찜했다. 이런 식으로 마법을 동원해도 되는 건지 자신이 없었다.

'에이, 몰라. 동화 보니까 마녀든 마법사든 다 주인공에게 저런 마법은 걸어주더라 뭐. 프레시아 누나가 남자 꼬셔서 사기쳐 먹으려는 것도 아닌데. 혹시라도 다른 꿍꿍이가 있을까 봐 이렇게 따라와서 감시까지 하잖아?'

프레시아는 쾌재를 부르며 최대한 우아하게 미소 지어 보였다. 지금 자신이 어떻게 보일지 다시 거울을 보고 싶었지만, 마리오의 표정으로 봐서 잘되 가는 것 같긴 했다.

"책이라. 사실 저, 책에 대해 많이 알지는 못해요. 그래도 좀 더 좋은 책들을 읽고 교양을 쌓고 싶어서 그러는데, 제가 저녁을 대접할 테니, 같이 드시면서 몇 가지를 좀 권해주시지 않겠어요?"

그런 거라면 그냥 이 자리에서 바로 권해도 별문제없을 사항이었지만, 마리오는 반사적으로 고개를 끄덕였다. 거절하기에는 상대의 미소가 아찔했다.

'설마… 이 여자 나한테 관심있는 건가? 아, 아냐. 이런 여자가 뭐가 부족해서. 아니면 뭔가 꿍꿍이가 있는지도. 그래도 식사 정도야 뭐.'

갈팡질팡하면서도 마리오는 문을 닫고 여인을 따라 나왔다. 여인이 슬그머니 그의 팔을 잡으며 몸을 옆으로 붙여왔다. 부드러우면서도 따뜻한 감촉에 자신의 몸이 반응하는 것을 느끼며 마리오는 복잡한 심경에 휩싸였다. 무언가 이게 아닌데 하면서도 막상 기분은 나쁘지 않았다.

저녁 식사 요리는 어떤 맛인지도 잘 모르게 순식간에 목으로 넘어가 버렸다. 여인이 묻는 말에 마리오는 생각나는 대로 대답했지만 정확히 제대로 된 말을 했는지도 자신없었다. 살짝살짝 자세를 바꿀 때마다 드러날 듯 말 듯 하는 그녀의 몸에 흘깃흘깃 눈짓하는 건 그만이 아니었다.

그런 주위의 시선을 느꼈는지 여인은 한껏 매혹적인 미소를 지으며 자리에서 일어났다.

"자세히 말해 주시니 고맙네요. 그만 밖에 나가서 좀 걸을까요?"

"네. 그러지요."

주위의 부러워하는 시선을 느끼며 마리오는 밖으로 나갔다. 저녁 식사와 함께 마신 와인 두 잔에 취한 것일까? 여인이 한층 더 대담하게 그의 몸에 가까이 들러붙어 걸었다. 멋대로 반응하는 자신의 아래쪽에 마리오는 '커험' 거렸지만 포기했다. 이런 여인이 곁에서 자꾸 자극을 주는데 아무렇지도 않을 수 있다면 그게 더 이상한 일이었다.

'뭐, 실례되는 행동만 안 하면 되지. 요는 제어할 수 있냐의 문제 아니겠어?'

어딘지 모르게 위험하면서도 아찔하게 매혹적인 여인. 저쪽에서 먼저 접근하는 느낌도 들지만 어쨌든 초면인 사이. 마리오는 몸가짐을 바로 해야 한다고 스스로에게 되뇌었다. 하지만 역시 눈길은 가고 엉뚱한 욕심이 슬며시 고개를 치미는 것도 사실이었다.

그런 그의 복잡한 내심을 읽었는지, 여인이 잠깐 어지러운 척하며 그의 품 쪽으로 넘어졌다. 마리오는 엉겁결에 여인을 잡아주었다.

"고마워요."

그렇게 웃는 여인의 몸에서 동방의 어디선가 들어온 듯한 신비한 향기가 났다.

"괜찮으십니까?"

"조금 어지럽네요. 저기서 쉬어가면 어떨까요?"

여인이 근처 길가에 있는 작은 호텔을 가리켰다. 그 말에 마리오는 손을 놓고 여인을 바로 세워주며 얼굴을 순간 붉혔다.

"하하. 그, 그러십시오. 그럼 저는 이만 가보겠습니다."

순간적으로 여인이 가리킨 곳을 보고 엉뚱한 상상을 한 자신 때문에 곤란해하며 마리오는 여인에게서 떨어지려고 했다. 그 순간 여인의 팔이 그를 잡았다.

"저, 같이 들어가시지 않겠어요? 사실, 당신이 무척 마음에 들었거든요?"

움찔.

이건 노골적인 유혹이었다. 마리오는 한순간 예라고 대답하려는 자신의 입을 간신히 말렸다. 그의 머리 속이 복잡하게 돌아가기 시작했다. 처음부터 자기를 마음에 들어 하는 게 아닐까라고 기대하기도 했었지만, 이 여인이 어째서 자신을 원한단 말인가?

'뭐… 뭔가 노리는 게 있을지도.'

하지만 그런 게 있다 해도 이 정도 미녀라면… 마리오는 갈등했다. 멀리서 그 모습을 보던 알은 조용히 매혹 주문을 풀었다.

'우웅, 역시 이건 좀 그렇겠지? 모습이면 충분하잖아? 모습을 놓고 어떻게 하든 저 아저씨 마음이지만.'

절레절레.

고개를 흔들며 마리오는 갈등했다. 이렇게 아름다운 여인이 그 자체로서는 싫을 리 없었다.

'어쩌면 죽을병에 걸렸다든지 해서 마구 놀아난다든지, 아니면 내 재산을 노린다든지 그런 건지도. 하지만… 병이야, 옮지만 않도록 하면 되고, 재산이야 나만 정신 똑바로 차리면. 이번 한 번 즐기는 것까지 사양할 필요야… 아, 아냐. 아무리 그래도 이건 아냐.'

마리오는 미련을 떨치기 위해 고개를 마구 저었다.

'정신 차려라, 마리오. 네가 사랑하는 여인에게 성실을 요구하면서 네가 이러면 안 되지.'

자신이 타인인 것처럼 마리오는 스스로를 꾸짖으며 심호흡을 했다. 차가운 밤공기가 폐 깊숙한 곳까지 들어가자 약간 맑은 정신이 돌아왔다.

"가, 감… 감사합니다만 사양하겠습니다."

그 말에 미녀는 아미를 살짝 찡그리더니 그에게 물었다.

"왜요? 제가 당신이 아는 다른 여자들만 못한가요?"

"아, 아뇨! 그런 것은 절대 아닙니다! 아가씨는 정말로 아름답습니다. TV에서나 보던 모델들 못지않은 걸요!"

프레시아는 빙긋 웃었다. 그 말대로였다. 지금의 자신은 누구에게 못지않게 아름다웠다. 그런데 마리오는 왜 사양한단 말인가?

"하지만. 에, 그러니까. 하하, 제 말은 아직 우리 서로 초면이라는 거죠. 깊은 관계까지 가려면, 서로에 대해 좀 더 잘 알고 확실하게 책임지려는 마음이 생겼을 때 아니겠습니까?"

그 말에 여인은 애절한 눈빛으로—마리오는 스스로의 착각일 거라고 생각했다—그에게 말했다.

"전 괜찮아요."

"아뇨. 저, 이런 말 너무 상투적일지는 모르지만, 스스로를 좀 더 소중히 여기십시오. 당신은 정말 아름다운 여성이고, 좋은 남자 만나 행복해질 권리가 있습니다. 그러니 이렇게 하지 않으셔도, 얼마든지 사랑해 줄 남자가 나타날 겁니다."

감정에서 말이 나오지만 때로는 말이 감정을 움직인다. 이야기하는 도중에 흥분이 거의 다 가라앉고, 맑은 정신이 돌아와서 마리오는 순수하게 상대에 대한 호의로써 그렇게 말했다. 친절은 그의 본성이었다. 하지만 그 모습에 여인은 슬픈 얼굴로 중얼거렸다.

"그렇군요. 다른 좋아하는 여인이 있는 거죠? 제가 그녀만 못해서 그런 거죠?"

프레시아는 절망에 잠겼다. 이 모습이라면 될 줄 알았는데, 되지 않았다. 애초에 자신은 신데렐라가 될 수 없는 몸이었다고 왕자가 말할 수 있었다.

"네? 아, 아닙니다. 좋아하던 여인이라면 있지만 이미 실연했고, 그녀는 당신만큼 아름답지 않습니다. 아니, 솔직히 말해서 평균적으로 따져도 아름다운 축이라고 하기에는 조금 무리가 있는 외모인 걸요."

"저를 위로하기 위해 거짓말하실 필요 없어요."

여인이 너무 실망하는 것 같아서 마리오는 생각나는 대로 변명의 말을 주워섬겼다.

"아뇨. 정말입니다. 프레시아라고, 아가씨야 모르는 여자겠지만, 그녀를 아는 사람들이라면 그녀가 그렇게 아름다운 외모는 아니라는 제 말에 동의할 겁니다."

순간 여인의 손끝이 파르르 떨렸다. 그 손 이상으로 떨리는 목소리로 여인이 마리오에게 물었다.

"그 말대로 그녀가 아름답지 않다면 당신은 어떻게 그녀를 좋아했다는 거죠?"

"하하, 그, 그게, 그러니까."

왜 자신이 이런 걸 털어놓지 하면서도 마리오는 순순히 대답했다. 역시 미녀에게 좀 더 친절해지는 건 어쩔 수 없는 일이었다.

"아침 일찍 가게문을 열러 나오면 먼저 나와서 꽃을 돌보는 그녀의 모습이 무척이나 싱그러워 보였거든요. 꽃을 아끼는 마음으로 물을 주며, 콧노래를 부르는 그 모습은 생명력이 넘쳐 보여서. 성실하고 착한 여자라고 생각했지요. 그래서 한 번 정식으로 사귀어 보자라고 말할까도 했었는데. 핫하, 알고 보니 저만의 착각이었지 뭡니까. 어느 날 보니 각종 사치품을 사 모으더군요. 사실은 그냥 허영 많은 여자였는데, 뭐, 그녀가 잘못이 있다는 것은 아닙니다. 저 혼자 멋대로 착각하고 반했다가 제풀에 실연당한 거니.”

열심히 변명하는 데도 여인의 눈에서 눈물이 맺혀서 마리오는 당황했다.

“그러니까 제 말은, 아니, 그러니까 물론 저도 미녀가 좋고 보자마자 호감이 들긴 하지만, 정말로 사랑에 빠지는 건 그게 다가 아니니까, 결국은 시간 속에서 알게 되는 그 사람에 대한 전부니까. 절대 아가씨가 아름답지 않아서 그런 건 아니라는 겁니다. 에, 그런 거죠. 울, 울지 마십시오. 그렇다고 아가씨는 아름다워서 사랑을 못 얻을 거라는 말은 절대 아니니까. 아니, 아가씨는 더욱 쉽게 얻으실걸요.”

그래도 상대가 울음을 그치지 않자 마리오는 이제 뭐라고 말해야 할지 몰랐다. 결국 그는 우두커니 서서 여인이 울음을 그칠 때까지 기다렸다. 잠시 뒤 여인은 손수건을 꺼내 눈물을 닦더니 그에게 웃어 보이며 안심시켰다.

“고마워요. 정말로. 고마워요. 이제 괜찮으니, 그만 가보셔도 돼요.”

“저… 댁이 어디십니까? 괜찮다면 안전한 곳까지 바래다 드릴 테니.”

그 말에 여인은 고개 저었다.

“차를 가지고 왔어요. 바로 요 옆이니까, 그만 가보세요. 운 얼굴 그만 보이고 싶어서 그러는 거니까.”

“아, 네.”

자존심 문제인가 보다라고 납득하고 마리오는 고개를 끄덕인 후 작별 인사를 했다. 이런 미녀가 먼저 던져 오는 유혹을 거절하다니 아깝다는 생각이 잠깐 들었지만 잘한 일이라는 뿌듯함이 더 컸다.

마리오가 떠나고 나자 프레시아의 곁으로 조용히 알이 다가왔다. 알은 뭐라고 말을 걸어야 할지 몰라 그냥 프레시아를 쳐다보았다. 일이 잘되면 프레시아와 마리오가 호텔로 들어가는 것만 보고 태인 옆에 돌아가려고 했는데, 이렇게 된 건 완전히 예상밖이었다.

프레시아가 또 울면 어떻게 달래지라고 알은 걱정했지만 다행히 프레시아는 웃어 보이며 알에게 말을 걸었다.

"나 좀 바보 같지? 기회는 예전에 와 있었는데, 엉뚱한 걸 본다고 스스로 차버렸다니."

"저… 그게… 지금이라도 마법 풀어드릴까요? 본 모습으로 다시 가실래요?"

자기 잘못도 아니었지만, 알이 더 안절부절못했다. 그 모습에 프레시아는 자리를 털고 일어나 무언가를 털어내듯 고개를 흔들더니 알의 등을 한 대 퍽 쳤다.

'윽, 아파.'

방금 전까지 좌절해 있던 여자가 힘도 좋네라며 알은 맞은 자리를 쓰다듬었다.

"호호, 괜찮아. 괜찮아. 이미 내가 차버린 건걸. 이제 와서 원 모습으로 돌아간다 해도 이미 그가 보던 내 모습은 없는걸. 당장 내일 야반도주해야 할 처지잖아?"

"우웅. 결국 마법은 아무 소용 없었네요. 하룻밤의 추억도 못 만들었으니."

알은 조금 의기소침하게 말했다. 역시 그가 하는 건 뭔가 계획만큼 잘되는 게 없었다. 언제나 예상치 못한 변수가 튀어나왔다

"내가 괜찮다는데 네가 의기소침하면 어쩌니? 호호, 소용없지 않았어. 네게는 감사해. 오늘 밤 일 원래 생각했던 거랑은 다르지만 충분히 좋은 추억이라고. 덕분에 나 자신으로서의 자신감이 생겼으니까. 그거면 충분해. 정말로 평생의 위로가 되는 추억이 되었는걸?"

"그래도……."

미련을 버리지 못하던 알은 결국 프레시아에게 다시 등을 한 대 맞고 말았다.

'으윽, 괜히 걱정해 줬다. 진짜로 멀쩡하잖아.'

"까르르, 내가 신데렐라가 되지 못했다고 그러니? 처음부터 난 유리구두가 필요없었는걸. 두고 봐. 새로 간 곳에서 마리오 못지않게 착실하고 괜찮은 남자 잡아서 멋지게 살아갈 테니까. 그렇게 되면 네게도 편지 띄울게. 하늘로 보내면 알아서 받아 볼 거지?"

"아하하."

결국은 알도 웃음을 터뜨렸다. 프레시아는 비로소 웃음을 거두고, 그래도 미소는 짓고 있는 얼굴로 알에게 손을 흔들어 보였다.

"이제는 작별이네. 다시 볼 기회는 없겠지만 그래도 이틀 동안 덕분에 행복했어. 마지막 결말은 동화랑 많이 다르지만 그래도 넌 나의 마법사야. 자, 이건 감사 선물."

그러면서 뺨에 갑자기 프레시아가 키스해서 알은 약간 얼굴을 붉혔다. 어제랑 다르게 순진한 그 모습에 프레시아는 정말 재밌는 뱀파이어라고 여기며 돌아섰다. 알에게 한 말 그대로 다시 해볼 생각이었다.

골목길 너머로 사라지는 프레시아를 보고 알은 한숨을 내쉬었다. 프레시아야 다시 시작한다지만 자기야 돌아갈 곳이 뻔한 신세였다.

'흑, 확실히 현실은 동화대로 안 되니까, 태인 밑에서 이렇게 고생한다고 어느 날 벤츠 탄 공주가 와서 날 데려가는 일은 없겠지? 호텔 돌아가 봐야 아파서 드러누워 있는 환자 태인이나 돌봐야 할 테니. 내 팔자야.'

그래도 어쩌겠는가. 알은 순순히 호텔 쪽으로 돌아섰다. 그나마 갈 곳 없어 밤거리를 헤매지 않아도 되는 게 다행이라며 알은 돌아갔다. 뜻밖에도 방에 불이 켜져 있었다.

"아, 들어왔냐."

알이 문을 열고 들어가자 태인은 약간 초췌한 기색으로 자리에 앉아 있었다.

"몸은 좀 괜찮아? 더 누워 있지 않아도 돼?"

"후훗, 걱정해 주는 거냐? 고맙다만 열은 다 내렸다. 좀 기운이 없긴 하다만 일단 몸은 괜찮아. 그보다 너 지금도 디즈니랜드 가고 싶냐?"

"응? 응! 아, 그러니까. 아니, 괜찮아. 뭐, 안 되는 거 어쩌겠어."

알은 고개를 푹 숙였다. 사실은 무지하게 가고 싶었지만, 무리한 주술의 부작용으로 뻗어 있다가 이제 겨우 일어난 태인에게 더 조를 수는 없었다. 처음에는 약속 위반이라고 투덜댔지만, 태인이 정말로 아프다는 것은 그도 잘 알았다.

태인은 피식 웃으면서 자리에서 일어났다.

"준비해라. 좀 멀긴 해도 비행기 타고 가면 그렇게 멀지만도 않으니까. 내일쯤이면 놀 수 있을 거야."

"에? 저기… 하지만 이제 겨우 일어나 놓고 무리하는 거 아냐?"

좋으면서도 대놓고 좋아할 수도 없어서 알의 얼굴은 상당히 이상야릇한 표정이 되었다.

"임마. 나도 너만큼은 아니지만 몸은 튼튼해. 애초에 이런 식의 반작용은 주력 쪽에 훨씬 강하게 오니까. 당분간 제대로 된 주술 사용은 여전히 무리겠지만, 신체적인 활동은 별문제없어. 걱정 말고 네 놀 궁리나 해."

"정말? 그럼, 가는 거다?"

알은 콧노래를 부르며 디즈니랜드 만세를 외치면서 짐을 쌌다. 확실히 현실은 동화처럼 아름답게 만은 되지 않았다.

'그렇지만 나름대로 좋은 일도 있으니까, 현실도 그렇게 나쁘지는 않잖아?'

좋아서 팔짝 뛰는 알을 보며 태인은 약속 안 지켰으면 평생 원망 들었겠군이라고 작게 중얼거렸다.

'그러고 보면. 저 녀석, 예전에 놀이 공원 갔을 때도 엄청 좋아했지. 세리우스가 언제 회복해서 돌아올지 모르는 상황에서 내가 제대로 된 주술을 쓸 수 없으니 최소한 위치를 자주 바꾸기라도 해야겠다는 얘기 같은 것은 할 필요 없겠군. 보통 때라면 강한 결계 안에 가서 머물겠지만, 거의 대부분 결계를 무력화시키는 상대니 피해 있을 수밖에. 그쪽도 내 예측이 맞다면 무상반야광에 당한 상태에서 쉽게 움직이지는 못하겠지만.'

알에게 보이지 않게 태인은 얼굴을 찌푸렸다. 알의 과거도 그렇고, 이제 눈의 착각이었다고 단정하기 힘든 또 다른 모습도 그렇고 문제가 풀리기는커녕 쌓여가고 있었다.

'알. 어째서 널 믿기로 했더니 이제 전혀 다른 모습을 보여주는 거냐. 어째서.'

드뤼셀은 말없이 관찰 기록을 책상 위에 놓고 자리에서 일어났다.
그 페이지에는 다음처럼 써 있었다.

중간 과도 상태 발현. 지금까지 없던 현상인 만큼 이번 프로젝트의 성공
가능성을 높여주는 긍정적인 징후임.

●Chapter 15

불상은 말이 없다

불상은 말이 없다

　고요한 산속에 두 불청객이 찾아들었다. 한 청년과 한 소년이 험한 산길을 오르고 있었다. 하지만 어느 쪽의 얼굴에서도 힘들어하는 기색은 없었다. 소년 쪽은 무언가 불만인 듯 투덜거리고 있었지만, 정말 힘들었다면 그렇게 투덜거릴 힘도 없었을 테니까.

　"그러니까 여름 휴가라고 오는 게 겨우 여기야? 완전 사기잖아."

　"물 맑고, 공기 좋고, 사람 적은 곳으로 가고 싶다며? 뭐가 문제냐?"

　자신이 했던 말을 그대로 돌려주며 반격하는 태인에게 알은 잠시 말문이 막혔다. 분명 그가 했던 말 그대로였고, 지금 여기는 그 조건을 완벽하게 만족시키고 있었다. 전혀 바라지 않은 옵션 하나가 딸려 있다는 점만 빼면 말이다.

　"하지만 절이잖아! 적진 한가운데에서 어떻게 편히 쉬라는 거야!"

태인이 떡하니 알을 데리고 온 이곳은 바로 태인의 사문이 자리 잡은 산속이었던 것이다. 다른 조건이 아무리 좋아도 휴양지와는 거리가 멀었다. 하지만 태인은 알의 항변을 가볍게 무시했다.

"적진은 무슨. 쓸데없는 소리 하지 말고 빨리 따라나 와. 이미 결정된 일이니까. 처음부터 여름 휴가, 여름 휴가 하면서 노래 부른 건 너였어."

"디즈니랜드에서 겨우 하루 놀고 귀국한 건 태인이잖아!"

"그래서 이렇게 다시 여름 휴가라고 데려왔잖아?"

태인의 어조가 서서히 위험 수위 근처로 변해 가는 것을 느낀 알은 결국 포기하고 입을 다물었다. 하지만 속으로는 불평을 그치지 않았다.

'그것도 그냥 절이면 말도 안 해. 이렇게 주위의 땅기운이 모여든 한가운데에 척 봐도 정교하게 쳐진 결계가 느껴지는 절인데. 이거 휴가라는 건 순 거짓말이고, 사실은 자기 수련하려고 여기로 정한 거 아냐?'

'어쨌든 이걸로 더 이상 여름 휴가 노래는 안 부르겠지. 조용히 수련할 기회도 필요하고, 무엇보다 주력이 회복될 때까지 위험한 자들의 눈길을 피할 필요가 있으니 여기만한 곳이 없지. 널리 알려지지 않았지만 강한 불력으로 감싸인 곳이니.'

태인의 머리 속으로 차가운 뱀파이어 검사 세리우스의 모습이 스쳐 지나갔다. 제법 강해졌다고 스스로 자부하고 있었건만 그 교만을 완벽하게 부숴준 자였다.

'지금쯤 협회에서는 난리가 났겠군. 수련 좀 하고 오겠습니다라는 한마디 말만 남긴 채 종적을 감춰 버렸으니. 뭐, 하지만 다른 사정도

있다는 걸 짐작 못할 만큼 바보들은 아니니까.'

여러모로 시간이 필요했다. 알에 대해서 새로이 생각을 정리할 시간도, 드뤼셀이란 자에 대해 부탁한 협회의 조사가 진행될 시간도, 무엇보다 태인 스스로를 다잡고 회복과 수련을 할 시간이 필요했다.

마침내 도착한 둘을 미리 연락받고 나와 있던 스님 한 분이 접객했다. 조용히 서로 반례를 해보이는 둘을 보며 알은 불만의 표시로 반대로 고개를 돌리고는 못 본 척했다.

'두고 봐라! 며칠 동안 말도 안 할 거야. 흥, 헹, 칫, 쳇.'

'녀석. 어지간히 삐쳤나 보군. 본체만체하다니. 하긴 실망할 만도 하지. 봐주자.'

어차피 곧 이어질 폭탄 선언에 알이 다시 한 번 충격받을 걸 알았기에 태인은 너그럽게 알의 반항을 눈감아주고는 스님과 대화를 나눴다.

"오셨군요. 자하라고 합니다."

"태인입니다. 이쪽은 알이라고 합니다. 여름 동안 폐를 좀 끼치겠습니다."

"부탁하신 대로 방과 동굴을 치워놨습니다."

"감사합니다. 알, 스님 따라가라. 네가 여름 동안 묵을 방을 안내해주실 거다."

태인이 가볍게 알의 어깨를 밀었다. 알은 말없이 스님을 따라가다가 태인의 발걸음 소리가 들리지 않는 게 이상해서 뒤돌아보았다. 태인은 그냥 서서 알을 지켜보고만 있었다. 왜 그러는지 궁금한 알은 말 안 하기로 한 결심을 그사이에 잊어버리고 물었다.

"태인, 안 와?"

"난 함부로 들어갈 처지가 못 되어서 말야. 밖에 동굴에서 한 달 동안 수련할 생각이니 너 혼자 지내라."

내 라면에는 계란 풀지마라고 말하듯 평이한 어조였다. 하지만 알에게는 청천벽력 같은 선고였다.

"나… 나 혼자서 여기서 한 달 동안 지내라고? 같이 있는 거 아냐?"

"휴가는 네가 누리는 거고. 난 수행을 좀 해야겠다. 나 없으면 눈치 안 봐도 되어서 더 편하잖아?"

알은 입을 떡 벌리고는 손가락을 살짝 든 자세로 잠시 멍하게 있었다.

"하… 하지만 여기서 나 혼자 한 달을 지내란 말야?"

"정 여기가 싫으면 바티칸에라도 해외 여행 시켜줄까?"

"…비겁해."

알은 최후의 저항을 했지만 태인은 가볍게 무시해 버리고 잘 가라고 손까지 흔들었다.

"그럼, 자하 스님. 알을 잘 부탁드리겠습니다."

"염려 마시지요. 큰스님께서도 아무 말씀은 없으셨지만 이미 들어 알고 계십니다."

자기들끼리 합장하고 헤어지는 둘을 보고 알은 속으로 눈물을 삼켰다. 자하 스님이 그런 알의 심정을 조금 이해했는지 부드럽게 미소 지어 보였다.

"지내다 보면 나쁘지 않을 것입니다. 시주께서도 한 달간 머물면서 한 번 마음 닦는 공부를 해보십시오. 극락이 멀게 있지 않을 겁니다."

"전 뱀파이어인데요."

알은 될 대로 되라는 심정으로 순순히 털어놓았다. 하지만 자하 스님은 조금도 놀라지 않았다. 태인에게 들어서 이미 알고 있는 듯했다.

"나찰과 수라, 야차도 불법에 귀의하곤 하였는데, 흡혈귀라 하여 안 될 것은 없지요. 하나 부담 갖지는 마십시오. 그저 편히 지낼 수 있는 휴식처로 모시는 것뿐이니 다른 분들의 수행에 방해만 놓지 않으신다면 편히 지내서도 됩니다."

"네."

더 이상 할 말이 없어진 알은 순순히 자하 스님을 따라가 자신에게 배당된 방에 들어갔다. 별로 넓지도 않은 방이었지만 알에게는 원래 살던 집보다 훨씬 넓게 느껴졌다. 자리에 그냥 드러누워서 알은 청승맞게 중얼거렸다.

'흑, 벌써 온몸이 뻐근한 거 같아. 다치지만 않으면 다라고 생각하는 거야? 은근히 기분 나쁘다고 여기. 아무래도 이 안에서는 함부로 힘쓸 생각도 하지 말아야겠네. 바로 반작용이 올 거 같아. 밖에서 볼 때만 해도 작은 절이 그렇게 대단하지는 않겠지라고 생각했는데 있어보면 볼수록 만만치가 않아.'

물론 정말로 하려고 했다면 이 절을 싸그리 날려 버리는 것도 못할 것은 없었다. 그랬다가는 당장 다음날 현상 수배 리스트에 오르겠지만 말이다.

'한 달 동안 뭐 하고 놀지? 에잇, 이왕 이렇게 된 거 보람차고 알차게 노는 거야! 자연 환경은 잘 보존된 곳이니까, 여기저기 구경하면서 심신을 쾌적하게 하는 거지. 좋게 생각하자. 막상 이런 데 와서 놀 기회도 흔하지 않잖아?'

결국 알은 체제에 순응하는 쪽을 택하고 새로운 고민에 빠졌다. 주위에 감도는 성스러운 기운이 조금 불편하긴 했지만 지닌 바 마력에 의해 바로 중화되어서 좀 지나다보니 익숙해질 만했다.

'좋아. 내일은 계곡에 가서 낚시를 하는 거야. 그리고 모레는 버섯을 캐고, 다음 날은 뭐 할까?

알은 열심히 한 달 동안의 계획서를 짰다. 하지만 이 좁은 산속에서 계획표를 바로 빽빽하게 짜기에는 한 달이라는 기간은 너무 길었다. 아직 계획표를 반도 못 채웠는데 새벽이 다가오는 것을 느낀 알은 한숨을 내쉬며 자리에서 일어났다.

'하아, 자야겠네. 후훗, 그래도 드디어 이걸 써먹는구나.'

알은 자신있게 바캉스를 위해 만든 관을 허공에서 꺼냈다. 스르륵하고 나타나 허공에 둥둥 떠 있는 관을 보고 알은 보는 사람도 없건만 흐뭇하게 웃었다. 은신의 관이라고 불리는 저것은 뱀파이어들이 쓰는 침상으로써는 최고급이라 할 물건이었다.

"후훗, 내 손으로 이걸 만들어내다니, 나도 알고 보면 천재 아닐까?"

알이 관을 열고 들어가 누운 후 뚜껑을 닫자 관은 다시 허공에서 모습을 감추었다. 아공간과 주공간 사이를 왔다 갔다 하는 이 관은 비록 정교하게 건설된 자신의 요새 안만큼 안전하지는 않다 해도 휴대용 은신처로 그만이었다.

'자아, 내일부터 계획표대로 하면서 열심히 노는 거야!'

좌정하고 있던 자율 선사는 살며시 눈을 떴다. 주위에서 볼 때는 그가 눈을 감고 명상에 빠진 것처럼 보였겠지만 사실은 알을 보고 있었다. 이번 태인의 방문이 지닌 또 하나의 의미가 이것이었다. 태인은 자신이 어떤 존재를 그토록 살리고자 했는지 자율 선사에게 보이고 싶었던 것이다. 그리고 자율 선사는 그 청원을 받아들이기로 했다.

'만물에 불성이 있다 하였더냐? 저 마물에 어떤 불성이 있는지 내

보아주마.'

  새벽같이 나가서 밤이 되면 들어오는 이 이상한 숙객에 대해 스님들 사이에 약간의 말이 오가긴 했지만 큰 문제가 되지는 않았다. 동행한 청년이 한때 그들의 사문에서 비록 속가제자라고는 하나, 수행했던 처지의 자였고, 큰스님인 자율 선사에게서 가르침을 얻어가는 것을 보인 적도 있는 자였다. 알이 밤에만 나다니는 걸 제외하면 별문제도 일으키지 않았기에 그냥 큰스님의 손님인가 보다 하고 일반 스님들은 별말을 하지 않았다.

  그렇게 논 지 보름째 된 날, 알은 어디로 나가지 않고 방 안에 틀어박혀 있었다.

  알은 비어 있는 계획표의 란을 보며 머리를 쥐어뜯었다.

  '흑, 이제 더 할 게 없어. 한 거 또 하는 것도 한두 번이지. 뭔가 참신한 거 없을까? 절에 불 지르기 놀이라든지, 스님 격퇴 도깨비 놀이라든지.'

  진짜로 그런 걸 했다가는 무슨 일이 그 뒤에 벌어질지 잘 알았기에 알은 그냥 한숨만 푹 내쉬면서 문밖으로 나갔다. 마루에 주저앉아 밤하늘을 쳐다보며 알은 청승맞게 중얼거렸다.

  "아아, 달은 밝은데, 태인은 아직 돌아오려면 보름이나 남았고. 서울이 그립다. 먼저 돌아가 버릴까? 그랬다가 혼나겠지? 하아, 하지만 뭘 하지? 내일은 좀 읍내 쪽으로 내려가 볼까? 맨날 냉동 피만 먹기도 지겨운데 한 번 나가보자. 그나저나 오늘 밤은 뭐 하지."

  알은 마냥 앉아 있기도 심심해서 결국 자리에서 일어나 절의 뜰을 거닐었다. 첫날은 보고 좋아했던 서울과 달리 밤하늘에 가득 찬 별들도 이제는 지겨웠다.

"하아, 정말 할 일 없네."

그때 알의 귀로 누군가 옆방에서 나오는 소리가 들렸다. 호기심에 알은 탑 뒤의 그림자에 숨었다.

'아잇! 여자다. 근데 저 방 비어 있지 않았나? 우웅, 하긴 보름 동안 낮에는 자고, 밤에는 나가 놀았으니 그동안 누가 들어왔는지 내가 알리가 없지. 좋았어. 읍내까지 안 나가도 되겠구나. 히히.'

알은 살그머니 여인의 뒤를 밟았다.

'우웅, 그런데 경내에서 피 빠는 건 좀 위험한데, 어쩌지? 까짓것 그냥 해버려?'

알의 기도가 하늘에는 닿지 않아도 여인에게는 가 닿은 것일까. 여인은 화장실로 가는 대신에 산문 밖을 나섰다.

'어? 목 말라서 물 마시러 나오거나 볼일 보러 나온 거 아니었나? 어쨌든 나야 좋지. 이제 찬스만 잡으면 되겠네. 그런데 대체 어딜 가는 거지?'

그 자리에서 바로 덮쳐서 최면을 건 후 피를 빨아도 되겠지만 알은 호기심에 피 빠는 걸 잠시 미루고 여인을 계속 따라갔다. 여인이 향한 곳은 뜻밖에도 계곡이었다.

'설마 절의 물 마시기 싫어서 여기까지 온 건 아니겠지?'

여인은 그러나 물을 마시지 않은 채 계곡물이 깊은 곳을 향해 그냥 걸어들어 갔다.

'밤중에 목욕하려고 그러나? 그게 아니잖아! 저기는 키 넘는 곳인데!'

마침내 알은 여인이 하려는 게 무엇인지 깨달았다. 빠져 죽으려고 하는 것이었다. 피를 빨든 어쩌든 일단 구해놓고 봐야 했기에 알은 다급히 달려나갔다. 물을 먹으며 점차 정신을 잃어가는 여인을 알은 힘껏 끌어올려 밖으로 나왔다.

"앗, 쓰려."

여인을 바위로 끌어올리던 알은 모서리에 팔이 길게 긁혔다. 하지만 그 정도 상처야 순식간에 아물 것이기에 알은 무시하고 여인을 완전히 밖으로 꺼냈다. 여인은 바로 정신을 차리고는 흐느꼈다.

"왜 구했어요. 왜. 겨우 죽으려고 했는데. 왜! 전 마음대로 죽지도 못하나요."

"저… 저기요……."

그렇게 말하며 한참 동안 우는 여인 때문에 알은 이러지도 저러지도 못하고 옆에서 자리를 지켰다. 한참 뒤 여인이 울음을 그치고는 말했다.

"어차피 전 이제 몇 달 안 남은 목숨이라고요. 의사가 길어야 6개월, 짧으면 3개월을 선고했어요. 병상에서 비참하게 죽느니, 이대로 숨을 끊으려고 했는데 그것도 마음대로 안 되는 건가요?"

그 말에 알은 뭐라고 대답해야 할지 몰라 머뭇거리다가 문득 생각난 대로 말했다.

"저… 제가 아는 누나 중에도 몸이 굉장히 약해서 뭘 거의 할 수 없는 누나가 있었거든요? 그런데 그 누나도 난 몸이 약해서 아무것도 못 해라고 말하다가 어느 날 그래도 뭔가 할 수 있는 건 해볼래라고 마음을 바꾼 이후부터는 조금씩 이것저것 해내고 남기더라고요. 어떤 사정인지는 모르지만, 다시 생각해 보세요. 물론 오래 사는 것도 중요하지만 남은 삶 동안이라도 할 수 있는 게 있을 거예요."

여인은 힘없이 자리에서 일어났다.

"과연 그런 게 있을까요. 이제 겨우 몇 달 남았는데."

"저기."

여인이 다시 물에 빠지려 들면 어떻게 해야 하나 고민하는 알에게 여인은 힘없이 웃어 보이며 말했다.

"안심해요. 지금 이 자리에서 또 죽으려 들지는 않을 테니까. 그 팔에 상처는 절 구하려다가 입은 건가요? 쓸데없는 짓을 했네요. 난 당신처럼 오래 살 몸이 아닌데."

처연하게 중얼거리는 여인을 보고 약간은 화가 나서 알은 크게 말했다. 무슨 일이 있는지 모르는 상황에서 함부로 말하는 것이 될지 몰라도 그래도 삶 자체를 부정해 버리는 건 화가 났다.

"적당히 해둬요! 몇 달이면 생각보다 할 수 있는 게 엄청 많다고요. 보통 사람 오래 산다고 해도 결국 몇 달을 몇백 번 사는 것뿐이라고요. 아니, 몇백 번도 못 되는데."

"그래요. 당신 말도 맞아요. 하아, 하지만 정말로 내가 몇 달 더 살아 무엇을 할 수 있을지."

화내긴 했지만 괴로워하는 여인을 보니 알은 곧 자기가 너무 했나 싶었다.

'하아, 사실 주제넘게 내가 나설 일은 아닌데. 나같이 팔자 편한 뱀파이어가 저런 사람의 고민이 어떤 건지 뭘 안다고. 그래도 역시 죽게 놔두기도 싫고.'

뭘 어떻게 해야 할지 알 수 없어서 알은 침묵을 지켰다. 말없이 지켜봐 주는 알 옆에서 여인은 멍히 앉아 있다가 피가 떨어진 흙을 보고 입을 열었다.

"그건 저 때문에 입은 상처인가요?"

"아, 네? 아하, 네. 아까 끌어올릴 때 바위에 좀 긁혔어요. 신경 쓰지 마세요."

알은 이미 완전히 아문 팔이 안 보이도록 조심했다. 흙에 피를 뚝뚝 흘릴 정도로 긁힌 상처가 말 좀 나누는 사이에 아물었다면 누구라도 이상하게 여길 게 뻔했다.

"저 같은 거 때문에 괜한 고생만 하셨군요."

"괜찮아요, 괜찮아요. 신경 쓰지 마세요."

"후우, 네. 전 그냥 생각이나 해봐야겠네요. 대체 사는 게 무슨 소용일지."

여인은 그 말을 끝으로 터덜거리며 절로 돌아갔고, 알은 그 뒷모습을 안되었다고 쳐다보다가 한참 뒤에 자신이 본래 목적을 잊어버렸다는 것을 깨닫고 자기 머리를 한 대 쳤다.

"이런, 바보. 뭐, 할 수 없지. 오늘은 죽다 살아나서 기운도 없을 테니 피 맛도 없을 거야. 좀 기운 차리고 나면 내일이라도 빨면 되지."

알도 하릴없이 절로 돌아갔다. 밤길을 걸으며 알은 그 여자가 또 죽지는 않을까 걱정했다.

'우웅, 죽으려면 차라리 안 보이는 데서 모르게 죽지. 이미 봐버렸으니 신경 안 쓸 수도 없고. 하지만 나 같은 흡혈귀가 말해 봐야 별 설득력도 없겠지. 차라리 좀 권위있는 사람이 말하면 뭔가 먹힐지도. 권위?'

그렇게 생각하던 알의 눈에 가만히 서 있는 관음불상이 눈에 들어왔다. 지그시 눈을 반개하고 서 있는 관음불상은 절 마당 한쪽에 서서 가만히 미소 짓고 있었다. 그걸 본 알의 머리에 순간 아이디어 하나가 떠올랐다.

"좋아! 해보자."

알은 관음불상을 타고 올라가 자신이 상처 입었던 팔과 똑같은 쪽을 손톱으로 찌익 긁었다. 후두둑 하면서 불상 조각이 떨어지고 관음상에는 똑같은 자국이 났다.

"헤헤, 잘돼야 할 텐데. 그나저나 아무도 못 본 거 맞지?"

알은 기대에 부풀어 잠자리에 들었다.

다음날 새벽, 혜수는 답답한 마음으로 방에서 일어나 밖으로 나왔다. 죽으려고 했었는데 갑자기 처음 보는 소년이 나타나 방해하는 통에 그조차 이루지 못했다. 하지만 어차피 몇 달 안 남은 인생이었다. 거기다가 그 몇 달 동안 딱히 할 일도 없었다. 그런데 대체 그 소년은 자기한테 뭘 찾아보라고 한 것인가? 혜수는 막막한 심정으로 뜰 내를 걸었다. 그때 그녀의 눈에 놀라운 광경이 눈에 들어왔다.

"아!"

관음상의 팔에 상처가 나 있었다. 자신을 구하려고 했던 소년의 팔과 똑같은 위치 똑같은 모양이었다. 그제야 그녀는 그 소년이 여기 있을 리가 없는 존재였다는 것을 깨달았다. 이 깊은 산속 절의 한밤중에 난데없이 도회지의 소년이 나타날 리가 없었다. 그녀는 자신도 모르게 눈물을 흘리며 관음상 앞에 가서 절을 올렸다.

"그랬군요. 그랬군요."

눈물 흘리며 몇 번이고 절을 올리는 그녀를 아침 청소를 하던 자하 스님이 말없이 쳐다보았다. 한참 뒤 자리에서 일어나 무언가 개운한 표정으로 관음전을 나서는 혜수에게 스님이 조용히 합장한 후 물었다.

"마음이 정리되셨습니까?"

"그동안 감사했습니다. 이제 돌아가 볼까 합니다. 비록 몇 달밖에 안 남았다고 하나 관음보살님께서 구해주신 목숨 헛되이 하지 않을 생각입니다."

그건 거짓이었다. 사실이 아니었다. 그러나 진실이었다. 그랬기에 혜수의 안에서 생생히 일어난 일이 되어 그녀의 마음을 바꿔놓았다.

'관음보살님께서?'

혜수의 말뜻을 정확히 알 수는 없었지만 스님은 그냥 조용히 미소 지으며 합장했다. 혜수도 마주 합장해서 작별 인사를 하고는 짐을 꾸려 절을 나왔다. 비록 몸의 병은 하나도 낫지 않았고 처한 상황이 바뀐 것도 없었지만 그녀의 얼굴에는 어제와는 다른 충실한 삶의 기운이 넘치고 있었다.

"관음보살님의 보살핌이로다."

어떤 선연이 있었기에 여인이 새로운 삶을 얻었나 하여 자하 스님은 관음보살상을 쳐다보았다. 그리고 팔에 나 있는 참혹한 상처에 경악했다.

"이… 이, 이것은!"

자하 스님은 경악해서 자율 선사에게 달려갔다.

'관음보살에게 어느 무엄한 자가 상처를 냈단 말인가! 이런 변고가.'

"큰스님, 큰일 났습니다!"

달려온 자하 스님을 보고 자율 선사가 대청마루에 서서 물었다.

"무슨 일이기에 수행하는 자가 그리 호들갑이냐?"

"관음보살님을 웬 놈이 상처를 냈습니다. 팔뚝 있는 부분에 길게 줄이 났습니다. 날카로운 꼬챙이로 쭈욱 긁은 것 같습니다. 이 일을 어이할까요? 당장 범인을 색출하여 혼을 내야 하지 않겠습니까?'

자하 스님은 그러라는 큰스님의 허락이 떨어지기만을 기다렸다. 법술을 쓰는 자 많았으니 범인을 찾는 것이 어려울 리 없었다. 하지만 그에게 내려온 것은 자율 선사의 선문답 같은 질문이었다.

"관음보살님이 쇠꼬챙이로 긁는다고 상처 입는 분이더냐?"

"네? 물론 아닙니다만."

"하면 기껏해야 돌덩이에 상처 좀 난 것 아니냐. 나무라면 태워서 땔감이나 하련만 그것도 안 되는 돌인데 거기에 상처 좀 났다고 수행자가 누구를 잡아 무슨 물고를 내겠다는 거냐."

그 예상외 대답에 자하 스님은 입을 딱 벌렸다. 큰스님은 정말 가끔 이해할 수 없을 때가 있었다.

"하지만 존귀한 관음보살님의 상 아닙니까. 석상이라 해도 관음보살님의 상인데 거기에 상처를 냈으니 마땅히 징계해야⋯⋯."

하지만 자율 선사가 못마땅한 듯 혀를 차서 자하 스님은 그냥 고개를 숙여야 했다.

"멀었느니. 선사는 불상도 쪼개 태워 언 몸을 녹인다는데, 수행하는 자가 보살상에 상처 좀 났기로서니 중생에게 노한다 말인가. 다른 아이들에게도 경망되이 굴지 말라고 일러두어라."

"알겠습니다."

자하 스님도 그제야 진심으로 합장했다. 역시 큰스님은 다르다는 생각이 자하 스님의 머리를 스쳐 지나갔다.

'나도 더 수행에 정진해야겠구나. 이만한 일로 노심을 품다니, 공부가 부족하도다.'

자하 스님이 떠나자 자율 선사도 다시 방 안에 들어서며 작게 중얼거렸다.

"맹랑한 마물이로고. 자하가 20년 수도로도 깨우치지 못한 것을 나면서부터 알고 있다니 참으로 아깝도다. 얽히고 얽힌 과거의 인과만 아니라면 다시없는 선근이련만."

자율 선사의 방문도 닫히고 관세음보살상은 말없이 뜰에 서서 미소 짓고만 있었다.

다음날 밤, 알은 옆방 문에 귀를 가져다 대었다. 잠시 정신을 집중하자 그는 곧 방 안이 비었음을 알 수 있었다. 뜻대로 된 것 같아서 알은 미소 지었다. 그때 묵직한 목소리가 뒤에서 그를 불렀다.

"무얼 하는고?"

"안에 머물고 있던 여자 분이 무사히 돌아갔는지 확인 중……."

거기까지 대답하던 알은 흠칫하며 뒤돌아보았다. 석장을 든 노승이 그의 뒤에 서 있었다. 연세가 결코 적지 않겠건만 웬만한 젊은이 서넛은 가볍게 때려눕힐 듯이 강건해 보이는 노승의 모습은 알에게 낯설지 않았다.

'히엑! 그때 그 스님이다. 태인의 스승인가, 웃어른인가 한다는 스님.'

알의 머리 속에 빠르게 구도가 성립되었다. 태인은 자기보다 위에 있었고, 노승은 그런 태인의 머리 위에 앉아 있었으니까, 알은 웃으면서 뒷걸음질 쳤다.

"에헤헤헤, 안녕하세요. 이 밤중에 웬일이신지."

다행히 자율 선사는 그때처럼 알의 머리를 때리지는 않았다. 그저 알의 간이 덜컥 내려앉게 하는 질문을 던졌을 뿐이었다.

"관세음보살을 아느냐?"

"그, 글쎄요? 누구시죠?"

자세히는 몰라도 전혀 모르는 것은 아니었건만 알은 반사적으로 시치미를 뚝 뗐다. 하지만 과연 먹혔을지 의문이라 대답하면서도 알의 눈동자는 부지런히 굴러가며 자율 선사의 안색을 살폈다. 당장 불호령이 날아오지 않을까 걱정했지만 다행히 자율 선사는 조용히 등을 돌렸다.

'휴우? 그냥 가시나?'

하지만 알의 기대대로 해줄 생각은 없는지 발걸음을 떼며 선사가 말했다.

"잠깐 방에 들어가서 얘기를 하지. 따라 들어오너라."

누구 말이라고 감히 거부할까. 알은 도살장에 끌려 들어가는 소의 심정에 절절이 공감했다.

'으아, 아무래도 봤을 거야. 스님 신분에 밖에서 구타할 수는 없으니 아무도 안 보는 방 안에서 마음 놓고 패려는 거 아닐까? 흐윽, 그래도 밤중이라 소리도 잘 퍼질 텐데 설마 심하게는. 그런데 대체 언제 본 거지? 분명히 아무도 없는 거 확인했는데. 방문 틈으로 보고라도 있었나?'

알의 머리 속에서 오만가지 생각이 교차했다. 하지만 아무리 걸음을 천천히 떼도 그의 방까지의 거리는 너무 짧았다. 순식간에 방 안에 들어온 알은 문을 닫고 얌전히 무릎 꿇고 앉았다.

'절에 마늘은 없겠지? 있던가? 스님들 마늘이랑 고추랑 뭐는 안 먹는다고 했던 것도 같은데.'

자율 선사는 눈을 반개한 채 말없이 알을 내려다만 보았다. 알은 속으로 침을 삼키면서 계속 눈치만 살폈다. 차라리 뭐라고 혼을 내면 순순히 당하겠는데, 이렇게 말없이 내려다보니 점점 더 불안과 공포만 커졌다. 밤이고 산속이라 여름이라 해도 더울 정도로 기온이 높지는 않아도 오한이 다 들 정도는 아니었건만 알의 등에서 땀방울이 흘러내렸다.

알이 차라리 맞고 마는 게 속 시원하겠다고 생각할 때 자율 선사가 비로소 입을 열었다.

"관세음보살은 관자재보살이라고도 한다."

"…그렇군요."

뭔가 예상에서 벗어난 자율 선사의 말에 알은 좋은 거 배웁니다라는 식으로 대답하려 했지만, 한 박자가 늦어서 빛이 바랬다. 하지만 자율 선사는 개의치 않았다.

"관자재보살이라 함은 그 신통력으로 못하는 바가 없다 하여 부르는 이름이니 보살의 신통력에 중점을 둔 이름이다. 그러나 많은 이들에게 불리는 이름인 관세음보살은 중생의 고통을 보고 살피며, 그들의 기도를 듣고 보살핀다 하여 붙은 이름이니 보살의 자비에 중점을 둔 이름이다."

"네. 그렇군요."

알은 이번에는 타이밍 좋게 답변하는 데 성공했다. 하지만 내심으로는 이 말 끝나고 나서 맞는 걸까, 아닐까 만이 그의 관심사였다. 관세음보살이든 말든 어차피 그는 뱀파이어. 인간이 애타게 부르는 신이라 해도 자신하고는 관계없었다.

"불문에서는 신통보다는 자비를 중시한다. 실제로는 신통을 더 크게 보는 게 세상 인심이다마는, 그래도 그분의 이름은 관세음보살이 더 널리 알려졌으니 바른 방향이라 할 것이다."

"네에."

'근데 왜 이렇게 자꾸 뜸을 들이시는 거야? 흑, 그래요. 제가 그 불상 훼손시켰어요. 하지만 별로 나쁜 생각에 그런 건 아니라고요. 변명의 기회만 주신다면 저도 할 말은 있는데.'

그 순간 자율 선사가 알의 앞에 불쑥 작은 염주를 내밀었다. 알은 저걸로 맞는 건가 하며 차라리 속 편하다라고 체념했다.

"받거라."

"네?"

"불경에 이르기를 관세음보살께서 법을 강론한 즉, 야차와 나찰, 용, 가루라, 천인, 범인 할 것 없이 모두 귀의하였다 하였으니 비록 흡혈귀가 나와 있지 않으나 어찌 받지 않겠느냐. 네게 질기고 질긴 악연 있으나 오늘 여기 온 것도 인연이라. 작은 선연 하나 만들어둠도 좋겠지."

알은 조심스럽게 염주를 받아 들었다. 다행히 받자마자 손이 타오른다거나 하지는 않았다. 그래도 만지고 있기는 기분 나빠서 그대로 겉옷 주머니에 넣었다. 그 모습을 보고 자율 선사는 자리에서 일어났다. 알도 덩달아 일어났다.

"네게 많은 법을 가르치지는 않겠다. 자비가 무엇인지 너 또한 모르지는 않을 테니, 그 마음으로 남에게 베풀고 관세음보살에게 기도하거라. 신심을 내기 어려우나 더 어려운 것은 보리심이요. 그 길이 어긋나지 않거늘 어찌 그 이름을 외고 외지 않음을 따지랴. 며칠 내에 태인이 올 것인즉 그때까지 편히 있어도 좋다."

'헤에? 넘어가 주시는 건가? 아니면 못 본 건가?'

어느 쪽인지 알 수 없었지만 어쨌든 무사히 끝난 건 기쁜 일이었기에 알은 허리를 90도 이상으로 숙이며 방 밖으로 나가는 자율 선사에게 인사했다.

탁.

자신의 뒤로 문 닫히는 소리를 들으며 자율 선사는 하늘을 쳐다보았다. 밤하늘은 여느 때와 변함없이 밝았건만 선사의 안색은 밝지 못했다. 그의 마음속에 이는 서늘함은 밤공기 이상으로 찼다.

"더 이상은 내 인연이 아님이니, 네게 맡길 수밖에 없겠구나. 잘 이끌기만 한다면 선근이련만."

●Chapter 16
생각한다
그러나 존재하는가?

Chapter 16

생각한다, 그러나 존재하는가?

태인은 긴장된 얼굴로 콧노래가 흘러나오는 욕실문 쪽을 쳐다보았다. 지금 그 안에는 모처럼의 도시 문명을 만끽하는 알이 들어가 있었다.

담대한 그였지만 이번만큼은 잠시 망설였다. 지금 하려는 바를 그대로 하고 나면 다시는 되돌릴 수 없게 될지도 몰랐다. 몇 번이나 고민한 끝에 내린 결론이었다. 이제 와서 그만둘 수는 없었다. 진실이 아무리 잔혹할지라도 그것에 기반하지 않고서는 앞으로 나아갈 수 없었다.

'하지만 그럼에도 주저되는 것은 그 가정이 현실로 나타났을 때 어떻게 해야 할지에 대한 마음의 준비가 안 되어 있기 때문이겠지.'

드뤼셀에 대한 협회의 응답은 그런 존재에 대해 밝혀진 바가 없다는 것이었다. 그렇게 될 가능성이 크다는 것은 예상했기에 그다지 놀라지는 않았다. 알에게 만나게 해달랄까라고 부탁할 생각도 해보았지만 그 만두었다. 어차피 지금쯤 신분을 숨기고 사라졌을 텐데, 알만 괴롭게 할 일이었다. 무엇보다 지금 할 일에 비하면 그런 건 사소한 문제였다.

태인은 알이 탁자 위에 올려둔 잔을 들었다. 거기에는 알이 목욕 마치고 나오면 마시려고 따라둔 피가 담겨 있었다. 그 피를 조용히 버려버리고 태인은 다른 혈액 봉지를 꺼냈다. 알 몰래 추출해 둔 자신의 피였다. 잔 위로 차 오르는 그의 피를 보며 태인은 침을 꿀꺽 삼켰다.

동굴 속에서 수행을 하면서도 알에 대해 많이 생각했었다. 그중에서도 가장 고민되게 했던 것은 알의 또 다른 모습. 갑자기 자라난 성인 뱀파이어로서의 모습이었다. 그리고 그 모습에서 알은 자신에게 분명히 말했었다.

"내 손으로 네 심장을 파내어 으깨 씹어버릴 그때까지 죽지 않아. 네가 다른 자들의 손에 죽게 하지도 않을 거고."

그 순간 느껴졌던 것은 숨 막힐 정도로 강력한 증오와 독기였다. 그 모습의 알은 정말로 다른 존재였다. 위험하고 강대한 어둠의 지배자, 자신이 처음에 경계해 왔던 바로 그 모습이었다.

'그리고 그 모습이 나타났을 때의 공통점이라면 일단 두 번 다 그 자신의 생명이 위험에 처했을 때라는 것. 하지만 그것만으로는 부족해. 다르게 목숨이 위기에 처했을 때에는 그 모습이 나타나지 않았어. 그 둘을 잇는 특별한 고리라면.'

그랬다. 또 다른 공통점이 하나 더 있었다. 바로 자신의 피. 어떤 이유에서건 두 번에 걸쳐 알은 자신의 피를 섭취했었다. 더 따지면 그의 피를 알이 먹은 것은 그 두 번이 다가 아니었다. 최초는 알이 기억상실에 걸린 후 마늘 즙을 잘못 삼키고 쓰러졌을 때였다.

'그때는 그냥 녀석이 때가 되어서 일어났다고 생각했지만, 분명 그 전날 소량이지만 내 피를 마셨었어.'

아직은 가정이었다. 그러나 태인은 두려웠다. 자신의 피를 마시고 알이 다시 한 번 그때 그 모습을 드러낸다면 자신은 어떻게 해야 할 것인가? 바티칸의 비위를 거슬렀던 것도, 협회의 압력을 무시했던 것도, 자율 선사의 앞에서 말했던 것도 전부 한 가지 바탕 위에 존재하는 것이었다. 아니, 그 이전에 알에 대한 자신의 믿음 자체가 알이 위험하지 않은 뱀파이어라는 바탕 위에 성립하는 것이었다.

그 바탕 자체가 무너져 내린다면 자신은 어떤 선택을 해야 할 것인가? Rank S의 퇴마사에게 요구되는 기본적인 정답이라면……

목욕하고 나온 알은 즐거운 마음으로 머리를 마저 털었다. 미처 마저 안 닦은 물이 욕실 밖으로 조금 떨어져서 알은 슬그머니 태인의 눈치를 봤지만 다행히 태인은 신문을 읽는다고 이쪽을 안 보고 있었다.

알은 속으로 안도의 한숨을 내쉬며 바닥을 쓱쓱 발로 수건을 문질러 대강 닦고는 부엌 식탁 쪽으로 걸어가 탁자 위에 따라둔 피 잔을 들어 올렸다. 냉장고에서 바로 꺼내면 차가우니까 목욕 후에 마시려고 미리 따라 놓아둔 피였다. 그 잔을 집은 알은 밖에 놔두었지만 생각보다 좀 더 피가 따뜻한 것 같다고 생각했다.

'으음, 내가 목욕하고 나와서 그렇게 느끼는지도.'

아무래도 좋은 문제였기에 알은 피를 그대로 한입에 들이켰다. 따뜻한 피가 그의 목을 타고 흘러가면서 온몸에 활력이 퍼졌다. 강렬하게 온몸을 타고 도는 생명력, 평소보다 몇 배, 아니, 몇십 배 이상 진한 기운에 알은 살짝 몸을 떨었다. 이건 자신이 따라둔 피가 아니었다.

온몸에 퍼져 나가는 강한 기운은 몸이 불타는 것처럼 느껴지게 강렬했다. 거기다가 머리가 어지러워 오는 것이 마치 그때 같았다.

'어느 그때? 맞아. 그러니까 그날 이무기 상대로 태인의 피를 마셨을 그때처럼.'

"괜찮아?"

비틀거리며 넘어지려는 알을 태인이 다가와서 잡아주었다. 그의 내심은 앞으로 있을 상황에 대한 두려움에 떨리고 있었다. 과연 알은 어떤 모습을 보여줄 것인가? 변함없는 지금 모습 그대로일 것인가? 그래서 그의 가정이 틀렸음을 보여줄 것인가? 그렇다 해도 이미 알에게서 그런 모습을 본 이상 무시해 버릴 수 없는 문제였지만, 그래도 지금 변하지만 않아준다면. 결론을 내리지도 못한 생각이 태인의 머리 속을 맴돌았다.

알은 자세를 바로잡으며 태인에게 웃어 보였다. 그 모습이 평소와 다름없음에 태인은 일단 안도감을 느꼈다. 하지만 그 안도감은 잠시 뒤 알이 입을 열었을 때 산산이 깨져 나갔다.

"이렇게 불러내다니 나타나 줘야 예의겠지? 애초에 그날 널 도발한 것도 나였으니까."

"알……."

지진도 일어나지 않았건만 바닥이 붕괴되고 있었다. 알은 모습이 바뀌지는 않았다. 평소의 그 모습 그대로 그러나 전혀 다른 눈빛으로. 아니, 모습이 바뀌었다. 저 눈빛, 저 표정, 저 말투. 그건 이미 알의 모습이 아니었다.

"키득."

알렉시안은 날카로운 송곳니를 드러내며 입가에 묻어 있는 태인의 피를 마저 핥았다. 경악에 찬 모습으로 자신을 보는 태인을 보며 알렉시안은 유쾌하게 웃었다. 증오하는 상대의 고통스러운 모습이 가져다주는 쾌감이 복수심을 아주 약간이나마 만족시켜 주고 있었다.

"알은 어디 갔지? 너는 누구지? 너도 알인가? 아니면⋯⋯."

이미 알게 된 진실이 가져다 주는 무게도 감당치 못하는 상태에서 태인은 필사적으로 질문을 던졌다. 그 가운데에서 하나의 구원이라도 바라는 그 모습에 알렉시안은 다시 키득거렸다.

"아아, 그렇다면 나는 '알렉시안'으로 하기로 하지. 하지만 알이 어디 있냐고? 여기 네 눈앞에 있지 않나? 이번에는 모습도 바뀌지 않은 데다가, 지금 내 정신도 온전히 내가 아니니까 말야."

알렉시안은 장난기 서린 마음으로 웃었다. 확실히 이건 자기답지 않았다. 이건 얼마 전의 그때와 비슷하다. 간신히 주도권은 자신이 잡았지만, 감정이나 사고는 본래 그 자신보다는 알 쪽에 더 가깝다. 이런 유치하면서도 솔직한 마음이라니 도저히 본래의 자신이 아니다. 이런 웃음 같은 것은 잃어버린 지 아주 오래전이니까.

"너는⋯ 어떤 자지?"

힘겹게 묻는 태인을 보고 알렉시안은 큭큭거리며 웃었다.

'네가 내 정체를 묻는 건가? 지금? 그래, 기억 못한다는 거지? 내가 무엇 때문에 여기 이런 몸으로 서 있는지 너에게는 아득한 과거의 일이라는 거지?

알렉시안의 안에서 분노가 솟구쳐 올랐다. 그의 눈이 붉게 빛났다. 이제 '분노하는 그'가 주도권을 잡았다. 갑작스럽게 상대에게서 솟구쳐 오르는 살기에 태인은 흠칫하며 부적을 꺼내려 했지만 상대가 더 빨랐다.

미약하게 생겨난 막을 그대로 찢어버리고 알렉시안은 태인에게 달려들었다. 그 손에는 어느덧 손톱이 날카롭게 자라 있었다. 위기를 감지한 태인의 몸에 새겨진 방어막이 그대로 발동했지만 알렉시안의 손앞에서 종잇장처럼 찢겨 나갔다. 그리고 그 손으로 알렉시안은 그대로 태인의 목을 움켜쥐었다.

"커헉."

엄청난 압력에 태인은 목뼈가 순간 부서지는 듯한 통증을 느꼈다. 제대로 숨을 못 쉬는 태인을 알렉시안은 그대로 바닥에 내리꽂았다. 쾅 하는 소리와 함께 그대로 쓰러진 태인을 붉은 눈이 차디차게 타오르는 분노로 노려보았다.

그 낯선 눈의 상대를 보며 태인은 목의 고통을 능가하는 아픔을 느꼈다. 믿어왔던 모든 것이 무너지고 있었다. 알에 대해 안다고 생각했던 것들이 모두 의미없는 내용이 되고 있었다.

'이게 네 본 모습인 거냐? 알!'

그걸 무너뜨린 상대는 다른 손의 손톱으로 태인의 심장이 자리 잡은 곳의 가슴을 살짝 그었다. 살갗이 갈라지며 그대로 피가 흘러나왔다. 그걸 보고 알렉시안은 다시 한 번 낮게 웃고는 태인의 목을 놓았다. 손에 묻은 피를 살짝 핥아먹은 후 알렉시안은 태인에게 경멸에 차 말했다.

"안 되지. 흥분했군. 널 지금 이렇게 쉽게 죽여서야 안 되지. 그래서야 나의 복수가 이루어지지 않을 테니. 큭."

비로소 핏빛 눈동자가 가라앉았지만 거기에 자리 잡은 건 여전히 짙은 어둠이었다. 경악과 고통, 슬픔과 배신감, 절망과 안타까움이 뒤엉

킨 눈으로 자신을 올려다보는 태인을 내려다보며 알렉시안은 입을 열었다. 그의 입에서 나온 말은 나지막했지만 단어 하나하나에 강한 위엄과 힘이 어려 있었다. 그렇게 운명의 법정에서 신이 선고를 하듯 알렉시안은 말했다.

"나의 복수가 두렵다면 예전에 그러했듯 나를 죽여라. 그렇지 않다면 내 마지막 주저하는 마음이 사라질 때 너를 가장 고통스러운 방법으로 죽일 테니. 내가 복수하게 되면 넌 그때서야 후회하게 될 거다."

"하아."

다리가 후들거리는 것을 참으며 태인은 간신히 일어나 의자에 쓰러지듯 무너지며 파묻혔다. 그런 태인을 쳐다보며 알이 눈을 깜박거리다가 고개를 마구 흔들었다.

"아웅, 머리 아파. 또 왜 이러지. 어? 태인? 언제 그쪽 의자로 자리 옮겼어? 우왓? 웬 상처야? 태인 가슴에 피난다. 지혈하자. 소독약, 붕대. 어디 놔뒀어? 응급 상자 어딨더라? 전에 청소하다가 한 번 봤는데."

"됐어. 이 정도 상처는 그냥 내가 주술로 지혈하면 돼. 가만히 있어."

"에? 그래도 소독이라도 하는 편이……."

"가만히 있으라니까!"

태인은 자신도 모르게 목소리를 높였다. 알은 그 서슬에 놀라 움찔하며 가만히 태인의 눈치를 살폈다. 저기압으로 보이는 태인의 상태에 알은 대체 왜 그러는지 물으려다가 그냥 말았다. 무엇 때문에 기분이 저렇게 나빠 보이는지는 몰랐지만, 그럴 때 건드려 봐야 괜한 불똥만 튈 뿐이었다.

'태인이 저렇게 화내는 거 처음 봤어. 그때 공항에서 사고 쳤을 때도 언제나 낮은 목소리로 혼냈는데, 이렇게 고함치다니. 대체 왜 화난 거지?'

알은 계속 태인의 눈치를 살피다가 그냥 자러 가기로 했다. 이른 시간이었지만 지금의 태인은 너무나 기분이 나쁜 게 눈에 보여서 곁에 있기가 무서웠다. 지혈하겠다고 해놓고 가슴의 상처도 그대로 내버려 두고 있었던 것이다.

'저 정도로 죽진 않을 테니까, 설마 지혈하겠지.'

"저기, 그럼 난 자러 갈게. 그 상처 빨리 지혈해."

태인은 알의 인사에 살짝 고개만 끄덕였다. 알은 제발 태인의 기분이 내일은 풀려 있기를 기대하며 살그머니 그의 방에 들어갔다. 그 뒷모습을 태인은 차갑게 노려보았다. 목과 가슴이 통증을 호소해 오고 있었지만 그건 가벼운 상처에 불과했다. 그의 뇌리로 과거의 한마디가 스쳐 지나갔다.

"내 이름은 알렉시안이야. 그냥 알이라고 불러줘."

어째서 그때는 그 말의 숨겨진 뜻을 이해하지 못했던가. 알렉시안이란 존재는 언제부터 있었던가? 분명 깨어나기 시작한 것은 최근일지 모른다. 그 이전에는 알의 무의식 속에 숨어 있었는지도 모른다. 하지만 그 상황에서 알의 행동을 그 의식이 조종해 왔다면?

'그 말을 내게 한 것은 알이었나? 알렉시안이었나? 아니, 둘이기는 한가?

'알'이라고 부르지만 결국은 '알렉시안'이 아닌가. 모든 것이 혼란스럽다. 이 혼란을 끝내는 가장 간단한 방법은 알고 있다. 알을 지금이라도 죽여 버리고, 알이 지니고 있는 위험성에 대해 협회에 말하면. 아니, 말할 필요나 있나? 상대는 뱀파이어다. 그냥 죽여 버리고 슬픈 표정 짓고 있으면 알아서 위로해 주고, 이해해 주고, 격려하며 칭송해 줄 자들은 충분히 있다.

하지만 그럴 수가 없다. 태인은 뒤로 고개 젖히며 천장을 쳐다보았다. 더 이상 알의 방을 보고 있으면 거기에서 알렉시안의 그 모습이 자꾸 겹쳐 떠올라 견디기 힘들었다. 하지만 천장을 보고 있어도 그 모습과 말이 다시 떠올라 그의 머리를 휘저었다.

태인은 쓰게 웃으며 생각했다.

지금까지 진실이라고 믿어왔던 그 모든 것이 환상에 불과할 수도 있다면 대체 자신은 어떻게 해야 하는 걸까. 알렉시안이란 존재는 분명 그 스스로의 경고대로 위험하기 짝이 없는 뱀파이어인데, 그 곁에 있는 알이라는 껍질 때문에 손을 쓸 의지가 일어나지 않았다. 어쩌면 이 또한 알렉시안이 노리는 것일 텐데 말이다. 아니, 어쩌면이 아니다. 알렉시안은 분명히 그것을 계산했다. 그랬기에 당당히 자신 앞에 나타나 자신을 도발했다. 그리고 자신은 그렇게 도발받았음에도 간단히 응대할 수 없었다.

그는 이제 모든 것을 의심했다. 자신이 알을 받아들이기로 한 결정적인 계기가 되었던 사건조차 어쩌면 거짓이었을지 몰랐다. 지하철에서 돌아온 알을 보고 지켜주겠다고 결심했지만 그 자체가 치밀하게 연출된 각본일지도 몰랐다. 모든 것이 의문스러웠다.

알의 행동은 어디까지가 진심이었나? 자신을 구하기 위해 돌아온 것도, 세리우스의 검 앞에서 자신을 막아선 것도 지금 이와 같은 자신의 혼돈을 불러내기 위한 치밀한 각본이었나? 태인은 고개를 저었다.

갑작스러운 충격으로 침체된 마음이 모든 사태를 너무 절망적인 쪽으로 생각하는 방향으로만 흘러가게 했다. 하지만 다시 생각해 보면 알렉시안이란 존재가 깨어나는 것은 잠깐, 그의 피를 삼켰을 때뿐이었다. 그러니 이 모든 것은 지나친 걱정이다. 아니, 설령 알렉시안이 알의 무의식을 다소 조종했다고 하더라도, 알은 분명 자신의 의식으로써 그 길을 선택했다.

그러나 결국 이것도 하나의 가정일 뿐이다. 하나의 현실이 환상으로 드러나며 무너졌는데, 지금 이 생각이 또 하나의 달콤한 환상에 불과할 뿐이라고 누가 증명할 수 있을까? 생각이 어떤 결론도 내리지 못한 채 계속 맴돌았다.

그 와중에 한 가지만은 명확했다. 설령 알은 알이고, 알렉시안은 알렉시안이라 하더라도, 결국은 알은 알렉시안. 그러니 그의 경고만은 옳았다. 지금 알을 죽이지 않는다면 언젠가 알렉시안이 깨어날지 모르고, 그때는 모든 것이 너무 늦을지 몰랐다. 언제 터질지 모르는 폭탄은 도화선이 있는지 없는지 찾지 못했다 해도 제거해야 하는 법이었다.

'그래. 그렇겠지? 누구한테 물어도 그렇게 대답하겠지? 그 이전에조차 알의 존재에 대해 의구심의 눈길을 보내던 자들인데, 하물며 지금은.'

알의 비밀이 알려지기만 해도 자신에게 가해질 압력은 이전과는 비교도 안 될 수준이 될 것이었다. 여차하면 강제력을 동원할 가능성도 컸다. 그렇게 되었을 때 자신은 정말로 끝까지 알을 지키겠다고 나설 수 있을까? 자기 손으로 알을 죽이지는 못한다 해도, 그때처럼 알을 위해 나설 수 있을까? 못 이기는 척 물러나 버릴지도 몰랐다. 하지만 그

것이 자신의 손으로 직접 죽이는 것과 무엇이 다르단 말인가.

태인은 대답할 수 없었다.

'알, 너는 지금 무엇을 생각하고 있는 거냐.'

다음날 세수부터 하러 방 밖으로 나온 알은 거실에 어제 그 자리에 그 모습 그대로 앉아 있는 태인을 보고 순간 멈춰 섰다. 다행히 가슴에 피는 더 안 흐르고 있었지만 옷은 피 묻은 옷 그대로였다.

'설마 낮 동안 하나도 안 잔 건 아니겠지? 에이, 설마. 그렇게 어려운 일이라도 있으면 진작에 날 부려먹었겠지. 거기다가 잘 놀다 와서 문제 잔뜩 쌓일 게 뭐 있어.'

하지만 무시하기에는 태인의 얼굴이 너무 피곤해 보였다. 하룻밤이 아니라 한 달쯤은 샌 것 같은 그 얼굴에 알은 신경 쓰여서 한마디 던졌다.

"태인, 피곤해 보여. 좀 아픈 거 아냐? 그때 후유증이 다시 나타났다거나. 좀 이르지만 가서 더 자는 건 어때? 그리고 그 옷은 벗고 새 옷으로 갈아입지?"

"아니. 네가 먼저 자라, 알. 난 생각할 게 좀 있어서."

알은 그가 언제 잘 것이냐를 놓고 얘기를 했는데, 태인은 자신도 모르게 반사적으로 그렇게 대답했다. 말해 놓고 나서 태인은 가만히 주먹을 꽉 쥐었다. 먼저 자라고? 그래, 지금은 알이 깨어 있는 동안 잠들 자신이 없었다. 자신의 피를 먹이지 않는 이상 알렉시안이 나타나지 않는다는 것을 알면서도 그랬다.

'원점인 건가? 큭.'

알은 조금 이상한 느낌에 고개를 갸웃했다. 태인의 대답에 묘한 모순이 숨어 있었다.

'난 방금 일어났잖아? 쌩쌩한데? 낮을 샌 것처럼 피곤해 보이는 건 태인이지. 내가 아닌데.'

하지만 그 점에 대해 더 깊게 생각할 틈은 없었다. 새하얀 담배 연기가 그를 괴롭혔던 것이다.

"애캑. 애캑. 태인, 담배 끊은 거 아니었어?"

알은 사사삭 물러나며 순식간에 안전 거리를 확보했다. 그 모습에 태인은 피식 웃으며 다시 담배 연기를 내뿜었다.

"아아, 그래, 끊었었지. 좀 생각할 게 있어서, 하나 사 왔는데, 역시 안 피우는 게 좋겠지?"

"당연하지! 나보다 태인한테 더 문제라고. 담배의 해독 몰라? 거기 문구로도 써 있을걸? 과도한 흡연은 폐암이나 에… 뭐더라? 간암이던가? 여튼 각종 암과 질병의 원인이 되고, 결정적으로 생식 능력에도 문제 생긴다고. 지금이야 젊으니까 모르겠지만 나중에 40대쯤 되어서 부인한테 여전히 사랑받고 싶으면 그런 유독 식품 섭취하지 말라고."

알은 지금 기선을 제압하지 못해서 태인이 다시 담배를 피우게 된다면 앞으로 두고두고 고생이라는 데 생각이 미쳐서 열변을 토하며 담배의 위험을 적극 알렸다. 그 말에 태인은 피식 웃었다.

"그래. 그렇겠지."

'웬일로 저렇게 순순히 수긍하는 거지?'

태인은 담배를 끄더니 자리에서 일어나 알의 곁을 스쳐 지나갔다. 태인이 잔소리했다고 머리 한 대 때리지 않을까 해서 알은 한껏 눈치를 살피며 방어 자세를 취했다. 하지만 태인은 아무래도 좋다는 듯 그냥 지나쳤다.

"네 말대로 피곤해서 난 좀 더 자야겠다. 오락할 때 너무 소리 키우지 말고 해라."

"응. 그냥 헤드폰 끼고 할게. 잘 자."

알은 그 말을 하는 태인에게서 다시 이상한 느낌을 받았지만 컴퓨터 단추를 누를 때가 되어서는 다 잊어버렸다. 당장 오늘 목표로 한 아이템 생각에 정신이 팔려 버렸다.

'뭐, 이러쿵저러쿵 해도 태인이 알아서 하겠지.'

자신의 방에 들어와 태인은 침대 위에 쓰러졌다. 하지만 알에게 말했듯이 자지는 않았다. 그는 알의 귀에 들리지 않도록 주의하며 낮게 중얼거렸다.

"그래. 네가 무슨 승부를 걸어왔는지 알겠다, 알렉시안."

한숨도 자지 못하고 낮 내내 고민했지만 어떤 결론도 내리지 못한 채 계속 맴돌았다. 그동안 변했다고 생각한 모든 것이 다시 원점으로 돌아왔다. 아니, 원점이 아니었다. 그때는 막연한 불안이 드러나는 사실들 앞에서 사라지던 중이었다. 스스로 경계하면서도 결국은 이렇게 되지 않을까라고 예상도 하고 있었다. 하지만 지금은 그 반대였다.

'알. 지금도 그냥 너를 믿어주고 싶은데, 상황이 허락하지 않는구나.'

지켜주겠다고 약속했지만, 지키지 못할지도 몰랐다.

"지키지 않는다고 해야 하나?"

태인은 멍히 천장을 올려다보며 중얼거렸다. 알이 지상에 내려온 천사와는 거리가 멀다는 것은 예전에 알고 있었다. 시간의 흐름 속에서 세상과 부대끼면서 다른 모습으로 바뀌게 될 것이라는 것도 알고는 있었다. 하지만 적어도…….

'내 손으로 끌어줄 생각이었는데.'

지키겠다는 의미는 단지 죽지 않게 해주겠다는 약속만은 아니었다. '뱀파이어'의 몸으로 자신이 죽은 이후에도 존재해 갈 녀석이 제대로 살아갈 수 있게 해주겠다는 뜻이었다. 그 속에서 조금은 변해가는 알의 모습에 작은 충격을 받을지도 모른다고 각오했었지만, 이건 정말로 기대 이상이었다.

알렉시안은 정면으로 그를 도발해 왔다. 지니고 있는 어둠의 습성을 조금도 숨기지 않고 그에게 드러내 보이며 알의 존재를 담보로 삼고서 그에게 할 수 있는 바를 행해 보라고 말했다.

"하아, 그래, 서둘러 결론 내릴 필요는 없겠지."

알렉시안이 깨어난다고 해도 아직은 아니다. 앞으로 많은 생각을 해야 하겠지만 지금 알을 죽이겠다는 결론을 내릴 수는 없었다. 편한 잠자리가 되기는 틀린 것 같았지만 태인은 조금 자두기로 했다.

●Chapter 17
리얼 앤 드림

리얼 앤 드림

"하암, 잘 잤다. 세수부터 해야지."

찬물에 세수를 하고 정신을 좀 차린 알은 거실로 나왔다. 하지만 태인의 기척은 거실에도 없었다.

'아직 자나? 아니면 일 있어서 먼저 나간 건가? 우웅, 보통 나 깨기도 전에 나갈 일이면 전날 말해 주던데. 아니, 전날은 피곤해서 태인 일찍 자러 갔지? 아무래도 진짜 무슨 이상 있는 거 아냐?

알은 고개를 갸웃했다. 태인에게 이상이 생길 만한 일이 뭐가 있는지 그는 잠시 고민했다.

'그 세리우스라는 뱀파이어 때문에 그러나? 하지만 세리우스랑은 그때 그걸로 일단 헤어졌잖아? 한 달도 넘도록 본 일 없고, 새삼 갑자기 저러는 건 좀 이상하지 않나? 거기다가 태인도 한 달 동안 뭔가 성

과가 있었던 것 같은데.'

알은 어깨를 으쓱했다. 괜한 생각인지도 모른다. 그냥 자는 사이에 무슨 급한 연락이 와서 태인이 그대로 출동한 것일 수도 있었다. 어쨌든 태인은 예전보다 더 바쁘고 귀한 몸이니까 일일이 신경 쓰는 게 바보짓일지도 몰랐다.

'그냥 게임이나 할까? 하지만 어제 내내 게임해서 그런지 오늘은 별로 게임이 안 당기는걸.'

물론 이러다가도 막상 시작했다 하면 시간 가는 줄 모르고 하겠지만 당장 시작할 마음이 알은 별로 들지 않았다. 그래서 만화책이나 볼까, 그것도 아니면 뭔가 다른 걸 해볼까 하던 차에 삐걱 하며 태인 방의 문이 열렸다.

"아, 태인 일어났네? 나간 줄 알았어."

"너도 일어났군."

그 말을 끝으로 태인은 피곤하다는 듯 소파에 털썩 주저앉으며 몸을 뒤로 눕혔다. 그 모습이 자고 일어난 사람이라기보다 거의 앓다가 억지로 기어나온 사람 같았기에 알의 눈이 동그랗게 커졌다.

"태인, 괜찮아? 뭔가 좀… 그러니까 아파 보여."

"걱정해 주는 거냐?"

"어? 아니 뭐, 그렇게 환자처럼 하고 있으면 당연히 걱정이 되잖아."

태인은 피식 웃었다.

"요즘 좀 몰두하고 있는 문제가 있어서 그래. 너무 신경 쓰지 마라."

"우웅, 대체 무슨 문제인데 그래?"

"왜 도와주기라도 하려고?"

태인은 말해 놓고 쓴웃음을 지었다. 자신도 모르게 어투가 냉소적이 되어가고 있었다.

"체엣, 그렇게 말하다니. 누가 들으면 언제는 문제 생겼을때 나 안 부려먹은 줄 알겠다. 역시 태인 좀 이상해. 혹시 그때 쓴 그 강력한 주술의 부작용이라는 거 아직도 안 끝난 거야? 그거 한 달 동안 산사에서 지내면서 다 나은 거 아니었어?"

알의 그 질문에 태인은 부드럽게 미소 지어 보였다. 그 드문 모습에 알은 확실히 알 수 있었다.

"태인, 진짜로 아프구나!"

"뭐? 하하, 아하하."

그 재밌는 결론에 태인은 신나게 웃다가 멈췄다. 알은 너무나도 변함없이 그대로 서 있었다. 그래서 더 괴로웠다. 그 모습을 보고 있으면 알렉시안 쪽이 정말로 존재하는지를 의심하고 싶어졌다.

"우웅, 왜 웃어? 기껏 걱정해 줬더니."

"아니, 아니. 그렇게까지 걱정해야 할 만큼 대단한 문제는 아냐. 그냥 나 혼자서 좀 정리할 게 있어서니까, 신경 쓰지 말고 너 할 거나 해."

"흐음."

알은 태인의 위아래를 잠시 쳐다보았다. 정상이라고 하기에는 역시나 조금 이상한 분위기를 풍겼지만, 그렇다고 물어봐야 말해 줄 것 같지도 않고, 새삼 자기가 걱정 안 해도 태인이라면 알아서 잘할 것이었다. 괜히 걱정했다가 놀림만 당하지 않았던가.

'쳇, 그래. 내 일이나 해야지. 역시 오락이나 해야겠다. 그나마 돈 제일 안 드는 게 그것밖에 더 있어.'

이미 월 정기 요금으로 다 나가 버렸으니, 추가 비용 안 들이고 할 수 있는 것도 그것뿐이었다. 다른 걸 해볼까도 생각했지만, 역시 예산의 압박은 무서웠다. 알은 컴퓨터를 켜고 게임에 접속하기 전에 앞서 이메일부터 신청했다. 그의 앞으로 오는 메일이라고 해봐야 99%가 광고물이었지만, 그래도 혹시나 하는 심정에 확인해 본 알은 역시나 하면서 일괄 삭제 버튼을 눌렀다. 그때 막 예를 누르기 전에 알의 눈에 다른 것과 차별되는 광고 메일이 눈에 띄었다.

'흐음? 이게 뭐야?' '이터널 드림'의 클로즈드 베타 테스터로 당첨되셨습니다? 헤에?

알은 찬찬히 메일을 읽어보았다. 그렇고 그런 선전 문구들이었지만, 지금까지의 그 어떤 온라인 게임보다도 더 현실감있게 구성했다는 말이 알의 흥미를 끌었다. 무엇보다 베타의 경험치나 아이템, 기술 등이 일정 비율 삭감도 없이 그대로 넘어갈 것이라는 말도 괜찮았다.

'그래픽도 괜찮은 거 같고 편지에 첨부된 거긴 하지만 사운드도 괜찮고, 한 번 해볼까? 무엇보다 공짜잖아.'

엄밀히 따지면 이미 돈을 지불한 게임을 계속해도 나가는 추가 비용이 없기는 마찬가지였지만 알은 단순히 생각했다. 프로그램 다운받기를 알은 눌렀다. 그러자 프로그램을 다운로드받으시겠습니까라는 말과 함께 다소 다른 주의사항이 붙었다. 보통 신뢰 여부를 물었는데 이번에는 '전혀 다른 세계에서 새로운 삶을 꿈꾸는 데 동의하십니까?'라고 물어왔다.

"헤에, 분위기 잘 살리네. 해보자."

예스를 누른 알은 곧 이어 다운로드가 너무 빨리 끝나자 조금 실망감이 들었다. 용량이 작은 프로그램이라면 아무래도 별 볼일 없지 않겠느냐는 생각이었다. 하지만 그 안일한 생각은 실제 프로그램이 실행되고 나서 완전히 깨어졌다.

"이… 이건?!"

알의 입에서 경악이 터져 나왔고, 뒤에 앉아 있던 태인도 한순간 관심의 눈길을 던졌다. 컴퓨터 화면에는 복잡한 글자로 된 원형의 마법진이 떠오르고 있었다. 얼핏 보면 오프닝 화면이라고 생각할 수 있었지만, 이렇게 강력한 마력을 띠고 돌아가는 마법진이 보통 게임의 오프닝 화면이라고는 절대 생각할 수 없었다. 알이 황당해하는 사이 컴퓨터 화면에서 본격적으로 마력의 기운이 넘실거리기 시작했다.

"봉마천광진."

타앗.

태인의 손을 떠난 빛이 재빠르게 컴퓨터의 주위를 둘러싸고 알은 반사적으로 뒤로 물러나 그 빛에서 떨어졌다. 연이어 알이 앉아 있던 자리에서 컴퓨터가 뿜어내는 기운과 태인이 쳐둔 결계가 충돌하기 시작했다. 두 힘의 상호 간섭으로 물리적인 현상인 빛과 열까지 나타났다. 알은 그 광경을 보며 황망해하며 중얼거렸다.

"저거 완전 뱀파이어 하나 잡을 게임이네."

붉은 빛을 띠는 전기막과 밝게 타오르는 백광이 정면충돌하며 그 사이에서 파지직 하는 소리가 계속 나왔다. 봉마천광진이 지금의 태인이 쓰는 주술에서는 약한 편이지만, 그래도 그걸 쓰는 태인 자체가 예전의 태인이 아니었기에 알은 다소 놀랐다.

'저거… 조금도 눌리지 않고 있어? 아니, 눌리지 않는 게 아니라.'

파지지직.

화면에 연이어 새로운 마법진이 떠오르면서 붉은 전기막 사이에 푸른 번개와 검은 번개까지 섞여들기 시작했다.

'태인 쪽이 밀리고 있잖아! 말도 안 돼! 무슨 저런 오프닝이 다 있어.

뱀파이어 하나가 아니라 여럿도 잡겠다.'

태인이 손에서 부적을 꺼내 들고 새로이 주문을 외웠다.

"십이천광륜."

빛과 번개가 얽혀들더니 이번에는 빛 쪽이 번개를 눌렀다. 조여드는 빛의 막이 컴퓨터를 완전히 눌러 버리더니 한순간 비산하며 흩어졌다. 알은 이겼다라는 생각에 두 손을 번쩍 치켜올렸으나 곧 하나도 좋아할 상태가 아니라는 걸 깨달아야 했다.

"어억, 컴퓨터가 먹통이 돼버렸다."

그 정도 힘이 부딪쳤으니 당연한 결과였지만 알은 충격을 받아 다리가 휘청거렸다.

'그… 그러면 하드에 몽땅 저장되어 있던 내 데이터들은? 고생해서 여기저기서 긁어모은 내 자료들은?

이 암담한 사태 전개에 알은 실로 애통해하며 죽어버린 그의 충실한 벗의 시체를 쓰다듬었다.

"컴퓨터를 통한 마법진이라. 방금 그거 어느 게임이라고 했냐?"

"이… 이터널 드림. 그나저나 태인, 이 컴퓨터 어쩌지?"

"흐음? 맛이 가버렸군? 뭐, 나중에 다시 하나 사면 되지."

"나중에 언제?"

알의 질문에 태인은 귀찮다는 듯 대답했다. 지금 안 그래도 복잡한 문제가 얽힌 상황에서 묵과할 수 없는 사건이 또 벌어졌다. 컴퓨터 한 대 따위는 아무래도 좋은 문제였다.

"나중에 시간나면. 어차피 너 그걸로 게임에 채팅에 그런 것밖에 안 했잖아? 그보다 그 게임 이름이 뭐지? 어느 회사의 누가 만든 거지?"

그런 걸 다시 조사하려면 결국 컴퓨터가 다시 필요했겠지만 알의 머리 속은 미처 거기까지 진도가 나가지 않았다. 나중에 시간나면이라는 단어만 맴돌았다.

'그럼 한동안 없이 지낼 수도 있다는 말이잖아! 태인이야 어차피 잘 쓰지도 않는 컴퓨터라지만. 나는…….'

알의 눈이 분노로 불타오르기 시작했다. 깊은 슬픔이 그만큼 커다란 분노를 불러왔다. 알은 하늘에 대고 절규했다.

"어느 놈이 이딴 악성 불법 프로그램을 만든 거야! 이터널 드림인지 뭔지 가만두지 않겠어!"

핸드폰 때는 그래도 그냥 참고 넘어갈 수도 있었지만, 지금은 그때보다 더 돈도 없고, 태인이 다시 여기저기 끌고 다니는 통에 새로 돈 벌기도 힘들다. 하물며 컴퓨터는 핸드폰처럼 중고는 헐값에 장만할 수 있는 물건도 아니었기에 알의 분노는 더욱더 뜨겁게 타올랐다.

그렇게 타오르는 알을 버려둔 채 태인은 이터널 드림이라는 이름을 되뇌었다.

'차라리 잘되었군. 안 그래도 신경 돌릴 데가 필요했는데.'

저렇게 막강한 마법진을 전송시키는 프로그램이라니, 프로그램으로 마법진의 영상이야 구현할 수 있을지 몰라도, 그걸로 저 정도 실체적인 힘을 가지게 하는 건 '그냥' 은 불가능했다. 누군가 컴퓨터와 인터넷 선을 매개체로 해서 강대한 자신의 마력을 가지고 벌인 장난이 분명했다.

'강대한 마법과 첨단 매체의 만남이라. 최악이군. 누군지 몰라도 정말 대단한 자인데? 가볍게 보고 처음에 봉마천광진만 꺼내 들었다 해도 설마 밀려 버릴 줄이야.'

한 달 전의 자신과 지금의 자신은 또 달랐다. 많지는 않다 해도 얻은 바가 없지도 않다 생각했는데, 상대도 그만큼 대단한 자였다.

'후, 지금 문득 드뤼셀이란 그자의 얼굴이 떠오른 것은 우연인가? 아무래도 좋겠지. 이런 사건을 그냥 지나칠 수야 없으니까.'

"알."

"응?"

사건이다. 같이 가자라고 말하려던 태인은 흠칫하며 말을 멈췄다. 지금 알은 그가 지닌 어둠의 힘을 유감없이 꿈틀대고 있었다. 처음 보는 광경은 아니었으나 지금의 상태에서는 예전과 다른 감정을 불러일으켰다.

'하, 알렉시안이라. 그냥 너의 본명이라고만 생각했을 때는 몰랐는데, 꽤나 싫은 이름이 되어버렸군. 알, 네가 지닌 그 힘. 그래, 그게 문제지.'

저 강대한 힘만 아니었으면 알렉시안이 있든 없든 무시해 버렸을 텐데 그럴 수가 없었다. 차라리 알을 놔두고 혼자서 사건을 해결해 버릴까, 지금 같은 마음으로는 함께 싸우지도 못할 것 같은데. 태인은 갈등했다.

"뱀파이어 불러놓고 갑자기 고개는 왜 흔들어?"

"아니다. 알, 그냥 준비하라고. 아무래도 꽤나 큼직한 사건과 맞닥뜨린 거 같으니까, 마음의 준비를 해두라고. 한동안 매달려야 할 사건 같으니까 말야."

"알았어."

알은 순순히 대답했다. 필요하다고 미국까지 끌고 가서 부려먹은 태인이 바로 눈앞에서 벌어진 일에 자신을 안 부려먹을 리가 없으니, 팅긴다고 될 일도 아니었다. 거기다가 이건 그 개인의 문제이기도 했다. 죽어버린 컴퓨터에 대한 복수극인 것이다.

'이런 악질범은 잡아서 감옥에 넣어야 해!

정의 사회 구현에 불타며 알은 두 주먹을 불끈 쥐었다.

세리우스가 있을 때와 달리 지금 드뤼셀이 있는 방은 환했다. 아니, 방이라고 하기에는 너무 넓었고, 홀이라고 해야 옳았다. 띄엄띄엄 박힌 천장의 샹들리에에서는 약간 노란 기운을 띤 빛이 사방을 비추었다. 화려한 벽지로 된 주위 벽에는 중간중간 수준 높은 명화가 걸려 홀의 품격을 드높이고 있었다. 바닥은 기본 바탕은 대리석이었지만, 그 사이사이에 다른 종류의 돌이 박혀 기하학적 무늬를 이루고 있었다. 그 가운데에는 각종 음식과 다과류가 얹혀 있는 테이블이 길게 자리 잡아 있었다.

이제 사람 내지는 뱀파이어들이 모여들어 파티라도 벌이면 딱 될 상황이었지만 정작 그 홀에는 단 두 명밖에 없었다. 한 명은 드뤼셀이었고, 다른 한 명은 여자 뱀파이어였다. 머리를 땋아올리고 비녀를 꽂은 여인은 딱히 어느 나라풍이라고 하기는 힘든 그러나 신비로운 분위기를 자아내 그녀에게 잘 어울리는 드레스를 입고 있었다. 물안개로 자아내 장미와 제비꽃으로 물들여 낸 느낌의 옷 위로 방울방울 구르는 이슬처럼 박힌 진주가 그녀의 아름다움을 한껏 살려줬다.

특별한 와인인지 피인지 애매한 붉은 액체가 담긴 잔의 끝을 살짝 잡은 손은 부드럽고 고우면서도 가냘픈 느낌은 주지 않았다. 오히려 우아함과 기품을 바탕으로 하여 '위엄'이라는 의미의 힘을 내고 있었다. 그 손이 잔을 들어 입가로 가져갔다. 붉은 액체가 살짝 타고 흘러 넘어가는 입술 또한 매혹적인 붉은빛을 띠고 있는 여인은 정말로 '여왕'이라는 칭호가 바쳐져야 마땅했다.

이제는 이 홀에 있는 자가 두 명뿐이어도 이상하지 않았다. 그녀의 존재감만으로도 널따란 홀은 이미 가득 차 있었다. 그리고 그런 그녀를 손님으로 모신 드뤼셀은 간이 침대에 비스듬하게 드러누워 TV를 보고 있었다.

TV에서는 마악 시작된 전쟁에 대해 앵커가 열띤 보도를 늘어놓고 있었다. 재밌다는 표정으로 웃으며 드뤼셀은 말문을 열었다.

"인간들이 저렇게 부지런하니 지옥의 악마들이 업무 폭주로 죽겠다는 소리가 나오지."

드뤼셀은 일부러 한숨을 지어 내쉬며 TV를 돌렸다. 어느 채널을 돌려도 나오는 건 온통 전쟁 이야기뿐이었다.

"옛날이 좋았지. 부지런히 돌아다니면서 이 영혼, 저 영혼 지옥에 데려가기 위해 노력하는 악마들도 자주 볼 수 있었는데. 요즘은 지옥에 가만히 있어도 몰려오는 사람들 처리하기 바빠서 업무 폭주에 시달린다니, 원."

여인은 딴청을 피우는 드뤼셀을 보고는 들고 있는 잔을 깨끗이 비웠다. 그리고는 조용히 입을 열었다. 조용하고 차분하지만 맑고 뚜렷한 목소리가 그 입에서 흘러나왔다.

"지금 남의 집안 걱정해 줄 때가 아니지 않습니까? 그대가 낙천적이고 장난기 많아 보여도 사실은 누구보다 주도면밀하다는 것을 알기에 믿고 맡겨왔습니다. 하지만 최근의 상황. 계속 믿고만 있어도 되는 것입니까?"

100명을 접대해도 될 홀에 한 명만을 데려다놓고는 TV나 보면서 딴짓을 하던 드뤼셀은 그제야 대답했다. 하지만 시선은 TV를 향한 그대로였다.

"이런, 이런. 믿고 있다면 물어볼 필요가 없을 거고, 믿지 않는다면 물어 무엇 하겠습니까? 모처럼 왔으니 맛있는 거나 즐기시지요."

"그렇게 양극단의 딜레마 논법을 쓰는 것은 옳지 않습니다. 드뤼셀이여, 굳이 말하자면 지금의 저는 아무런 상황 설명 없이 넘어갈 만큼 당신을 믿고 있지는 않지만, 어느 정도의 정보만 준다면 고개를 끄덕이며 계속 협조할 만큼 당신을 믿고 있습니다. 그러니 그만 설명해 주시겠습니까?"

그 말에 비로소 드뤼셀도 안경을 살짝 고쳐 쓰고는 진지한 표정으로 돌아보았다.

"하아, 이런이런. 알겠습니다, 스레이나여. 어디부터 얘기해야 당신이 만족하겠습니까? 그 배신자에 의해 '킹'이 쓰러진 순간부터 그 재림을 위한 우리의 지금까지의 노력을 구구절절이 늘어놓는 것을 원하지는 않으실 테고. 뭐, 간단히 요약해 보죠."

다시 드뤼셀은 웃는 얼굴로 돌아갔지만, 그가 말해 주겠다고 약속한 이상 은유와 축약을 사용할지언정 정보를 건네주기를 할 것이라는 걸 잘 아는 스레이나는 다시 잔에 붉은 액체를 따르며 그 말을 들었다.

"몇 번이고 거듭되는 실패 속에 그때 동원된 그 많은 인간의 힘을 그 자신이 핵이 되어 유지시키고 있으니, '룩'이 행한 만큼 '룩'의 힘없이는 결코 그 봉인을 완전히 깰 수 없다는 것이었지요. 그걸 알기까지 몇 개의 그릇이 폐기되었는지. 그 뒤, 몇 번 룩을 추적하여 잡아왔지만 그를 어떤 식으로 사용하여도 역시 봉인은 반쯤 풀릴 듯하다가 다시 닫혔습니다. 뭐, 증오스러운 만큼이나 그의 능력은 인정해 줘야 할 일이었지요."

스레이나는 고개를 끄덕였다. 그녀도 잘 아는 사실이고 그래서 최근의 드뤼셀의 행보에 의문을 가졌던 것이었다. 이미 이번에도 드뤼셀은 룩의 존재를 파악했을 것이 틀림없었다. 그런데 이번에는 룩을 그대로 방치한 채 내버려 두고 있었다. 마땅히 다시 잡아와 그에 대한 복수를 행함과 동시에 다시 한 번 새로운 부활 의식을 위한 촉매로 사용되어야 할 텐데 무엇 때문에 드뤼셀이 미적거리는가. 그에 대한 해명을 스레이나는 요구하는 것이었다.

"마침내 진실을 알아내기까지 엄청난 연구가 필요했습니다. '킹'의 부활을 위해 필요한 것은 룩의 육체와 생명, 마력만이 아니라고."

거기까지 말하고 드뤼셀은 싱긋 웃고는 다시 TV로 시선을 돌렸다. 스레이나는 그 무례를 탓하지 않았다. 이 다음은 자신이 말하라는 뜻이었다.

"그의… 영혼인가요?"

"그래서 골치가 아팠지요. 지난 세 번의 실패에서 뼈저리게 느낀 것이지만, 그건 룩이 걸어둔 최강의 자물쇠였습니다. 하지만 이번의 경우에는 적어도 현재까지의 성과는 놀랍습니다. 어설프게 건드려 일을 망치느니, 지금은 제 작품이 스스로 해내도록 지켜보지 않겠습니까? 어차피 당신께서는 A 프로젝트로 바쁘지 않으십니까?"

드뤼셀은 더 이상은 설명하지 않았다. 하지만 스레이나는 서서히 고개를 끄덕였다. 그녀 또한 기나긴 세월을 함께해 온 자로서 지금까지의 말만으로도 드뤼셀이 노리는 바를 알 수 있었다.

"당신의 가정이 맞기를 바래야겠군요. 어차피 당신의 일이 성공하지 않는 이상 나의 일은 반쪽일 뿐이니까."

"후후, 그렇겠죠. 하지만 아직은 시간이 더 필요합니다."

"알겠습니다. 도움이 필요하다면 언제든지 말하십시오. 어차피 저의 일은 이제 사실상 '유지'하는 것뿐이니까 말입니다. 이만 가보도록 하지요. 마중은 필요없습니다."

촤르륵.

일어서는 그녀를 따라 옷 주름이 부드럽게 흘러내리며 고요히 흐르는 물줄기를 자아냈다. 그 줄기 사이에 흐르는 다양한 보석들이 빛을 산란시키며 작은 무지개를 뿌렸다. 소라나지 않는 조용한 걸음으로 그녀는 홀을 가로질러 멀어져 갔고, 드뤼셀은 싱긋 웃으면서 TV를 보았다. 그리고 그녀가 완전히 사라진 다음 그는 작게 몸을 떨었다. 비스듬하게 몸을 걸쳐 있던 침대를 잡는 그의 손이 잘게 부서져 나갔다가 다시 재생되었다.

"후훗, 시간이 필요하다고 했지만 스레이나가 눈치 채기 전에 처리할 수 있는 기회는 이제 한 번 남았나. 인간들은 내가 자신들을 위해 얼마나 노력 중인지 모르겠지. 뭐, 결국은 킹이 결정하겠지만 말이야."

드뤼셀은 빙긋 웃었다. 그가 리모콘을 다시 누르자 텔레비전이 치워지면서 그 자리에서 커다란 CD를 열심히 돌리고 있는 컴퓨터가 나타났다. 음울한 붉은 빛이 수백 가닥으로 오고 가며 복잡한 문양을 이루고 있는 CD는 괴기해 보였지만, 그래도 그냥 특별한 취향인 자의 장난감 정도로 봐줄 수도 있었다. '컴퓨터' 라는 명칭으로 부르기도 힘들게 CD를 삼킨 채 있는 것이야말로 진짜 이상했다.

마치 핏줄같이 고동치며 꿈틀거리는 전선을 검은 알갱이 같은 것이 타고 다니고 있었고, 컴퓨터의 겉면은 녹색의 거품을 터뜨리는 늪 빛의 거죽으로 되어 있었다. 사방으로 뻗은 신호선들은 투명한 관으로 되어 있어서 계속해서 피로 추정되는 붉은 액체가 그 안을 타고 흘렀다.

"흐음, 슬슬 둘이 접속할 때도 되었는데. 좀 아깝기는 하지만 이 정도는 던져 줘야겠지? 그자가 내 말을 얼마나 잘 알아들을지 모르겠군."

협회 사무실의 의자에 앉아 태인은 지친 몸을 쉬었다. 편하게 다리를 약간 벌린 채 등을 뒤로 젖힌 그 자세는 약간 건방져 보였지만 탓하는 사람은 아무도 없었다. 전용 사무실인 만큼 태인 말고 다른 사람이 있지를 않았던 것이다.

'지위라는 게 좋긴 좋군. 어쩌다 한 번 오는 나를 위한 이런 개인 사

무실은 좀 예산 낭비라고 생각했지만 지금은 고맙군.'

여기 사무실은 알을 떨어뜨려 둔 채로 자신이 일하기에는 더할 나위 없이 좋은 공간이었다.

잠시 뒤, 밖에서 가볍게 노크하는 소리가 들렸다.

"들어오십시오."

그러자 40대에서 50대 정도로 보이는 남자 하나가 문을 열고 들어와 태인에게 허리 숙였다. 보통 때라면 자세를 바로 해서 예의를 차려줄 태인이었지만 지금은 피곤했기에 그냥 고개만 약간 까닥했다. 존댓말과 무례한 태도 사이에서 묘한 부조화가 있었지만 상대는 개의치 않았다.

"부탁하신 최근 일주일간 잠자리에 든 후 일어나지 않는 걸로 보고된 사람들의 신상명세서입니다. 개별적인 퇴마사들이 대처에 나섰습니다만, 누구도 뚜렷한 성과를 내지 못한 채 몇몇 퇴마사들이 그들의 정신 영역 속으로 직접 접속을 시도했지만 아무런 성과를 얻어내지 못한 상황입니다. 초기에 사건을 맡은 한 퇴마사가 그 게임에 접속했다가 쓰러진 사실이 밝혀지면서 단순한 몽마 수준이 아닌 것으로 판단되어 그렇지 않아도 협회 차원에서 나서야 할 상황이었습니다. 다행히 먼저 연락을 취해 오셨군요."

"감사합니다. 일단 좀 훑어보고 싶으니 잠시 기다려 주십시오."

"알겠습니다. 그럼 밖에서 기다리겠습니다."

탁.

문이 닫히고 태인은 다시 혼자 남겨졌다. 태인은 느릿느릿하게 피해자들의 신원을 조사해 보았다. 거의 다 10대에서 20대 초반. 가끔 20대 중반도 섞여 있었다. 태인의 부탁을 염두에 둔 듯, 그들의 온라인 게임 이용 경력도 함께 나와 있었다.

'역시 거의 전부 온라인 게임을 하던 자들이군. 그리고 현실 생활에 있어서는… 보자.'

태인은 고개를 끄덕였다. 그와 같은 생각을 한 자는 자신만이 아니었다. 협회 쪽에서도 사라진 자들의 공통점을 분석해서 이미 결론을 내려놓고 있었다.

현실 생활에 그다지 적응하지 못하고, 온라인 게임에 빠져 지내는 자.

협회가 이번 피해자들에 대해 내려놓은 결론이었다.

"그렇다고는 해도 이거 피해자 숫자가 예상보다 많군. 하긴 오히려 적은 것일지도."

자신과 알 앞으로 배달되었던 그 도전장을 생각하며 태인은 고개를 끄덕였다. 쓰러진 퇴마사의 이름을 보던 태인의 손이 한순간 멈칫했다.

"맙소사. 혜련이? 제길, 제일 먼저 당했군."

안 그랬다면 그 신중한 성격에 이미 다른 희생자가 걸려든 덫으로 뛰어들었을 리가 없었다. 필경 평범한 몽마 수준으로 생각하고 접속했다가 크게 걸렸을 게 틀림없었다.

'이터널 드림이라고 했나? 후, 악취미적인 작명 센스로군.'

링겔로 연명시키고는 있었지만 이대로 계속 깨어나지 못하면 희생자들은 식물인간이나 다름없었다.

"하아, 그래. 알 문제는 천천히 생각하고 일단 이 일부터 처리하지. 혜련이까지 이렇게 되었는데 구하고 봐야지."

태인은 잠깐 생각하다가 곧 결론을 내렸다. 역시 호랑이를 잡으려면 호랑이 굴로 들어갈 수밖에 없었다. 하지만 그 전에 굴의 구조를 탐사

할 장비들은 많으니까, 할 일은 많았다.

삐.

앞에 있는 전화기의 단추 하나를 누른 후 태인은 마이크에 대고 몇 가지 사항을 지시했다.

떼굴. 떼굴. 뎅구르르.

알은 페이지를 넘기다가 끝내 한숨을 내쉬고 만화책을 덮었다. 그리고는 아무도 듣는 사람 없건만 불만에 찬 외침을 터뜨렸다.

"쳇, 도대체 이거 뭐 하는 작품이야? 무슨 말을 하는 건지 아무것도 모르겠어. 잘 나가는 책 좀 추천해 달랬더니 이런 걸 주다니, 으, 역시 새로 연 책방에 가는 게 아닌데. 늘 가는 곳에 가야 내 취향에 맞게 골라주는데 혹시 새 책 많지 않을까 해서 갔더니… 돈 아까워라."

푸념과 함께 덮어버린 만화책의 겉표지에는 '걸작 공포선:돌아온 마녀' 라고 자랑스러운 선전 문구가 박혀 있었다.

"그냥 하급 여자 악마 하나가 매혹의 힘을 이용해서 가정 하나 파탄냈다는 이야기일 뿐이잖아. 저런 게 만화라면 나도 그리겠다."

그 선전 문구가 박힌 표지를 넘기면 '악마적 마력을 지닌 수수께끼의 여자 앞에 아직 변성기조차 오지 않은 앳된 소년조차 사로잡혀 광기에 물들고, 그를 구하려던 아버지 또한 그대로 마녀의 포로가 되어 초자연적 힘 앞에 무력하게 무너지는 한 가정을 특유의 펜 터치로 미묘한 감각까지 잡아내 잘 그려낸……' 으로 시작되는 비평가의 찬사까지 박혀 있었지만 알에게는 아무 소용이 없었다.

시대의 걸작도 보는 쪽의 관점 나름임이 여실히 입증되는 순간이었다.

그때 문 쪽에서 벨이 울렸다. 알은 쪼르르 달려가 인터폰 앞에 섰다.

화면에 태인의 얼굴이 비치고 있었다.

'헤에, 빨리 왔네. 앗, 뭐 들고 있다?'

알이 인터폰에 붙은 스위치를 누르자 문이 열리고 태인이 들어왔다. 태인이 들고 온 건 커다란 상자 둘이었다.

"태인, 그게 뭐야?"

상자에 써진 글자에서 내용물을 짐작하면서도 가끔 전혀 엉뚱한 포장이 되어 있는 상품들이 있었기에 알은 조심스럽게 물었다. 하지만 이미 입은 웃음을 참지 못하고 벌어져 있었다. 상자에는 LCD Monitor 와 SX—2320이라고 된 최신 컴퓨터 모델명이 적혀 있었던 것이다.

"아, 이거? 아는 사람이 준 사과랑 귤이야. 먹고 싶으면 먹어."

쿵.

뒤통수를 강렬히 때리는 태인의 무심한 대답에 알은 그 자리에서 주저앉았다. 하늘 끝까지 솟아오르던 기대가 그대로 터져 나간 풍선이 되어버렸다. 그 모습에 태인의 입가로 슬며시 미소가 지나갔다.

"열어봐. 그렇게 말하던 컴퓨터다. 이번 일에 필요해서 새로 샀어."

"에? 그럼 놀린 거야? 너무하잖아. 헤에, 그래도 컴퓨터다아!"

마지막 외침을 말할 때 알의 머리 속에 이미 사과와 귤 이야기는 깨끗이 삭제되고 없었다. 태인은 알이 알아서 설치하도록 내버려 두고 소파에 앉아서 느긋하게 그 모습을 지켜보았다. 방금 전 자신이 알에게 장난을 친 심정을 스스로도 잘 알 수가 없었다.

'하긴 당장 지금부터 해야 할 싸움에서도 알의 도움을 받아야 할 상황이니까.'

이러나저러나 지금 상황에서 가장 자신과 호흡이 잘 맞는 파트너도 알뿐이었다.

"짜안, 설치 끝! 우혜혜헷. 태인, 이거 비싼 건데 살 결심을 했네."

"글쎄, 시간당 사용료라도 매길까?"

태인은 장난을 걸면서도 쓴웃음을 지었다. 어쩌면 알의 반응을 확인하고 싶은 건지도 몰랐다. 과연 알답게 반응하는지 말이다.

"노, 농담이지?"

기대대로 반응하는 알을 보고 태인은 엇갈리는 감정을 느꼈다. 안도감, 만족감, 그리고 씁쓸함. 그 마지막 감정을 지워 버리고자 태인은 재빨리 화제를 돌렸다.

"사용료 안 받을 테니까, 하나 해줘야겠다. 전에 그 사이트 있지? 화면에 마법진을 띄워 올렸던 이터널 드림이라는 온라인 게임."

"응."

알은 안도의 한숨을 내쉬면서 태인의 마음이 바뀌기 전에 냉큼 대답했다.

"거기 다시 접속해 봐야겠다."

"윽! 그럼, 이 컴퓨터 또 망가질 텐데?"

컴퓨터 보호를 향한 불타는 열정을 보여주는 알을 태인은 간단한 말로 회유했다.

"부서지면 또 사면 돼. 이번 사건을 해결하려면 열 대라도 새로 살 테니까, 걱정 마. 그리고 바로 접속하지 말고 기다려. 이번에는 좀 다르게 대비해 둘 게 있으니까. 마법진이 떠오르면 잘 보고 기억해서 좀 분석해 줄 수 있겠지?"

사실 이미 예비로 몇 대 더 사 와서 밖에 놔두었지만 태인은 그 사실은 말하지 않았다.

"응. 그렇다면야 얼마든지. 그러고 보니 그 마법진 확실히 흑마법의

일종이었어. 자세히 보지는 못했지만 이번에 또 보면 어느 정도 알아
볼 수 있을 거야."

　태인은 고개를 끄덕이고 본격적으로 결계를 치기 시작했다. 이번 같
은 경우 그때처럼 힘을 눌러 버리는 게 아니라 밖으로 새 나가지 못하
도록 통제만 하면서, 어떤 것인지 관찰을 해야 했기에 훨씬 문제가 까
다로웠다. 거기에다가 어떤 종류의 마법진인지 아직 실체가 밝혀지지
않았기 때문에 이중 삼중으로 어려웠다. 그래도 일단 무난한 결계를
둘러치고 태인은 땀을 닦았다.

　태인이 고개를 끄덕이며 눈짓하자 알은 조심스럽게 컴퓨터의 전원
을 켰다.

　"자아, 그럼 접속한다."

　타닥. 타닥.

　알은 '이터널 드림'의 홈페이지 주소를 쳐 넣었다. 잠시 뒤 화면에
오프닝 화면이 떠올랐다. 알은 스킵을 누르려고 했지만 태인의 제지로
기다렸다.

　'우웅, 이번 건 안 망가졌으면 좋겠는데. 덕분에 더 최신형으로 컴퓨
터가 업그레이드되었으니 결과적으로 나한테는 득인가?'

　평범한 동영상들이 지나치고 마악 다음으로 넘어가자 거기에는 여
러 가지 메뉴와 선전 문구가 나타났다.

　지금의 세계가 지겨워 새로운 세계로 떠나고 싶습니까? 하지만 어설픈
가상 리얼리티 게임들이 새로운 세계 운운하면서도 겨우 몇 가지만을 구현
해 놓아 자유도가 심히 제한되는 데 불만이 많으셨습니까? 여기 차원이
다른 게임이 있습니다. '이터널 드림' 그 이름 그대로 당신을 완벽한 꿈으

로 초대합니다. 정말로 다른 세계로 가고 싶은 분만 오십시오. 새로운 세계가 당신의 앞에 펼쳐집니다. 그곳에서 당신은 새로운 자가 되어 완전히 지금까지와 다른 삶을 펼칠 수 있을 것입니다.

결국 프로그램 다운로드 쪽의 메뉴를 알은 눌렀다. 순간 화면에 예상외의… 어쩌면 예상된 인물이 떠올랐다.

"드… 드뤼셀?"

알은 경악에 차서 상대의 이름을 불렀다. 태인도 얼굴을 굳힌 채 화면을 쳐다보았다. 화면 속의 드뤼셀이 사무적인 미소를 지으며 말을 걸어왔다.

[아아, 이게 나온다는 것은 알 군이 지금 여기로 접속했다는 것이겠죠? 그동안 찾아주지 않으셔서 섭섭했습니다. 하기야 제 쪽에서 먼저 종적을 감추기는 했습니다만.]

드뤼셀의 말에 알은 우물쭈물거리며 고개를 숙였다. 지금 말하는 게 녹화된 동영상일 뿐이라고 생각했지만, 그래도 드뤼셀이 한 말인 것은 틀림없었다. 찾지 않았다는 이전에 찾아야겠다는 생각 자체를 하지 않았다. 그냥 지금 상태 그대로 충분히 행복하고 즐거워서, 새삼 도움을 요청해야 할 일 자체가 없었었다.

[제가 고생해서 만든 게임입니다만 아무래도 알 군은 그쪽 인간의 편을 들어 제 장사를 망치려고 하시는 거겠죠? 좋습니다. 알 군이 그러고 싶다면 할 수 없죠. 그래도 공들여 만든 게임이니 충분히 즐겨주십시오. 엔딩 보려면 쉽지는 않으실 겁니다. 후훗.]

그 말을 끝으로 동영상은 끝나고 게임 소개 홈페이지로 넘어갔다. 게임 다운로드를 눌러가는 알의 손길이 떨렸다. 그런 알의 어깨를 태인이 가만히 짚어왔다. 알은 돌아보며 의문의 눈빛을 던졌다.

"비켜봐. 알, 무리할 필요 없어. 넌 이번 일에 빠져도 좋아."

알은 아무 말 하지 않았다. 하지만 그 눈빛이 물어오고 있었다. 그래도 괜찮냐는 질문에 태인은 고개를 끄덕였다. 알은 비키지도 마우스를 움직이지도 않은 채 한참 동안 가만히 있었다. 태인도 굳이 알을 더 재촉하지는 않았다. 한참 뒤 알은 다시 고개를 돌려 마우스를 움직였다. 태인의 시선을 마주 보지는 않은 채 알은 대답했다.

"아냐. 태인, 할게."

드뤼셀도 예측하고 있었던 것 같으니까라고 알은 작게 중얼거렸다. 드뤼셀에게는 미안하지만 역시 태인 혼자 하도록 내버려 두었다가 사고라도 당하면 괜히 뒤늦게 구하네 마네 하는 게 훨씬 힘들 것이었다.

'드뤼셀에게는 미안하지만, 지금 태인이 드뤼셀 죽이러 가는 것도 아니니까 뭐.'

그리고 드뤼셀이 자신을 도와줬던 기억은 분명히 존재하지만 이상하게도 마치 색깔이 바랜 사진을 보는 것처럼 마음속 깊은 곳이 움직이지 않았다. 생생하게 다가와 움직이는 것은 태인과의 기억들. 생각해 보면 잘못된 것도 없었다. 그냥 도와주는 드뤼셀에 비해 태인은 정말로 '군식구'를 지키려고 드니까. 별 생각 없는 상황에서 알은 마우스를 눌렀다. 그건 게임을 다운받기 위해서였지만, 동시에 그의 운명이 향하게 될 곳을 향할 누름이기도 했다.

"하아."

태인은 가만히 손을 떼고 떠오르는 화면을 관찰했다. 그는 스스로를 향해 약간의 비웃음을 던졌다. 방금 알에게 무리하지 말고 비키라고 했으면서도 사실은 알이 저렇게 나오기를 기대하고 있었다. 아니, 거절하기를 바랬는지도 몰랐다. 그래서 알도 결국은 저쪽에 설 수밖에 없는 존재임을 확인해서 이 갈등을 끝낼 수 있기를 바랬는지도 몰랐다. 분명 자신의 마음일 텐데 두 가닥으로 갈라져서 어느 쪽이 진짜인지 알 수 없었다.

프로그램의 다운로딩이 100%를 향해 나아가고 있었다. 싫든 좋든 그게 차고 나면 실행이 될 것이고, 그러면 다음을 향해 운명은 나아갈 것이었다.

'알고 있는 거냐, 알? 만약에 말이야, 정말로 무슨 일이 벌어진다면 네 편이 되어줄 것은 내가 아니고 그자야. 네 편이 되어주겠다고 약속했지만, 정말로 어떤 일이 벌어진다면.'

강력한 힘을 지닌 불문의 속가제자로서 대표격이라 해야 할 협회 최고위 주술사, 그만큼 무서운 추격자가 뱀파이어를 상대로 몇이나 더 있을까.

프로그램을 설치하겠습니까라는 물음이 나오자 예스를 누르고 알과 태인은 설치해 둔 결계 밖으로 물러섰다. 잠시 뒤 화면에서 정교한 마법진이 떠오르기 시작했다. 태인과 알은 숨 막히게 그 모습을 지켜보았다.

마침내 알의 입에서 한마디씩 말이 나왔다.

"이건 몽마들의 여왕 베를리스의 문장인데, 에에, 저건 뭐지? 통로를 여는 건데? 소환인가? 아냐, 그렇게 강제성은 없는데. 하지만 저런 구조면 일방통행인데. 우웅? 영혼 분리다?"

알이 단편적으로 내놓는 말들을 태인은 한마디도 놓치지 않고 들었다. 뿜어져 나오는 마법진의 기운을 그가 쳐둔 결계들이 흡수해서 중화해 내고 있었다. 비전문가가 본다 해도 상당한 힘이구나라고 바로 느껴질 양의 힘이 계속 쏟아져 나오고 있었다.

'인터넷을 통해 전송된 마법진에 원거리에서 힘을 불어넣어 움직일

수 있다라. 이거 진짜 거물이로군. 조심해야겠는걸.'

그렇다면 그 거물이 관심을 가지고 초대한 알은 어떨까, 태인은 다시 쓴웃음을 지을 수밖에 없었다. 알은 자신의 말대로 마법진의 분석에 정신이 팔려 있는데 어느덧 자신은 바로 그 뒤에서 알을 분석하고 있었다.

"후아, 다 끝났네. 우웅, 세세히는 모르겠지만 대강은 알겠어. 저거 일종의 영혼을 빼내서 이송하는 장치야. 그런데 강제적이지는 않은 거 같아. 영혼이 자발적으로 길을 걸어가야만 들어갈 수 있는 형태야."

그렇게 말해 놓고 알은 다시 고개를 갸웃거리며 생각했다.

"우웅, 진짜로 저 마법진 강제성은 거의 없어. 하다못해 힘으로 끌어들이지 않는다 해도 베를리스의 힘을 본격적으로 빌린다면 실질적으로 대부분 인간에게 강제나 다름없는 매혹을 거는 게 가능할 텐데 그런 기색이 거의 없어. 거의 꿈을 통한 전달을 하기 위해 약간 빌렸다는 수준이야."

태인은 고개를 끄덕였다. 고위 요마다운 품격이 느껴지는 방식이었다. 웬지 그자가 떠오르는 방식이기도 했고 말이다.

"그렇다면 영혼에게 다른 곳으로 갈 기회를 주는 마법진이라는 건데, 어느 곳인지, 어떤 식으로 그 기회에 대한 메시지를 던지는지까지는 모르겠나?"

알은 고개를 도리도리 저었다.

"책보고 한참 동안 연구하면 몰라도, 엄청 오래 걸릴걸. 차라리 그냥 직접 겪어보는 게 낫지 않을까?"

"그러면 갔다 와줄래?"

태인은 너무나도 쉽게 요청했다. 알은 쉽게 승낙하지 않았다.

"우웅, 영혼 채로 빠져서 다른 데 갔다 오라니. 히잉, 여러모로 귀찮은 일 많을 텐데."

"임마, 그럼 내가 가랴? 너 갔다 오는 동안 내가 네 몸 잘 지키고 있을 테니 갔다 와. 이번 일 잘 되면 저 컴퓨터 네가 쓰지, 내가 쓰겠냐."

태인이 가서 안 될 이유는 없었다. 육체적 힘을 빌릴 수 없는 상황에서 순수하게 영혼이 지닌 힘만이 부딪친다면 오히려 태인이 가는 편이 훨씬 나았다. 하지만 알은 그런 것 따지지 않고 승낙했다.

'결국 내가 하게 될 건데, 태인이 컴퓨터 보장할 때 하는 편이 훨씬 낫지.'

알은 다시 한 번 프로그램을 실행시키고, 이번에는 순순히 그 힘에 자신을 맡겼다. 잠시 뒤, 알은 자리에서 일어나더니 자신의 관을 향했다.

"우웅, 그럼 태인, 나 잔다. 이 마법진 말인데 평소처럼 일단 자도록 되어 있어. 그럼 갔다 올게."

알은 관에 누웠고, 잠시 뒤 잠든 그의 몸에서 강한 힘이 요동 쳤다. 태인은 숨을 죽이고 그 광경을 지켜보았다. 얼마 뒤, 알의 몸은 껍데기만 남았다.

"후, 아무래도 알 혼자서 많이 알아내기는 힘들 테고, 이차로는 나와 알이 같이 가야겠군. 그동안은 누구한테 경호를 부탁… 제길, 안 되겠군."

자신은 몰라도 알을 무방비 상태로 인간 앞에 노출시킬 수는 없었다.

"뭐, 조용한 곳에 숨어서 각종 결계를 쳐두고 상대해야겠군. 알 녀석이 얼마나 알아내 오려나."

『뱀파이어 생존 투쟁기』 3권에 계속…